Klarant Verlag

1964 war das Jahr des Babybooms in Deutschland. In diesem Jahr, das Jahr des Drachen, wurde auch Leocardia Sommer geboren. Das chinesische Horoskop sagt den Drachengeborenen Energie, Ungeduld und Hartnäckigkeit nach – doch genauso auch Zuverlässigkeit, Ehrlichkeit und das Streben nach Harmonie. Dies alles sind Eigenschaften, die Leocardia Sommer in sich vereint und sie als Person ganz gut beschreibt. 1983 lernte sie ihren Mann kennen, mit dem sie mittlerweile seit 28 Jahren verheiratet ist. Wie in der Partnerschaft hält sie es auch im Beruf, denn mit Hingabe, Durchhaltevermögen und einer großen Prise Humor, lässt sich fast alles meistern – so ihr Motto.
Die Protagonisten der Geschichten sind keine Supermänner oder Topmodels, sondern Menschen, bei denen das Leben seine Spuren hinterlassen hat. Sie haben Fehler und Makel, sind übergewichtig oder auch mal brummig – jedoch deshalb nicht weniger liebenswert.

Leocardia Sommer

Der talentierte Liebhaber

Roman

Klarant Verlag

Klarant Verlag, www.klarant.de

ISBN: 978-3-95573-205-9

1. Auflage

Umschlagabbildung: Unter Verwendung des Bildes 36376038 von StudioThreeDots (istockphoto).

Druck: Verlag Lindemann, 63075 Offenbach-Bürgel

Printed in Germany

1
Ein extra heißes Geburtstagsgeschenk

„Wenn sie Wind davon bekommt, wird sie uns das nie verzeihen, das ist euch schon klar, oder?“ Tanjas Einwand war berechtigt, wurde jedoch von Anna sofort wieder abgetan.

„Wie soll sie davon erfahren? Sie wird nichts erfahren“, antwortete sie bestimmt. Mittlerweile sichtete sie bereits die achte Homepage und war drauf und dran genervt aufzugeben, doch die Idee, ihrer Freundin einen ganz besonderen fünfundzwanzigsten Geburtstag zu bereiten, ließ sie weitermachen. Dieses Mal war es die Seite der Begleitagentur *Angel & Devil*, die Anna nach einem Begleiter der besonderen Art für Annika sichtete. Mann für Mann scrollte sie durch, sichtete deren Profile, bis sie entnervt mit den Schultern rollte. Müde schloss sie die Augen. „Irgendwie gestaltet sich das als nicht so einfach“, seufzte sie und erschrak, als sie um ein Haar das Profil eines äußerst cool aussehenden Typs verpasst hätte. Dieser lächelte so verwegen in die Kamera, dass es Anna ganz anders wurde. Der gepflegte Vollbart ließ ihn männlich und sehr sexy wirken. Seine stahlblauen Augen und seine wild abstehenden dunkelblonden Haare unterstrichen diese Wirkung noch und ließen ihn geradezu unwiderstehlich werden. JA. Das war er. Dieser gut aussehende Kerl war genau der Richtige für ihr Vorhaben. Er würde Annika gefallen, da war sich Anna ziemlich sicher. „Ich hab, glaub ich, den Richtigen gefunden, Mädels. Was meint ihr zu dem?“

„Zeig her.“ Während Kathi, die auf der Couch die Kontaktanzeigen diverser Zeitungen sichtete, sofort angesprintet kam, erhob sich Tanja, die diesem ganzen Projekt eher skeptisch gegenüberstand, langsam aus dem gemütlichen Fernsehsessel und gesellte sich zu ihren beiden Freundinnen. „Mädels. Jetzt mal ernsthaft. Ich hab bei der ganzen Aktion kein wirklich gutes Gefühl. Lasst uns etwas anderes austüfteln, okay? Ich bin sicher, wir finden etwas vergleichbar Spektakuläres. Etwas Großartiges, um Annika einen unvergesslichen Geburtstag zu bereiten. Etwas, das weniger … na ja, drastisch ist. Und vielleicht auch weniger kostspielig.“

Anna und Kathi schauten Tanja skeptisch an und schüttelten dann unisono den Kopf. „Es ist eine Rettungsmission, Tanja. Eine

Rettungsaktion und eine Geburtstagsüberraschung in einem. Wir retten Annika davor, mit Lars eine große Dummheit zu begehen, und beschaffen ihr gleichzeitig mal wieder etwas Entspannung. Findest du nicht, dass sie die dringend nötig hat?“, fragte Kathi herausfordernd.

„Und außerdem ist es das perfekte Geburtstagsgeschenk“, stimmte Anna zu. „Sieh mal, wie oft kann man sich schon eine solche Sahneschnitte aussuchen, na ja, aussuchen lassen? Würdest du dich nicht auch über eine heiße Begegnung mit so einem geilen Typen freuen? Sei ehrlich.“

„Ja, schon richtig“, gab Tanja zu. „Aber nur, wenn ich ihn selbst aussuchen dürfte.“ Jetzt musste sie grinsen. „Allerdings wollte ich ihn nicht bezahlen müssen. Wieso habt ihr mir nicht erzählt, wie verdammt teuer das ist?“

„Na hör mal“, gab Kathi zurück. „Schließlich geht es um ihren Fünfundzwanzigsten. Du weißt schon noch, was wir bei deinem Geburtstag veranstaltet haben?“ Oh ja. Tanja wusste noch sehr genau, was Annika, Anna und Kathi sich ausgedacht hatten, um sie zu überraschen. Sie hatten für Tanja zuerst eine Geburtstagsparty ausgerichtet und ihr obendrein noch für fünf Stunden einen Nacktputzer gebucht, der am nächsten Tag aufräumen durfte. Allerdings hatte sich diese Nacktputzaktion unterm Strich als Reinfall entpuppt, da der Kerl, der seinen Dienst bei ihr angetreten hatte, alles andere als ein Augenschmaus gewesen war. Zwar hatte er mit nur einer Schürze um und mit Eimer und Schrubber bewaffnet ihre Wohnung auf Vordermann gebracht, doch angeregt oder angemacht hatte Tanja sein Anblick nicht. Und genau deswegen wusste sie, wie schmal der Grat war, zwischen der Lächerlichkeit oder Beschämung und nervösem Genießen. Aus dem Grund hielt sie es nicht für die beste Idee, Annika einen bezahlten Lover zu suchen, obwohl Anna und Kathi in einem Punkt recht hatten: Annika wirkte in letzter Zeit sehr angespannt und nicht besonders glücklich. Sie redete zwar nicht besonders viel über ihre Beziehung zu Lars, aber dass bei ihnen irgendetwas nicht stimmte, erkannte man sofort. Umso verwirrender war es, als Annika ihren Freundinnen bei ihrem letzten Treffen beiläufig und völlig emotionslos erzählt hatte, dass Lars und sie sich verlobt hatten, was die drei Freundinnen ausnahmslos für einen gigantisch großen Fehler hielten. Lars war ein Egomane und ein gefühlsarmer dazu. Die gefühlvolle und lustige Annika würde an seiner Seite wie eine Primel eingehen, das konnten sie bereits jetzt erkennen.

„Man wird nur einmal fünfundzwanzig. Und wir wollen doch nicht, dass sie ihr nächstes Vierteljahrhundert als vertrocknete alte Jungfer begeht, oder?“ Jetzt war es Anna, die versuchte, Tanja von der Richtigkeit ihrer Aktion zu überzeugen. „Mit ein wenig Glück öffnet es ihr die Augen und sie wird diesen Idioten Lars endlich in den Wind schießen. Annika hat ein wenig Spaß und vor allem etwas Besseres verdient.“

„Aber sowas von“, fügte Kathi belustigt hinzu. Lars ließ Annika, was den Sex anging, besonders in letzter Zeit, am langen Arm verhungern. Er war, um es vorsichtig zu formulieren, nicht mehr mit Annikas Körpermaßen einverstanden und ließ sie dies bei jeder sich ihm bietenden Gelegenheit spüren. Dieses unschöne Detail hatte Annika Kathi in einem Anflug von Frust angedeutet und Kathis Sorge um ihre Freundin damit bestätigt. Immer noch skeptisch blickte Tanja Anna über die Schulter und stellte fest, dass Anna einen sehr guten Geschmack bewiesen hatte. *Dieser Typ sieht schon verdammt lecker aus*, dachte sie bei sich, während Kathi kichernd die Maus erobern wollte, um die Eckdaten des Mannes zu checken. „Bist du sicher, dass es den zu buchen gibt? Oh Mann, der würde mir auch gefallen.“

„Alter: 29 – Größe: 1,89 Meter – Gewicht: 82 Kilogramm – Nichtraucher – sportlich, trainiert, Student aus gutem Haus.“ Anne ratterte die Daten runter und las dann die Anzeige vor: „Du suchst keinen Partner, aber ein Traumdate? Du willst keine Beziehung, aber Zärtlichkeit und Nähe? Du brauchst eine Begleitung ohne Verpflichtung? Buch mich! Kontakt unter…“

„Oh wow. Ganz schön von sich überzeugt, der Typ. Obwohl. Macht nicht die Agentur die Texte? Lass sie uns anschreiben. Fragen kostet ja nix, oder?“ Kathis Wangen glühten vor Aufregung und ihre Augen funkelten unternehmungslustig. „Wer weiß, wenn die Aktion ein Erfolg wird, gönne ich mir vielleicht auch mal wieder ein wenig männliche Aufmerksamkeit.“ Die Mädels lachten, während Anna bereits eine E-Mail schrieb.

2
Garmisch-Partenkirchen – 17. Dezember 2007

Wieso muss ich Idiot immer den Weg des größten Widerstandes gehen? Warum tu ich nicht einmal etwas, was gut für mich ist?, fragte sich Felix Gärtner und rollte seufzend mit den Schultern. Das bärtige, gut geschnittene Gesicht, das ihm aus dem Spiegel entgegenstarrte, wirkte müde und abgespannt, doch das würde sich ändern, sobald er endlich unter die Dusche kam. Wieder einmal hatte er die Nacht zum Tag gemacht und war danach zur Vorlesung gegangen, was zur Folge gehabt hatte, dass er dort um ein Haar eingeschlafen wäre. Shit. Auf Dauer würde er die Menge an Aufträgen nicht mehr halten können, so viel war klar. Hätte er auf seinen Vater gehört, könnte er jetzt in der Villa seiner Eltern in seinem Zimmer liegen und lernen, anstatt sich – wieder einmal – für einen Auftrag fertig zu machen.

Zu Beginn des dritten Semesters seines Studiums war er noch guter Dinge gewesen und hätte jedem, der ihm etwas anderes hätte erzählen wollen, nur ins Gesicht gelacht. Was sollte schon so schwer daran sein, für einen Escortservice zu arbeiten und Damen jeglichen Alters ein Begleiter zu sein? Also hatte er sich auf Anraten seines Kumpels angemeldet und katalogisieren lassen und war schon bald gebucht worden. Mittlerweile machte er diesen Job schon so lange, dass er sich einen beachtlichen festen Kundenstamm erarbeitetet hatte, der allerdings einen Großteil seiner sehr knapp bemessenen Zeit beanspruchte. Dies wirkte sich bereits negativ auf sein Studium aus. Logischerweise war es bei einigen der Damen nicht bei einem abendlichen Theaterbesuch oder einem Geschäftsessen geblieben, sondern die Ladys hatten spezielle Sonderleistungen dazugebucht. Felix war klar gewesen, dass es dazu kommen konnte, und ja, anfänglich hatte ihn die Idee, reiferen Frauen sexuell gefällig zu sein, sogar sehr angeregt, doch mittlerweile hatte sich seine freudige Herangehensweise als äußerst naiv erwiesen. In Wirklichkeit war es nicht einfach, mit einer Frau, die er nicht attraktiv und sexy fand, ins Bett zu gehen und ihr den wilden Liebhaber zu mimen. Dazu kam, dass er gleich zu Beginn zwar angegeben hatte, ausschließlich mit Frauen auszugehen, die Agentur aber trotzdem versucht hatte, ihn auch an Männer zu vermitteln. Dies hatte anfänglich zu Diskrepanzen geführt, war aber mittlerweile kein Thema mehr. Schaudernd dachte er an die Episode mit einem älteren Pärchen zurück, die sich von ihm Sex zu dritt gewünscht hatten. Anfänglich war Felix davon ausgegangen, dass sich die Männer gemeinsam um die Frau kümmern würden, doch dann war ihm ziemlich schnell klar geworden – hier ging es nicht um die Wunschbefriedigung der Ehefrau, sondern um die ihres Mannes! Felix, der gerade die Frau in der Hündchenstellung bediente, hatte plötzlich gespürt, wie sich der Mann an seinen Pobacken zu schaffen machte. Ehe er wirklich realisierte, was vor sich ging, hatte der Kerl zwei Finger in Felix'' After geschoben und massierte ihm mit der freien Hand die Eier. Vor lauter Schreck war Felix' Erektion in sich zusammengefallen, was wiederum die Frau nicht sonderlich begeistert hatte. Natürlich hatte das Ehepaar sich über seine mangelnde Steherqualität bei der Agentur beklagt und schon hatte er keine Paar-Aufträge mehr erhalten, geschweige denn männliche Klienten!

Trotzdem hatte Felix sich schon Gedanken darüber gemacht, auf Dauer in diesem Umfang nicht weitermachen zu können. Nicht, wenn ihm sein Studium und sein Leben danach etwas bedeuteten. Die Agentur hatte ihm fünf von sieben Abenden verplant und einen Abend davon sogar mit zwei Klientinnen belegt. Felix liebte Frauen, aber das war eindeutig zu viel des Guten. Wenn da nicht diese außerordentlich gute Bezahlung wäre und er das Geld nicht so dringend benötigen würde…

Genug gegrübelt. Felix hatte sich fertig zu machen für einen neuen, äußerst abenteuerlich klingenden Auftrag. Die Agentur hatte ihn bereits angenommen, also konnte er schlecht nein sagen, hatte sich jedoch für die kommenden Wochen fest vorgenommen, etwas zu ändern.

Er stand in dem extra für ihn gebuchten Hotelzimmer des Vier-Sterne-Hotels in Garmisch-Partenkirchen und überlegte, welches seiner Hemden dem Anlass angemessen war. Das Bild der Frau, die er heute Nacht beglücken sollte, stand auf seinem Nachttisch, doch er würde es gleich verschwinden lassen müssen, damit es ihn nicht verriet, wenn er sie später auf sein Zimmer mitnahm. Sie hatte ihn nämlich nicht selbst gebucht, sondern er war gebucht worden, um sie zu verwöhnen, und zwar mit allem, was ihr gefiel.

750 Euro! So viel kostete es, ihn für ein Komplettpaket zu buchen. Ein stolzer Preis, allerdings gingen davon nur 60 Prozent an ihn, den Rest erhielt die Agentur. Abendbegleitung plus Extras. Natürlich lag es immer an der Dame, ob es zum Sex kam oder nicht. Wer wusste schon, wie sich der Abend entwickelte. Doch wenn er direkt so gebucht wurde und es nicht zum Geschlechtsverkehr kam, hatten die Auftraggeberinnen eben Pech gehabt. Was gebucht worden war, musste auch bezahlt werden.

Wenn Felix ehrlich zu sich selbst war, war ihm dieser Auftrag anfänglich schon ein wenig suspekt vorgekommen. Die Agentur hatte ihm mitgeteilt, dass er nicht von der Kundin selbst, sondern von deren Freundinnen gebucht worden sei. Das alleine machte den Auftrag nicht ungewöhnlich. Nein. Er war schon oft als Überraschung gebucht worden. Allerdings beinhaltete diese Art der Aufträge bisher nie gleich zu Beginn das EVENING-PLUS-PAKET. Dies bedeutete, dass er der besagten Dame für ALLE ihrer Wünsche zur Verfügung stand, und zwar für den kompletten Abend. Er fungierte als Begleiter, Tischherr, Unterhalter und darüber hinaus – wenn gewünscht – auch als Betthase.

Felix sollte seiner Klientin *zufällig* auf der Achtziger-Jahre-Party des Hotels begegnen. Seine Aufgabe bestand vorrangig darin, sie zu umgarnen und mit ihr zu flirten, sie zu hofieren und ihr einen unvergesslichen Abend zu schenken. Alles kann – nichts muss, war dabei das Motto des gebuchten Arrangements, aber auch sein eigenes. Seine Auftraggeberinnen hatten ihn zunächst im gleichen Hotel eingebucht, was selbstverständlich als zusätzliche Auslage angerechnet wurde. Sie würden dafür sorgen, dass Annika die nötige Lockerheit für einen heißen Flirt hatte. Das hatte er zu Beginn zwar etwas befremdlich gefunden, doch dann wurde ihm klar, dass dies seine eigentliche Arbeit um einiges erleichtern würde. Schließlich hatte er bei seiner Anreise an der Rezeption ein Kuvert mit ihrem Bild und einigen Eckdaten wie Name, Alter und Hobbys gefunden. Beim Anblick ihres Fotos hatte Felix kurz die Luft angehalten. ANNIKA. Sie war ein blonder Engel. Blond und wunderschön. Ihre Augen blitzten schalkhaft, während sie dem Fotografen ein solch freches Grinsen geschenkt hatte, dass Felix alleine schon davon heiß geworden war. Sie wirkte so lebenslustig, so energiegeladen, dass ihm der Atem gestockt hatte. Ein bezaubernder sommersprossiger, blonder Engel – einer von der Sorte, die es mit Sicherheit faustdick hinter den Ohren hatte. Kurz hatte ihn der Gedanke durchzuckt, dass dieser Auftrag in irgendeiner Art und Weise einen Haken haben müsste, doch dann hatte die Lust darauf, Annika kennenzulernen, überwogen. Er hatte plötzlich das Bedürfnis, mehr über Annika zu erfahren. Mit ein wenig Glück hätte er sie spätestens nach dem zweiten oder dritten Drink in seinem Bett. Er grinste. Nein. Dies hatte nichts mit Glück zu tun. Dies hatte einzig mit seiner Wirkung auf das weibliche Geschlecht zu tun, das zugegebenermaßen durchweg positiv auf ihn reagierte. Ihm fiel auf, dass seine Agentur nichts von Verhütung gesagt hatte, woraus er schloss, dass seine Auftraggeberinnen, und damit Annikas Freundinnen, nicht explizit darauf bestanden hatten. Felix wusste genau, dass einige seiner Kollegen gerne auf Kondome verzichteten. Dabei war es ihnen scheißegal, welchem Risiko sie sich selbst, aber auch ihre Klientinnen aussetzten. Egal. Die Frauen jedenfalls schienen keine Erfahrungen mit dieser Art Begleitservice zu haben. Das hatte ihn schmunzeln lassen. Sechs Semester konnten verdammt lang sein und nur selten war ein Auftrag so reizvoll wie dieser. Meist hatte er es mit exzentrischen älteren, aber sehr wohlhabenden Frauen zu tun, die ihm alles abforderten, was er zu bieten hatte, und ihn bereits das ein oder andere Mal wirklich an seine Grenzen gebracht hatten. Eine seiner Kundinnen war so schräg drauf, dass sie von ihm im Schulmädchenkostüm abgestraft werden wollte. Zuerst mit strenger Stimme, dann mit der flachen Hand auf den Po, doch mittlerweile sogar mit einem von ihr mitgeführten, fünfzig Zentimeter langen Lineal. DREI JAHRE. Nicht mehr lange und er konnte sein Geld auf normalem Weg verdienen. Dann würde er sich nicht mehr prostituieren müssen, um sein Studium zu finanzieren. Er hatte sich dazu entschieden, Veterinärmedizin zu studieren, um danach in der Lebensmittelüberwachung oder Tierbestandsüberwachung der Gesundheitsbehörde zu arbeiten. Dumm nur, dass er mit seiner Studienwahl nicht wirklich den Geschmack seines Vaters getroffen hatte, der ihn bereits fest in seiner Anwaltskanzlei verplant hatte. Als dieser mitbekommen hatte, dass Felix kein Jurastudium anstrebte, hatte er das Einzige getan, was in seinen Augen richtig und notwendig war – er hatte Felix den Geldhahn abgedreht. Und das, obwohl er nicht auf einem Motorrad die Anden durchqueren wollte oder sich für ein Jahr nach Australien abgesetzt hatte. NEIN. Felix hatte sich gewagt, eigene Pläne für seine Zukunft zu machen, was für seinen patriarchischen Vater schon Grund genug gewesen war. Da sein Vater das Familienvermögen alleine verwaltete und seiner Frau lediglich Haushaltsgeld und ein wenig Geld für ihre eigenen Belange zur Verfügung stellte, waren seiner Mutter die Hände gebunden, und so hatte Felix trotzig behauptet, ohne das Geld seines Vaters klarzukommen. Er hatte keine Lust auf Erpressung und dieses nervige Bitte-Danke-Prozedere gehabt. Mittlerweile würde er es sich schon noch einmal überlegen, ob er wieder wutentbrannt die Villa seiner Eltern verlassen und sich über sechs Monate nicht melden würde, wie er es damals getan hatte. Hätte er sich doch nie mit seinem Vater angelegt. Dann… Ach, das war jetzt auch egal. Dieser Auftrag würde ihm auf jeden Fall Spaß machen, denn Annika war wirklich eine Augenweide. Er hoffte es jedenfalls, denn wer wusste schon, wie alt diese Fotografie wirklich war…

Die Party war bereits in vollem Gange, als sich Felix durch die Menge schob. Er hatte Annika bereits entdeckt und vermutete, dass es sich bei den drei Frauen, mit denen sie sich so angeregt unterhielt, um seine Auftraggeberinnen handelte. Sie hatten Wort gehalten, denn sein *frecher Engel* hatte immerhin bereits genug intus, um sich von einem wie gelackt wirkenden Geschäftsfuzzi im Anzug angraben zu lassen. Oder gehörte das ebenfalls zum Plan der drei Frauen? Komischerweise schmeckte ihm diese Tatsache nicht. Er, der dafür bezahlt worden war, Annika abzuschleppen, käme vielleicht gar nicht zum Zuge, falls sie sich wider Erwarten von diesem verschwitzten, hypernervösen Schlipsträger abschleppen ließe. Doch es sah nicht so aus, als hätte *der Anzug* viel Glück. Zumindest, wenn Felix Annikas Körperhaltung richtig deutete. Sie war dem *Anzug* zwar zugewandt, doch ihre skeptische Zurückhaltung war deutlich sichtbar. Zeit, endlich einzugreifen. Felix ging hinüber zu den Damen, die, wie er sofort bemerkte, allesamt bereits mächtig angetrunken waren, und grüßte höflich in die Runde: „Guten Abend, die Damen.“ Eine hübsche, kurzhaarige Blondine hätte sich um ein Haar verraten, doch ihre Freundin, die Felix am nächsten saß, lenkte sie schnell ab, bevor sie sich hatte verplappern können. „Guten Abend, schöner Mann“, säuselte eine großgewachsene Brünette forsch. Felix lächelte ihr zu. „Ich bin Felix“, antwortete er schlicht und blickte vielsagend zu Annika, die immer noch von dem Typ im Anzug vollgetextet wurde. Dann schob er sich langsam, aber bestimmt zwischen Annika und den Nervtöter, der unweigerlich vor ihm zurückwich. Felix war ein gutes Stück größer als *der Anzug*.

„Sorry, mein Engel. Hättest du Lust, zu tanzen?“ Felix’ tiefes Timbre ließ Annikas Kopf herumfahren und lenkte nun die Aufmerksamkeit aller umstehenden Frauen auf ihn. Auch der *Anzug* reagierte auf ihn, allerdings anders als die Frauen. Er wirkte sehr ungehalten und runzelte widerwillig die Stirn, während er die Schultern straffte und sich auf einen Schlagabtausch vorzubereiten schien. Annika sah ihn nur mit riesigen Augen an, schien jedoch nicht zu realisieren, dass er sie gemeint hatte. Also nickte Felix ihr lächelnd zu. „Liebling. War ich so lange weg, dass du mich nicht wiedererkennst? Ich bin’s, Felix“, feixte er und endlich schien sie zu begreifen, was er vorhatte. Ihr Gesicht begann zu glühen, dann lachte sie und blickte unsicher zum *Anzug*, der abfällig das Gesicht verzog und irgendetwas Unfeines vor sich hinmurmelte. „Sorry. Aber das ist Felix. Ich hatte ihn doch glatt vergessen zu erwähnen.“

Der *Anzug* schnappte wütend nach Luft und murmelte etwas, das verdächtig nach „Aufreißerarsch“ klang, zog sich jedoch endlich zurück. Annika sah ihm nach und nahm einen Schluck von ihrem Drink. „Ich danke dir, Felix. Ich dachte schon, den werd ich gar nicht mehr los.“ Annika musterte ihn neugierig und dann, völlig entgegen dem, was sie normalerweise tun würde, fragte sie keck: „Gilt dein Angebot für den Tanz noch?“ Felix spürte die Blicke der drei Frauen, als er Annika auf die Tanzfläche führte und an sich zog. Annika war zauberhaft, jedoch deutlich üppiger, als er vom Foto her vermutet hatte, doch das störte ihn nicht. Im Gegenteil. Sein Unterleib spannte sich an und sein Schwanz begann sich aufzurichten. Annika ging ihm gerade bis zur Schulter und roch so umwerfend gut, dass Felix am liebsten seine Nase in ihr Haar vergraben hätte, um ihren Duft zu inhalieren. *Okay. Anziehung dürfte schon mal keine Schwierigkeit darstellen,* dachte er aufgekratzt und ließ seine Hand auf ihrem Rücken etwas tiefer gleiten, jedoch darauf bedacht, sie mit dem Unterleib nicht zu berühren. Schließlich wollte er sie nicht gleich verschrecken. Die Finger seiner anderen Hand hielten die ihre fest und so bewegten sie sich gemeinsam zu den sinnlichen Klängen von Phil Collins' *In the air tonight.* Es fühlte sich großartig an. Felix fühlte sich großartig. So gut, sie so im Arm zu halten. Und dann – urplötzlich – schoss ihm durch den Kopf, unter welchen Umständen er sie gerade kennenlernte. Und er bedauerte es zutiefst. Die Erkenntnis, diesen Auftrag lieber nicht angenommen zu haben, kam zu spät. Verdammte Scheiße. Jetzt konnte er keinesfalls noch einen Rückzieher machen, selbst wenn er wollte. Die Agentur würde das Geld zurückzahlen müssen und er natürlich auch, nebst allen Nebenkosten, die angefallen waren. Und das konnte er sich leider nicht leisten. *Du bist Profi, also reiß dich gefälligst zusammen. Du hast das schon dutzende Mal gemacht*, redete er sich gut zu. Ja, hatte er. Aber noch nie hatte ihn ein einfacher Tanz dermaßen aufgewühlt. *Wie auch immer, du schleppst Annika ab, hast ein paar schöne Stunden mit ihr und wirst sie dann nie mehr wiedersehen,* spornte er sich an. Langsam gewann seine professionelle Seite die Oberhand zurück, doch der fade Beigeschmack blieb. Normalerweise wussten die Frauen, auf was sie sich einließen, hatten dafür bezahlt, dass er sich mit ihnen befasste, mit ihnen flirtete und ihnen seine ganze Aufmerksamkeit schenkte. Annika dagegen wurde von ihm betrogen. Und ja, sie wurde auch von ihren Freundinnen betrogen. Allerdings schienen es die drei Frauen wirklich gut mit ihr zu meinen, denn sie wollten ihr anscheinend einfach einen aufregenden Abend bereiten. Viel zu schnell war das Lied vorüber und als die harten Beats von *Let the music play* ertönten, war der Zauber des Augenblicks vorbei. Annika löste sich lachend aus seiner Umarmung, um alleine weiterzutanzen. Sie tanzte mit entrücktem Gesichtsausdruck und lasziv-enthemmten Bewegungen, was Felix vermuten ließ, dass sie schon einiges getrunken haben musste. Shit. So hatte er sich das nicht ausgemalt. Nein. Ganz und gar nicht. Die Art, wie sie sich zu der Musik bewegte, machte ihn total an. Er vibrierte, während er ihre Brüste mit Blicken verschlang, die sich heftig gegen ihre zugegebenermaßen sehr schöne Verpackung zu wehren schienen. Ihre Hüften schwangen höchst erotisch hin und her, während sie mit ihren Händen und Armen sehr weiche, sinnliche Bewegungen vollzog. Ja, sie war eine Augenweide. Kein schmales, formloses, blasses Geschöpf, bei dem man befürchten musste, es beim Anfassen zu zerbrechen. Nein. Annika war herrlich weiblich und ... saftig, wie ein reifer Pfirsich. Ihre Haut sah einladend glatt und geschmeidig aus und ihre blonden Haare glänzten im Schein der Diskostrahler. Es war voll auf der Tanzfläche, wodurch sie sehr eng beieinander tanzten, was sehr in Felix' Sinne war. Als sie wenig später atemlos stehenblieb und zur Bar zurückkehrte, folgte Felix ihr auf dem Fuße. Sie drängten sich durch die tanzende Menge und gelangten schließlich zu Annikas Freundinnen, die ihr bereits einen neuen Drink entgegenhielten, den Felix blitzschnell übernahm und zur Seite stellte. „Lass uns einen Kaffee trinken gehen", schlug er vor. „Ich würde gerne mehr über dich erfahren." Doch Annika dachte gar nicht daran, sich ihren Drink entführen zu lassen. „Sorry, Felix. Aber es gibt einen guten Grund, ein wenig zu feiern. Ich habe nämlich heute Geburtstag. Und deswegen hätte ich gerne meinen Drink zurück", erwiderte Annika und grinste ihn an.

„Oh, natürlich. Sorry. Das hab ich nicht gewusst. Happy Birthday, mein Engel", sagte er und beugte sich vor, um Annika zu küssen. Seine Lippen trafen ihre Wange, die so weich war, dass er sich augenblicklich vorstellte, wie es wohl wäre, sie richtig zu küssen. Langsam, immer mit der Ruhe, dachte er sich, während die Frauen ihn umringten. Eine von ihnen reichte ihm ein Glas und so stießen sie gemeinsam auf Annikas Geburtstag an. Wenig später unterhielten sich die Frauen angeregt über den Vorteil einer festen Beziehung und wieso man lieber trotzdem keine haben sollte. „Es läuft immer auf das Gleiche hinaus", ließ Tanja verlauten und schnaubte verächtlich. „Erst trägt er dich auf Händen und dann bist du nur noch die Putze und Haushälterin. Okay", schob sie hinterher, „im besten Fall noch Mutter seiner Kinder. Und weiter?" Annika war die einzige der Frauen, die vehement den Kopf schüttelte. „Ich glaube an die Ehe", sagte sie und lächelte. „Es muss wundervoll sein, gemeinsam mit dem Menschen, den man liebt, alt zu werden."

„Und wo findet man den?", fragte Kathi und blickte wehmütig in die Runde. „Die Guten sind alle schon weg, entweder vergeben oder schwul." Das Gekicher war ansteckend und auch Felix lachte mit. „Also, ich bin weder das eine noch das andere", ließ er verlauten. Um das Thema nicht weiter vertiefen zu müssen, bat er Annika erneut um einen Tanz, doch sie schüttelte verneinend den Kopf und lächelte ihn an. Insgeheim überlegte er, ob sie einen festen Partner hatte. Er versuchte sich zu erinnern, was in der Beschreibung über sie gestanden hatte, konnte sich jedoch nicht daran entsinnen, etwas von einem Freund oder Ehemann gelesen zu haben. Aber auch das konnte ihm egal sein, solange ihm kein betrogener Freund oder Ehelurch einen Besuch abstattete. Felix war sicher, dass, sollte es einen Partner geben, dieser nichts von dem erfahren würde, was hier – vielleicht – passieren würde. Felix würde, falls etwas laufen sollte, mit Sicherheit Annikas intimes kleines Geheimnis bleiben. Er war, wenn überhaupt, nur ein anonymer, befriedigender Fick – mehr eben nicht. *Ich oder der Anzug,* berichtigte er sich in Gedanken, denn dieser hatte tatsächlich den Nerv, sich erneut in Annikas Nähe aufzubauen, was Felix ganz und gar nicht behagte. Auch Annikas Freundinnen schienen dies so zu sehen, denn sie signalisierten ihm, sich intensiver mit ihr zu beschäftigen. Sie hatten recht, schließlich hatten sie ihn dafür bezahlt, Annika einen unvergesslichen Abend zu bescheren, und er wollte sich dabei nicht von einem anderen Kerl dazwischenfunken lassen. Doch zunächst hatte er sich um ein dringlicheres Problem zu kümmern, weswegen er sich auch mit einem lauten „Bin gleich zurück" entschuldigte und rasch entfernte.

Keine zwei Minuten später musste Felix einsehen: Mit Freundlichkeit alleine kam man nicht sehr weit, denn der *Anzug* rückte Annika bereits wieder auf die Pelle. Scheinbar nahm er an, Felix habe aufgegeben und nun sei seine Stunde gekommen. Es war unschwer zu erkennen, dass Annika sich sichtbar unwohl fühlte. Der Kerl hatte seinen Mund dicht an ihr Ohr gebracht und flüsterte ihr etwas zu, was sie nervös kichern ließ. Dann jedoch schüttelte sie heftig den Kopf. „Nein. Auf keinen Fall. Ich bin nicht alleine hier. Trotzdem danke für das schmeichelhafte

Angebot", erwiderte sie höflich, aber bestimmt. Dann wandte sie sich ab, um direkt in Felix hineinzustolpern.

Wie dreist ist der denn? Hatte ich dem nicht vorhin deutlich gemacht, dass Annika und ich gemeinsam hier sind? Na warte, dachte Felix, streichelte Annika beruhigend über den Arm und fixierte den *Anzug*, der die Situation definitiv falsch eingeschätzt hatte. Schon wieder. „Was hast du nicht verstanden? Dass die Lady mit mir hier ist oder dass sie nichts von dir will?", fragte Felix leise, aber so eindringlich, dass der Anzug abwehrend die Hände hob und endlich begriff. „Sorry, Mann. Ich dachte, du gräbst hier genauso wie ich", entschuldigte sich der Anzugstyp bei Felix, was Annika gegenüber äußerst unhöflich war und Felix erst recht auf die Palme brachte. „Mensch, zieh endlich Leine. Genug geschwafelt für einen Abend", knurrte er den Kerl an und schlug ihn damit endgültig in die Flucht. „Ja, ja, schon gut. Nichts für ungut." Annika, die schweigend zwischen den Männern gestanden hatte, feixte. „Wow. Ich scheine ja heute Abend mottengleich zu sein", kicherte sie amüsiert und schaute Felix dabei tief in die Augen. „Du bist keine Motte", widersprach Felix. „Du bist ein zu Fleisch gewordener Männertraum, und das erkenne nicht nur ich", seufzte er theatralisch und brachte alle vier Frauen damit zum Lachen. Annika wurde rot und feixte. „Na klar", meinte sie lakonisch. Dann wandte sie sich an den Barkeeper. „Eine Runde Caipi für meine Freundinnen und mich, ach ja, und für den Mottenfänger."

Einige Zeit später, Anna und Tanja hatten sich bereits zurückgezogen, machte auch Kathi Anstalten, das Feld zu räumen. „Ich wünsch dir noch viel Spaß, meine Süße", rief sie Annika zu, die sich im wilden Rhythmus zu einem Boney-M.-Song bewegte. „Ich bin fertig für heute." Damit drehte sie sich um, zwinkerte Felix ein letztes Mal zu und verschwand. Annika hielt mitten in der Bewegung inne und schüttelte den Kopf. „Was ist nur los heute? Wieso verschwinden die alle so schnell? Willst du auch noch einen", fragte sie Felix, der sie zunächst intensiv musterte, dann zu ihr kam und ihr Gesicht in seine Hände nahm. Annika, die völlig verschwitzt und außer Atem war, schluckte nervös und leckte sich über die Lippen. „Was…", setzte sie an, kam jedoch nicht weit, weil Felix seine weichen Lippen auf ihre senkte. „Was hältst du davon, wenn wir nach oben gehen“, raunte er ihr ins Ohr, nachdem er sie wieder losgelassen hatte.

„Komm schon. Ich hab doch Geburtstag und es ist gerade so schön“, säuselte sie, doch er schüttelte nur den Kopf. „Meinst du nicht, du hast genug?“, fragte er sie, während sie auf einen weiteren Drink wartete. Er wunderte sich über sich selbst – schon wieder. Seit wann war er zum Sittenwächter mutiert? Er trank selbst ganz gern mal einen – und jetzt? Sie fixierte ihn und dann, ganz plötzlich, ging ein Ruck durch ihren Körper. „Noch lange nicht.“ Annika sah dem Barkeeper zu, wie er die Drinks eingoss und auf den Tresen stellte. Dann wandte sie sich zu Felix um und schenkte ihm einen verächtlich, hochnäsigen Blick, der ihn fast zum Lachen brachte. Aha. So war das also. Sie war in ihrer Ich-bin-trotzig-und-mach-was-ich-will-Phase, auch auf die Gefahr hin, dass es ihr ganz und gar nicht bekommen würde. *Auch recht,* dachte Felix amüsiert. Wer war er, sich nicht darüber zu freuen, leichter an sein Ziel zu kommen?

Nur wenig später ließ Annika verlauten: „Ich glaub, ich hab genug“ und lehnte sich vertrauensvoll an Felix, der wie eine Wand zwischen ihr und dem Sturz auf den Fußboden stand. „Ja, das glaub ich allerdings auch. Na, komm schon, ich bring dich ins Bettchen.“ Fürsorglich schlang er seinen Arm um ihre Mitte und hoffte, sie würde die Strecke von der Bar zum Fahrstuhl ohne Sturz bewältigen können. „Wo is’n Anna? Sie hat die Karte.“ Ohne ein weiteres Wort darüber zu verlieren, ging Felix mit Annika im Arm zum Fahrstuhl. Er hatte nie vorgehabt, dieses bezaubernde Wesen in ihrem Zimmer abzuliefern, das sie sich mit Anna zu teilen schien. Nein. Annika würde heute Nacht bei ihm schlafen und morgen früh würde er dann hoffentlich seine Gage abarbeiten können. Natürlich hatte er nicht vor, sich an einer so betrunkenen Frau zu vergreifen, auf gar keinen Fall…

Bereits im Fahrstuhl wurden seine guten Vorsätze auf eine mehr als harte Probe gestellt. Annika packte ihn plötzlich am Kragen und zog ihn zu sich herunter. „Mhm. Du riechst so verdammt gut. Was ist das?“ Annika schnupperte an seinem Kragen und sog tief die Luft ein. „Du machst mich ganz schummrig“, sagte sie und kicherte. Dann plötzlich umfasste sie seinen Kragen und wisperte: „Küss mich.“ Dabei presste sie ihren warmen, weichen Körper so fest an ihn, dass er jede leckere, verführerische Kurve mehr als deutlich spüren konnte. *Grundgütiger*, dachte er, als sich ihre Lippen auf seine pressten und ihre Zunge energisch Einlass forderte. Wie sollte er diesem köstlichen Ansturm weiblicher Übermacht standhalten? Okay. Annika war durch den Alkohol völlig enthemmt und Felix war sich zu einhundert Prozent sicher, dass sie nüchtern so niemals agieren würde. Aber ein Kuss? Wer sollte ihm das verübeln? *Kein Mensch,* redete er sich ein und gab schließlich nach, was sich bereits einige Sekunden später als riesengroßer Fehler herausstellte. Wie hatte er nur glauben können, es sei nur ein Kuss? Diese Frau verführte ihn gerade nach allen Regeln der Kunst und er hatte nicht wirklich viel entgegenzusetzen – außer seiner Vernunft. Wo war diese Verräterin, wenn man sie dringend brauchte? Annika schmeckte köstlich. Er war sofort elektrisiert und sein Körper bereit, sich auf mehr – viel mehr – einzulassen. NEIN. Wieder wagte die Vernunft einen zaghaften Vorstoß, allerdings zu zaghaft, denn kaum hatte seine Zunge den Weg in ihre Mundhöhle gefunden, begann Annika tief in der Kehle zu knurren. Es hörte sich wie das Knurren eines kleinen Tieres an. Gänsehaut überzog seinen Körper, als sie sich heftig atmend von ihm löste. Und dann besiegelte sie seinen Untergang, indem sie sich die Schuhe von den Füssen trat und den Reißverschluss ihrer Jeans öffnete. Sie beobachtete seine Reaktion sehr genau, als sie ihre Hand – einfach so – in ihren Slip gleiten ließ und sich nach hinten an die Kabinenwand lehnte. „Ich bin betrunken und total scharf", wisperte sie, während sich ihre Hand tiefer schob und ihn auf der Stelle steinhart werden ließ. Ihm war heiß und er begann zu schwitzen. Was für eine Show. Annika stand an der Rückwand des Fahrstuhls und befriedigte sich selbst, wobei sie ihre Augen bis auf kleine Schlitze geschlossen hatte, während ihr süßer Mund halboffen stand. Irgendwo, im letzten Kämmerchen seines Gehirns, war Felix sich darüber im Klaren, dass die Fahrstühle mit Sicherheit Videoüberwachung hatten. Ihm war klar, welch eine Show Annika gerade bot, doch er wollte und konnte sie einfach nicht stoppen, schließlich wollte er sich keinesfalls selbst um dieses Vergnügen bringen. Annika sah so verdammt sinnlich und sexy aus, dass Felix der Atem stockte. Ein berauschender

Duft breitete sich in der kleinen Kabine aus und Felix war heilfroh, als der Aufzug mit einem sanften Ruck auf ihrer Etage zum Stehen kam. Er erwartete, dass sich Annika die Finger aus der Jeans reißen würde, doch nichts geschah, weswegen er sich, sobald die Fahrstuhltür aufglitt, sofort nach ungewollten Zuschauern umsah. Zum Glück war auf dem Flur kein Mensch zu sehen.

„Komm, Süße. Hier ist nicht der richtige Ort für deine Show." Oh weh. Mehr Oberlehrer ging ja wohl nicht. Er nahm Annika beim Arm und führte sie aus der Kabine, zu seiner Zimmertür, die glücklicherweise nur zwei Türen weiter war. Diese Frau war der Hammer. Ohne ihre Aktivitäten zu unterbrechen, ließ sie es zu, dass er sie zwischen sich und der Zimmertür einklemmte. Dann, urplötzlich, zog sie ihre Hand aus der Jeans und streckte die nass glänzenden Finger in Felix' Richtung. „Mhm", schnurrte sie und Felix' Bauchmuskeln verkrampften sich schmerzhaft. Auch sein steinharter Penis zuckte vor Erregung und schmerzte in seiner engen Behausung. *Was auch sonst,* dachte er und seufzte. Annika war völlig losgelöst und mehr als willig. Ergeben schloss er die Augen, als sie ihre Finger in den Mund steckte und genüsslich ableckte. „Magst du auch mal?"

3

Gottverfluchter Ehrenkodex. Hirnverbohrter, engstirniger, dumpfbackiger Idiot, beschimpfte sich Felix selbst und schüttelte abwehrend den Kopf. „Nein“, sagte er stattdessen bestimmt und schob Annika in sein Zimmer, dessen Tür er mit der Chipkarte schnell aufbekommen hatte. „Du wirst dich jetzt schön brav ins Bett legen und deinen Rausch ausschlafen. Vergnügen können wir uns auch später noch, wenn du einigermaßen bei Sinnen bist.“

„Will nicht warten“, seufzte Annika und fummelte an seinem Hemd herum. „Lass uns Sex haben. Jetzt.“ Auf einmal waren ihre Finger überall. Sie zog und zerrte an seinem Hemd herum und klammerte sich an seiner Mitte fest, um gleichzeitig ihren feuchten Mund auf seine mittlerweile nackte Brust zu drücken. Er spürte ihre feuchte Zunge, die lange Bahnen über seinen Oberkörper zog. Teufel auch, Annika leckte an ihm wie an einem Eis und fand – seine Brustwarze. Als sie die kleine, feste Erhebung spürte, saugte sie sich förmlich daran fest, leckte, stupste und zwickte mit ihren Zähnen so lange, bis er zischend die Luft ausstieß und mit ihr einen lauten Fluch. Das war so gut, so geil und so scharf, dass Felix kaum an sich halten konnte. Während er noch damit beschäftigt war, ihre tastenden Hände von seinen tieferen Regionen abzuhalten, brachte sie ihn mit ihrer Zunge um den Verstand. Reine Lust schoss ihm direkt zwischen die Beine, fachte sein Verlangen an und brachte sein Herz zum Rasen.

„Muss aufs Klo“, murmelte Annika und wollte sich losreißen, wobei sie stark ins Wanken geriet. „Langsam, meine Süße“, versuchte Felix ihr Temperament zu zügeln, doch Annika wand sich in seinem Griff, also ließ er sie los, woraufhin sie sich prompt auf den Hintern gesetzt hätte, wenn Felix sie nicht rechtzeitig aufgefangen hätte. „Okay, ist gut“, nuschelte sie. „Aber ich muss wirklich erst aufs Klo.“ Seufzend schleppte Felix Annika zum Badezimmer, wo er ihr das Licht einschaltete und sie gegen das Waschbecken lehnte. „Kann ich dich alleine lassen?“, fragte er skeptisch, kannte die Antwort jedoch schon. „Na klar.“ Im Brustton der Überzeugung wankte Annika Richtung Toilette, woraufhin Felix schleunigst aus dem Bad verschwand, die Tür jedoch vorsorglich nur anlehnte. Man konnte schließlich nie wissen. Er setzte sich auf den Stuhl gleich neben der Tür und versuchte, nicht zu sehr auf die Geräusche zu achten. Dies war jedoch in dem ansonsten totenstillen Zimmer sehr schwer und so schaltete er den Fernseher ein und zappte zu einem Musiksender, der den Raum mit leiser Musik berieselte – was dummerweise wiederum eine sehr intime Atmosphäre schaffte. Scheiße. Felix verfluchte sich selbst. Sich, seine Geldnot und sein Studium, das ihm bisher nicht wirklich viel Glück beschert hatte. Bevor er sich noch mehr in Selbstmitleid ergießen konnte, sprang er auf, streifte sich die Schuhe von den Füssen und seufzte vor Wonne. Felix liebte es, barfuß zu gehen, und tat dies zu jedem möglichen Anlass. Als die Badezimmertür aufgestoßen wurde, traute er seinen Augen nicht. Annika war splitterfasernackt. Ihre fantastisch geformten, schweren Brüste wippten verlockend bei jeder Bewegung. Sie waren gekrönt von zwei hellbraunen Brustwarzen, die ihn auszulachen, ja zu verhöhnen schienen: Uns willst du widerstehen? Felix schluckte schwer, als sein Blick tiefer glitt. Über ihre runden Hüften und die verhältnismäßig schmale Taille zu ihrem weichen, leicht gewölbten Bauch bis hin zu dem Nest blonder, feuchter Löckchen, die die darunterliegende Spalte nicht verbergen konnten. Im Gegenteil. Sie waren für Felix eher wie ein flaumiger Wegweiser ins Paradies. Annika war seine Verlockung – sein Verhängnis. Wie zum Teufel sollte er dieser prallen Weiblichkeit, dieser verführerischen Frau, widerstehen? Ihr seine professionellen Dienste zur Verfügung stellen, ohne ihr völlig zu verfallen? Puh, das würde schwer werden, wenn nicht unmöglich. Er räusperte sich und während er fieberhaft nach einem Ausweg aus seinem plötzlichen Dilemma suchte, kam seine Versuchung mit wiegenden Hüften auf ihn zu. Es wäre ein Leichtes für ihn gewesen, sie zu überwältigen und ins Bett zu befördern, wo sie mit Sicherheit auch bleiben würde, wenn sie erst einmal liegen würde, doch er tat es nicht. Stattdessen ergab er sich der süßen Verführung ihrer kühlen Hand, die seine nahm und sie sich auf ihren Bauch legte. Hölle und Verdammnis. Sie fühlte sich an wie weiche, warme Seide, einfach nur herrlich. Ihre Bauchmuskeln zuckten, als seine Hand tiefer glitt und unmittelbar oberhalb ihrer Scham zu liegen kam. Aufreizend bewegte sie sich gegen ihn und forderte ihn nonverbal dazu auf, weiterzumachen. Betont langsam fuhr er hinab zu ihren weichen, feuchten Löckchen. Seine Berührung entlockte ihr ein Seufzen, das so erregend klang, dass sein Penis begierig zuckte, während sein Mittelfinger leicht in ihre Spalte glitt und ihre Klitoris streifte. Annika keuchte und riss die Augen auf. *Ja*, dachte er, *das gefällt dir*. Er lachte leise und rieb seinen Finger leicht über den kleinen, vorwitzigen Knubbel. „Jaaaaa. Oh jaaaaa." Ihre gekeuchte Zustimmung war Labsal für seine erregten Sinne und heizte auch ihm ordentlich ein. Zeit für forschere Taten. Felix schob seinen Körper hinter Annika und presste sich dann, soweit dies ihre aufregenden Kurven zuließen, in voller Länge von hinten an sie. Sein steinharter Penis, eingesperrt in seine mittlerweile mehr als enge Hose, zuckte begeistert, als Felix sich lustvoll an ihr mehr als pralles Hinterteil presste. Annika umfasste seinen Unterarm, den er um ihre Taille geschlungen hatte, mit beiden Händen und rieb sich lustvoll an ihm, was ihn fluchend die Zähne zusammenbeißen ließ. Dieses Weib hatte vor, ihn umzubringen... Seine andere Hand, die auf ihrem Schamhügel lag, begab sich auf Wanderschaft und stieß in ein weiches, warmes Nest feuchten Fleisches vor, das ihm zeigte, wie erregt Annika wirklich war. Oh ja, sehr erregt... Annika war heiß. Heiß, bereit und sehr sexy, was ihn total anmachte. Ohne weiter darüber nachzudenken, schob er zwei seiner Finger in ihre glitschige Spalte, was sie mit einem tiefen „Mhm, das ist gut, tiefer" quittierte. „Jaaaaa." Vor Vergnügen schloss Felix die Augen und versuchte, nicht abzuspritzen. Die Kombination des Gefühls ihrer feuchten Möse, die seine Finger eng und heiß umschlossen, mit dem ihr entströmenden weiblich-geilen Duft machte ihn total an. Ihr Geruch erfüllte das Zimmer, benebelte seine Sinne und machte ihn noch schärfer, als er schon war. Es fehlte nicht viel... NEIN. Verdammt, nein. *Ich werde nicht mit einer völlig betrunkenen Frau schlafen. Ich verschaffe ihr Entspannung und steck sie dann ins Bett – Ende der Geschichte – zumindest für heute.* Mit diesem festen Vorsatz vergrub er sein Gesicht in ihren weichen, seidigen Haaren und fuhr fort, sie mit seiner Hand zu verwöhnen, während er den fruchtigen Geruch ihres Shampoos aufsog, um sich von dem anderen abzulenken. Als er die Augen öffnete, blickte er direkt auf ihre üppig runden Brüste hinab, die ihn förmlich anzuflehen schienen, sie nicht zu vernachlässigen. So nahm er seinen Arm, in dem ihre Hände vergraben waren, von ihrer Taille und umfasste eine ihrer großen Brüste. Wow. Wahnsinn. Seine Hand schaffte es nicht, dieses köstliche Fleisch ganz zu umschließen, er eignete sich jedoch hervorragend als zweibeiniger Büstenhalter mit Echtheitszertifikat, denn kaum hatte er seine Finger um ihre Brust geschlossen, stöhnte Annika laut und bewegte sich noch heftiger als vorher. Von ihren enthemmten Bewegungen angeturnt, begann Felix ihre Brust sanft zu kneten und drückte ihre kleine, vorwitzige Brustwarze, die immer größer und härter wurde.

Annika keuchte. Dieser Kerl war gut, verdammt gut sogar. Er wusste seine Finger so famos einzusetzen, dass sie jedem seiner Vorstöße freudig entgegenkam, indem sie ihr Becken gegen seine Hand bewegte. Dabei schien sich ihr Innerstes immer mehr zu verflüssigen, wurde noch weicher und wärmer. Sein Handballen rieb bei jedem Eindringen seiner Finger über ihre Klitoris und sandte unbeschreibliche Empfindungen durch ihren Unterleib. „Oh Gott“, seufzte sie und stieß ihr Becken heftig nach vorne. Sie war gleich so weit. Plötzlich spürte sie, wie sich seine Hand um ihre Brust schloss und diese prüfend betastete, um dann neckend an ihrer Brustwarze zu zupfen. Dann rieb er seine raue Handfläche über die hochsensibilisierte Beere und verschaffte Annika kleine elektrische Stöße, die ihr direkt zwischen die Beine fuhren. Unaufhaltsam raste ihr Höhepunkt heran. Sie spürte die wellenartigen Kontraktionen, die lustvollen Schauder und die Gänsehaut, die sich auf ihrem Körper bildete, noch bevor ihr bewusst wurde, dass er einen dritten Finger in sie geschoben hatte und sie nun in rasendem Tempo fickte. „Uiiiiiiii. Ich komme“, keuchte sie und versteifte sich an seinem hoch aufgerichteten Körper, der sie wie ein warmes Schutzschild hielt. Flirrend setzte der Orgasmus ein und hielt sie sekundenlang gefangen. Die Muskeln ihrer Vagina quetschten seine Finger förmlich in sic hinein, während das reibende Gefühl an ihren hoch aufgerichteten Brustwarzen fast unerträglich und schmerzhaft wurde. Sie schrie vor Lust laut auf und schluchzte unzusammenhängende Worte höchster Ekstase.

Als Annika keuchend aus dem Strudel wundervoller

Empfindungen auftauchte, wurde ihr als Erstes schmerzhaft bewusst, dass lediglich Felix' Arm sie vor einem Sturz auf den Boden bewahrte, da ihre Beine sich in flüssiges Gelee verwandelt hatten. Scheiße. Annika konnte sich nicht erinnern, in letzter Zeit so heftig gekommen zu sein. Eigentlich konnte sie sich gar nicht daran erinnern, je so heftig gekommen zu sein. Die meisten ihrer Orgasmen waren kleine, weit weniger spektakuläre, wenn auch sehr entspannende Momente gewesen. Dieser hier war etwas völlig anderes. Felix hatte Annika an Empfindungen alles, was möglich war, abverlangt, hatte sie völlig erschöpft und verausgabt zum Äußersten getrieben. „Sorry", räusperte sie sich mit trockenem Mund. „Ich wollte nicht so ausrasten." Dann stemmte sie ihre Beine in den Boden und drückte die Knie durch. Langsam kamen ihre Lebensgeister zurück. „Hast du was zu trinken da?", fragte sie Felix, der still hinter ihr stand und ihr sachte die Haare aus dem verschwitzten Gesicht streichelte.

Felix versuchte verzweifelt, seine extreme Begierde nach dieser tollen Frau niederzukämpfen. Zu sehen, wie Annika gekommen war, hatte ihn um ein Haar auch abgeschossen und ihn dermaßen erregt, dass er sich ernsthaft fragte, ob das Warten wirklich sinnvoll war. Nein. Natürlich war warten nicht sinnvoll, aber wenigstens ehrenhaft. *Ehrenhaft, aber dumm, du Trottel*, verhöhnte er sich selbst und stöhnte leise auf, als sie sich leicht an seinem Körper rieb und damit seinen steifen Schaft noch mehr reizte. Keine gute Idee. Er biss sich auf die Unterlippe und besann sich auf ihre Frage nach etwas Trinkbarem. „Klar, es gibt hier eine Minibar. Warte eine Sekunde." Er runzelte die Stirn. „Kann ich dich loslassen, Süße?", fragte er die wunderbare nackte Schönheit in seinen Armen, die gerade im Himmel gewesen war.

Annika, die völlig entspannt war und sich leicht und wohl fühlte, nickte nur lächelnd, woraufhin Felix ihr einen Kuss auf den Scheitel gab und sie losließ. Als ihr keine zwei Sekunden später die Beine wegsackten, war er sofort wieder an ihrer Seite. „Mhm. Wohl doch keine so gute Idee", stellte sie trocken fest und stützte sich erneut auf seinen Arm. „Ich glaube, ich setz mich da rüber", meinte sie und deutete auf die kleine Couch in der Ecke. Felix ging mit ihr zu der Couch und Annika ließ sich seufzend vor Wonne in das weiche Polster sinken. Dann ging er mit zwei

Schritten an die Minibar, nahm zwei Cola heraus, öffnete die Flaschen und gab ihr eine. Annika setzte die Flasche erst wieder ab, als diese leer war, und sah, dass auch Felix seine Coke geleert hatte. Die kühle Flüssigkeit gab ihr einen neuen Energieschub. Sie fühlte sich urplötzlich fit und vor allen Dingen – äußert sexy. Sie war mit diesem großen, gut aussehenden, fingerfertigen Mann noch nicht fertig. Noch lange nicht. Lüstern leckte sie sich über die Lippen und malte sich aus, wie sie ihn reiten würde. Ja. Sie würde ihn besteigen. Ihn sich nehmen und sich noch einmal von ihm beglücken lassen. Annika war sich völlig sicher – dieser Mann hatte das Handwerkszeug dazu. Grinsend stellte sie die Flasche ab und rülpste leise. „Ups“, kicherte sie und blickte ihn dabei unentwegt an. Sie bemerkte sehr wohl das leichte Grinsen, das sich auf sein Gesicht gestohlen hatte. Er war fällig. JETZT.

„Leg dich aufs Bett.“ Annikas Stimme klang heiser und sinnlich und so bestimmend, dass Felix ein Widerspruch überhaupt nicht in den Sinn kam. Ohne groß darüber nachzudenken, ging er zum Bett hinüber und setzte sich. „Stop“, wurde er von ihrer erotischen Stimme ausgebremst, „du musst dich erst ausziehen. Ganz.“ Er brauchte keine dreißig Sekunden, dann stand er völlig nackt vor ihr, das steife Glied hoch aufgerichtet und vor Lust und freudiger Erwartung zuckend. Mit hämmerndem Herzen ließ er sich rücklinks auf das Bett fallen. Was hatte sie vor? Voller Vorfreude schloss Felix die Augen und verfluchte sich gleichzeitig selbst. Sich und seine mangelnde Selbstbeherrschung. Aber es ging einfach nicht. Er konnte Annika und ihrer hocherotischen Ausstrahlung nicht widerstehen. Keine Chance.

Annika fühlte sich großartig. Ihr Körper summte von dem gerade erlebten Orgasmus und der Zucker des Getränkes verschaffte ihr eine neue Tatkraft, die sie jetzt sofort an Felix abreagieren würde. Keine Frage, der Alkohol hatte sie enthemmt, neugierig und äußerst mutig gemacht. Sie ging zum Bett hinüber und stellte sich am Fußende mit leicht geöffneten Beinen über Felix' Knie, die am Bettrand ruhten. Er sah prachtvoll aus. Sein schöner, gut trainierter Körper war herrlich männlich. Sie betrachtete seinen hoch aufgerichteten Penis, der lang und dick war, gekrönt von einer mächtigen pflaumenförmigen Eichel. *Ja*, dachte Annika und leckte sich über die Lippen, *er ist bereit für mich*. Sie schob sich über ihn und befühlte sein bestes Stück prüfend, was ihn automatisch dazu veranlasste, seine Augen aufzureißen und sein Becken anzuheben. Er musste ihr einfach entgegenkommen. Sie umfasste seinen Schwanz mit beiden Händen und rieb den samtigen Schaft mit langsamen, geschmeidigen Bewegungen. „Mhmmm. So groß. Mhmmm."

Oh Gott. Diese Frau war sein persönlicher Himmel. Sein Penis zuckte vor Vergnügen im Gleichklang seines Herzschlags, während sich tief in ihm etwas zusammenzog. Schmerzhaft zusammenzog. Annika war nicht wie all die anderen Frauen. Sie war etwas Besonderes. Felix war sich ziemlich sicher, dass Annika nüchtern nicht zu dem Typ Frauen gehörte, der sich so benahm, wie sie es gerade tat. „Bleib liegen und beweg dich nicht", wisperte sie mit rauer Stimme und ließ seinen zuckenden Schwanz los, der sämige Lusttropfen absonderte. „Schließ die Augen", wies sie ihn an und Felix gehorchte, aufs Höchste erregt. Er spürte, wie sie sich an ihm höherschob, fühlte ihre weichen, warmen Schenkel, die seine Hüften passierten und dann wurde ihm plötzlich ganz anders. Er bekam am ganzen Körper Gänsehaut und wilde Lust überkam ihn, als er ihre Präsenz über sich spürte. Die Matratze gab kurz nach und Felix war klar, was das bedeutete – Annika hatte ein Bein aufgestellt. Voller Vorfreude auf das, was jetzt folgen würde, schluckte er aufgeregt und atmete tief ein. Das war … einfach nur geil. Sie musste sich unmittelbar über seinem Gesicht befinden, denn ihr Geruch war überwältigend. Er nahm nichts anderes mehr wahr als Annikas moschusartigen Duft, der ihrer Möse entströmte. Tief in seiner Kehle begann er zu knurren. Gottverdammt. Er war so scharf auf sie, dass, sollte er nicht bald kosten dürfen, er für nichts mehr garantieren konnte. Doch genauso sicher war er, dass sie ihn genau so haben wollte – passiv, auf dem Rücken liegend. Also tat er ihr, zum Zerreißen angespannt, den Gefallen. „Augen auf." Die Aufforderung kam kurz und scharf und er tat – in völligem Gehorsam – wie ihm befohlen worden war. Paradies. Er war im Paradies. Hoch über ihm schwebte ihr rosiges Gesicht, aus dem ihm ihre leidenschaftlich funkelnden Augen lüstern entgegenblickten. Ihre schweren Brüste schaukelten heftig, während sie versuchte, eine bequeme Position über ihm einzunehmen. Als er den Blick senkte, schaute er direkt auf ihre zarten, rosafarbenen Schamlippen, die weit geöffnet den direkten Blick auf ihre vor Feuchtigkeit glitzernde Spalte freigaben. *Welch köstliches Buffet*, dachte Felix, als sie ihn schon aufforderte, endlich tätig zu werden. „Bedien dich“. Felix gehorchte nur zu gerne. Er hob den Kopf an und führte seine untere Gesichtshälfte samt Nase direkt vor ihre Öffnung. „Mhm, du riechst köstlich“, schnurrte er. „Darf ich meine Hände benutzen?“, fragte er Annika und als sie lächelnd nickte, zog er erst den einen und dann den anderen Arm unter ihren Beinen hervor. Er blickte zu ihr hinauf und grinste. „Halt dich fest, Baby“, warnte er sie. Mit den Fingern zog er ihre Schamlippen weit auseinander und setzte seine Zunge ein. Zuerst leckte er der Länge nach über ihre Spalte, bis hin zu ihrer Klitoris. Sachte stupste er dagegen, bis sie vor Lust erzitterte und keuchend ihr Becken bewegte. Felix verdrehte die Augen, so geil machte ihn ihr Duft. Er leckte ihren Saft auf, der sie immer feuchter und glitschiger werden ließ. Dann steckte er seine Zunge tief in ihre Öffnung und trällerte mit schnellen Zungenschlägen in ihre weiche Spalte hinein. Annika ließ ihr Becken kreisen und begann, sich selbst auf seine Zunge zu spießen, doch das war ihr scheinbar lange nicht genug. Felix, mittlerweile selbst kurz vorm Platzen, leckte sie erneut. Er hatte sie so weit gespreizt, dass er ohne Schwierigkeiten bis nach oben zu ihrem Anus kam, über den er seine feuchte, heiße Zunge jetzt gleiten ließ. „Oh mein Gott“, wimmerte Annika und badete Felix in ihrem Saft. „Mach das nochmal.“ Lustvoll wand sie sich auf ihm, als er ihren Wunsch erfüllte und seine Zunge nun quälend langsam ihre hintere Öffnung verwöhnte. Sein Bart und seine Nase rubbelten ihre Vagina und Annika quietschte vor Vergnügen. „Ich … oh … ich komme“, keuchte sie. „Das ist der Waaaahnsinn.“ Annika bekam nicht mit, dass Felix sie hochhob und an seinem Körper nach unten schob. Vor ihren Augen blitzten Sterne und in ihren Ohren rauschte es. „Mach dich auf einen heißen Ritt gefasst, meine Süße“, stieß Felix erregt hervor, hob seinen Penis an und setzte Annika auf sich ab. Beide schrien auf, als sich sein dicker Schaft in ihrer engen, zuckenden Möse versenkte. „Der ist zu lang“, jammerte Annika, immer noch nicht richtig bei sich, doch Felix beruhigte sie. „Sch… Langsam. Du wirst sehen, das passt schon.“

Annika, die in dieser Position sowohl Tempo als auch Tiefe bestimmen konnte, hob ihr Becken an und ließ sich langsam wieder auf seine Lenden sinken. Dann beugte sie sich ein wenig nach vorne und erbebte. Durch den veränderten Winkel drang Felix' Glied nicht mehr ganz so tief ein, dafür rieb sich sein Schamhaar köstlich an ihrer Klitoris. Der Wahnsinn. Sie legte erschöpft die Unterarme auf seine Brust und ließ sich leicht vor- und zurückschaukeln. „Gottverdammt – Annika –, das ist der Hammer." Felix stöhnte tief und lange. Er hatte Annikas Taille umfasst und betrachtete ihre schaukelnden Brüste, die ihm bei jeder Bewegung entgegenzuspringen schienen, und hob eine Hand, um die wundervollen Kugeln zu berühren. Gleichzeitig spürte er, wie sich seine Eier zusammenzogen und sich sein Orgasmus zusammenbraute. Und gerade als er dachte, es konnte gar nicht mehr besser werden, packte ihn diese Wahnsinnsfrau im wahrsten Sinne des Wortes bei den Eiern. Sie richtete sich auf und griff mit einer Hand hinter sich. Dort tastete sie nach seinem Hodensack, zog ihn stramm nach oben und strich mit dem Fingernagel über die Naht darunter. „Ahhhh." Felix presste seinen Kopf fest ins Kissen, während seine Hüften hart nach oben und gegen Annikas Unterleib hämmerten, wodurch er erneut tief in sie eindrang. Sein Penis steckte jetzt in voller Länge in Annika, die ihn dieses Mal mit einem lauten, zustimmenden *Oh jaaaaa* willkommen hieß. Sie erhöhte das Tempo, während Felix von unten heftig in sie stieß, vollführte mit ihrem Becken winzig kleine Drehbewegungen und spannte gleichzeitig ihre Vaginalmuskeln an. Das war's. Felix spürte seinen Höhepunkt heranrasen. Dann sah er Sterne und kam mit einer Wucht, wie er sie schon lange nicht mehr erlebt hatte. In langen, kräftigen Schüben entlud sich sein Sperma tief in Annikas cremig-saftige Spalte, während sein Körper heftig zuckend die Anspannung entlud, die sich in den letzten Minuten angestaut hatte. Schließlich blieb er völlig erschöpft und heftig atmend liegen und genoss die Entspannung. Er fühlte sich ausgepowert und erledigt, und das, obwohl er nicht sehr viel hatte leisten müssen. Den Großteil dieser höchst zufriedenstellenden Begegnung hatte Annika bestritten. Den Oberkörper auf seinen abgelegt lag sie auf ihm und seufzte wohlig. Es fühlte sich herrlich an, sie so auf sich zu spüren, und ihm wurde wohlig warm ums Herz. Seine Annika. Shit. Sein Magen begann nervös zu flattern, während sein Puls sich blitzschnell beschleunigte. Damit war seine Entspannung mit einem Schlag dahin. Heiliger Bimbam. Annika war nicht sein Mädchen. Sie war eine seiner Kundinnen – nicht mehr und nicht weniger. Er hatte Geld dafür bekommen, sie zu treffen und mit ihr zu vögeln. Es war ein herrlicher, wilder Ritt gewesen. *Super Wortspiel*, dachte er sekundenlang belustigt, *sie hat dich geritten*. Felix lachte leise. Wie ein sattes, zufriedenes Kätzchen hatte sie es sich auf ihm bequem gemacht. Als er sich vorsichtig aus ihr zurückzog, kuschelte sie sich noch enger an ihn. Dann jedoch spürte er etwas, was ihm mit einem Schlag die faule Trägheit austrieb – es lief ihm warm und sämig den Schenkel hinunter –, Sperma. GOTTVERDAMMTE SCHEIßE – NEIN. Für einen kurzen Moment blieb ihm vor Schreck die Luft weg. *Du hast das Kondom vergessen*, durchschoss ihn dieser ungeheuerliche Gedanke. Das konnte doch nicht wahr sein. Noch nie – wirklich noch nie – war ihm das passiert. Er hatte sie beide nicht geschützt. Große Scheiße. *Wie konntest du das nur vergessen? Du Vollpfosten. Bete, dass sie die Pille nimmt*, dachte er.

Was – zur – Hölle?

Was war heute nur los mit ihm? Er wahrte doch sonst auch immer seine Professionalität, sogar dann, wenn es bei einem seiner Aufträge mal heißer oder wilder zur Sache gegangen war. Bisher hatte er noch so viel Spaß haben können, noch nie hatte er so seinen Kopf, seine Sinne verloren, dass er nicht mehr an den Schutz gedacht hatte…

Doch dieses Mal war es anders. Näher. Intimer. Und er hatte weder sie noch sich selbst vor Krankheiten geschützt, geschweige denn vor einer Schwangerschaft. Er war ein hirnrissiger Hornochse. „Annika“, begann er zögerlich und fand keinen vernünftigen Anfang. „Annika, Süße, wir haben ein Problem. Du nimmst nicht zufällig die Pille?“, fragte er hoffnungsvoll und streichelte dabei unentwegt ihren zarten, weichen Rücken. „Mhm. Wieso? Alles gut“, murmelte sie und schlief dann einfach auf ihm weiter. Alles gut? ALLES GUT? Das konnte alles, aber auch gar nichts bedeuten, denn schließlich war sie weder wirklich wach noch nüchtern. Aber die endgültige Klärung würde er wohl auf morgen früh vertagen müssen. Vorsichtig, um sie nicht aufzuwecken, legte Felix Annika auf einer der Bettseiten ab und deckte sie liebevoll zu. Dann löschte er das Licht und legte sich leise neben sie. Auf der Seite liegend betrachtete er die Umrisse ihrer Gestalt und wunderte sich darüber, dass ihn der Gedanke an eine ungewollte Schwangerschaft nicht wirklich erschreckte. Okay. Im ersten Moment war er leicht panisch geworden, wobei leicht die Untertreibung des Jahrhunderts war. Er würde diese vertrackte Situation schon wieder geradebiegen. Sein letzter HIV-Test war gerade mal drei Monate her und er hatte, bis auf gerade eben, stets ein Kondom benutzt. Und Annika? Wenn er dem Wenigen, was er von ihr wusste, Glauben schenken konnte, war sie sexuell nicht besonders aktiv. Zumindest nicht in letzter Zeit. Und sollte sie wirklich keine Pille nehmen, würde sie sich sicher die Pille danach verschreiben lassen – das war heutzutage ja auch keine große Sache mehr. Mit diesen beruhigenden Gedanken dämmerte er schließlich ein…

4

Stöhnend und in Zeitlupentempo öffnete Annika ihre Augen, nur um sie gleich wieder ganz fest zusammenzukneifen. Ihr Kopf fühlte sich an, als wäre sie damit mehrmals stürmisch gegen eine Wand gelaufen. Was zur Hölle… Bruchstückhaft kam die Erinnerung zurück. Es war ein lauter, aber extrem lustiger Abend gewesen, in dessen Verlauf sie wohl doch erheblich mehr Hugos und Caipis getrunken hatte, als gut für sie gewesen wäre. Aber wieso war sie so dermaßen entgleist? Normalerweise trank Annika fast keinen Alkohol, machte sich nicht viel aus Prosecco, Wein und Co. Und eigentlich noch weniger aus härteren Getränken. Doch gestern? Ach ja. Genau. Sie war mit ihren Freundinnen Kathi, Tanja und Anna auf dieser Party gewesen. Unten an der Hotelbar. Und sie hatten richtig viel Spaß gehabt. Nebulös kam die Erinnerung zurück an einen gut aussehenden, bärtigen Mann mit unglaublichen Augen, der sie so charmant angelächelt hatte… Ja, sie hatten heftig gefeiert. So jedenfalls erzählte es ihr Schädel… Was hatte sie erwartet? Nichts anderes. Natürlich würde ein Treffen von vier Freundinnen, die verstreut über die halbe Republik wohnten, genau so enden. Feuchtfröhlich und mit rasenden Kopfschmerzen am Morgen danach…

Das war Annika gleich klar gewesen, als sie sich von Kathi hatte dazu überreden lassen, mit ihr, Anna und Tanja ein verlängertes Wochenende in Garmisch-Partenkirchen zu verbringen. „Wir brauchen alle mal wieder eine Auszeit. Also pack ein paar Sachen ein, das wird lustig“, hatte sie Annika gelockt. „Außerdem ist es dein Geburtstag. Du wirst nicht jedes Jahr ein Vierteljahrhundert und da wollen wir dir etwas ganz Besonderes schenken." Es rührte Annika, was ihre Freundinnen für sie geplant hatten. Schließlich machten sich nicht viele Freunde die Mühe und luden einen zu einem schönen Verwöhnwochenende ein. Dazu kam, dass Annika wirklich dringend ein paar larsfreie Tage gebrauchen konnte. Wie immer hatte Kathi verdammt recht gehabt und so war es nicht schwer gewesen, sie davon zu überzeugen.

Niemals hatte Annika geglaubt, im Netz Menschen zu treffen, mit denen man sich so verbunden fühlen konnte, denen man sich so nahe fühlte, als sie sich vor über drei Jahren in einem sozialen

Netzwerk kennengelernt hatten. Doch das gab es wirklich, wie sie schon bald festgestellt hatte. Anfänglich hatten sie sich in einer Gruppe öffentlich ausgetauscht, bis sie sich entschlossen, eine eigene kleine Gruppe zu gründen, in der sie sich gegenseitig Alltägliches, aber auch immer mehr sehr persönliche und intime Gedanken und Begebenheiten aus ihrem Leben erzählten. Von Beginn an war dieser Austausch untereinander mehr als nur das oberflächliche Schreiben von Informationen. Es verband sie eine Art Seelenverwandtschaft und so war der nächste logische Schritt, sich persönlich zu treffen. Und sie hatten sich getroffen und das nicht nur einmal. Mittlerweile pflegten sie eine sehr innige und enge Freundschaft. Und das, obwohl Anna mit ihrem Mann in Nürnberg lebte und ihrem Job als Zahnarzthelferin nachging und Kathi noch immer auf dem Hof ihrer Eltern bei Heidelberg wohnte, wo sie auch zur Uni ging und ihre Ausbildung zur medizinisch-technischen Radiologieassistentin absolvierte. Tanja hingegen war vor einigen Wochen erst von Hamburg zu ihrem Freund Thomas nach Cham in Bayern gezogen. Thomas hatte sich in Cham als Chiropraktiker niedergelassen und nachdem seine Praxis mittlerweile recht gut lief, war dies ihre einzige Option gewesen, wenn sie zusammenwohnen wollten. Annika selbst wohnte in München und arbeitete dort in der Marketingabteilung einer bekannten Brauerci, die zufällig seit Generationen ihrer Familie gehörte. Diesen Job hatte sie ihrem Vater, der die Geschäftsleitung innehatte, zu verdanken, worüber sie auch sehr glücklich gewesen war. Allerdings, und das musste sie sich schmerzlich eingestehen, war längst nicht mehr alles so rosig, wie sie sich das zu Anfang vorgestellt hatte. Zwar hatte sie Medien- und Kommunikationsmanagement studiert und war absolut qualifiziert für diese Stelle, doch es gab einige Menschen in der Firma, die Annika den Job neideten. Deswegen und auch, um endlich völlig auf eigenen Füßen zu stehen, hatte sie beschlossen, dass es an der Zeit war, die Flügel auszubreiten. Sie schrieb bereits fleißig Bewerbungen, von denen ihr Vater noch nichts wusste. Nicht einmal Lars wusste davon. Lars. Ihr Lars. JA. Kathis Idee, ein wenig abzuschalten und rauszukommen, war Annika sehr gelegen gekommen…

Vorsichtig drehte sie den hämmernden Kopf und schielte

gequält zwischen den zusammengekniffenen Lidern hervor. Boa. Ihre Schenkel schmerzten wie nach einem anstrengenden sportlichen … Akt! Annika horchte in sich hinein und bemerkte, dass ihre Spalte leicht und gleichmäßig pochte. Reflexartig zog sie ihre Muskeln zusammen und fühlte, wie sich das köstliche Gefühl von Wärme in ihr ausbreitete. Sie war wund. Was war hier los? Wieso fühlte sie sich, als hätte sie letzte Nacht Sex gehabt? Wilden, leidenschaftlichen Sex… mit fantastischen und deutlich spürbaren körperlichen Nachwirkungen. Oh Gott. Urplötzlich kam ihre Erinnerung zurück. Natürlich. Ihre Muskeln schmerzten wie nach einem Sexmarathon, weil sie Sex gehabt hatte. Ach du je. Scheiße. Jäh überkam sie ein Gefühl der Scham, was sie jedoch zunächst verdrängen musste, denn der Drang, aufs Klo zu müssen, war wesentlich stärker. Annika zog die Bettdecke zur Seite und stellte fest, dass sie splitterfasernackt war. Logisch. Was auch sonst? Wieder wünschte sie sich, nicht so viel getrunken zu haben. Eigentlich hasste Annika es, nackt zu schlafen. Selbst im Hochsommer trug sie wenigstens einen Slip und ein Hemdchen im Bett, was Lars immer missmutig stimmte.

„Stell dich nicht so an. Jeder schwitzt, nur du musst dich so zieren“, pflegte er zu sagen, um dann in Unverständnis den Kopf zu schütteln. Okay. Nackt sein und Sex gehabt zu haben war das eine – allerdings war derjenige, mit dem sie Sex haben sollte, weit weg… Lars. Verdammt. Sie hatte mit ihm vereinbart, sich jeden Tag zu melden. Dies hatte sie gestern Abend dummerweise total vergessen. Ob er deswegen sauer sein würde? *Ja, das ist er ganz sicher*, dachte Annika frustriert und seufzte leise, während sie vorsichtig die Beine über den Bettrand schob. Toilette. Dringend. Annika suchte den Boden nach ihren Hausschuhen ab, doch außer ihres Slips und einer Socke konnte sie auf dem blanken Dielenboden nichts finden. Sie bückte sich nach vorne, um unter dem Bett nachzusehen, als sie aus den Augenwinkeln eine Bewegung in der anderen Hälfte des großen Doppelbettes wahrnahm. Ein langer nackter Arm lugte unter der Decke hervor und bewegte sich tastend in ihre Richtung.

„Willst du etwa schon gehen?“ Die verschlafene, raue Männerstimme war so leise, dass Annika im ersten Moment glaubte, sich verhört zu haben. Sie verharrte mitten in der Bewegung, als hätte man sie in Schockstarre versetzt. Schlagartig waren ihre Kopfschmerzen und die Steifheit ihrer Glieder vergessen und eine Welle von Panik breitete sich in ihr aus. What the hell…? Scheiße. Wie hieß er gleich nochmal? Sam? Nils? Felix. Sein Name war Felix. Sie fuhr so schnell herum, dass ihr Halswirbel protestierend knackte. Gleichzeitig fuhr ein stechender Schmerz glühend heiß in ihren Hinterkopf, sodass ihr speiübel wurde. Ihr blieben nur wenige Sekunden, um es ins Badezimmer zu schaffen... Wenn sie doch nur wüsste…

„Das Badezimmer ist da", murmelte der Mann schlaftrunken, als könne er ihre Gedanken lesen. Völlig verwirrt sprang Annika auf und spurtete, wie sie Gott geschaffen hatte, in besagte Richtung. Sie warf die Tür hinter sich ins Schloss, um sich sofort zu erleichtern – zuerst ihren Magen und dann die Blase…

Das kalte Wasser, das Annika sich Minuten später mit zwei Händen ins Gesicht schöpfte, fühlte sich herrlich erfrischend an. Sie trank ein wenig und tatsächlich – es half ein wenig gegen die Übelkeit. Das gleichmäßige Hämmern in ihrem Kopf jedoch war hartnäckig und zeugte davon, dass sie sich nicht gerade im allerbesten Zustand befand. Scheiß Alkohol! Wieso hatte sie so viel trinken müssen? Sie war doch sonst nicht so leichtsinnig und vor allem so hemmungslos. Anders ließ es sich nicht erklären, dass sie sich hatte von Felix abschleppen lassen. Sich hatte vögeln lassen. Scham übermannte sie, als sie daran dachte, wie viel Spaß sie gehabt hatten, und sofort begann es erneut, in ihrer Vagina zu pulsieren. Verdammt. Wie konnte sie nur? Annika stellte sich auf die Zehenspitzen und begutachtete ihr Gesicht. Sie sah aus wie immer, so unmittelbar nach dem Aufstehen. Vielleicht waren ihre Augenringe etwas tiefer, aber sonst? Sie ging zwei Schritte vom Spiegel weg und begutachtete ihren nackten Körper – und erschrak. Auf ihrer rechten Brust prangte ein großer roter Fleck, ebenso auf ihrem Bauch und direkt über ihrem Schamhügel sowie an den Innenseiten der Oberschenkel. Konsterniert musterte sie sich im Spiegel und legte ihre Hand auf ihre Scham. Deutlich spürte sie ein leichtes Brennen und Ziehen, aber auch dieses erlösend köstliche Gefühl der Befriedigung. Die Spuren waren eindeutig, so als hätte sie es in Leuchtbuchstaben auf der Stirn geschrieben stehen – SEX. Und Lars würde diese Zeichen, wenn er sie sehen würde, genau als solche deuten. Dabei hatte Annika nichts gegen Sex – im Gegenteil. Sie liebte die innigen oder erfüllenden Momente, aber auch diese Augenblicke der totalen Macht, die frau während eines heißen Ritts über einen Mann hatte. Das alles hatte sie sehr vermisst, was sie nicht leugnen konnte. Niemals hätte sie sich letzte Nacht so hemmungslos einem Wildfremden hingegeben, wenn sie nicht mehr als ausgehungert danach gewesen wäre. Okay. Der Alkohol hatte sein Übriges dazu beigetragen. JA. Ihr fehlte der Sex, was ihr jetzt nur umso schmerzlicher bewusst wurde. Trotzdem. Da draußen, in diesem fremden Bett – in einem fremden Hotelzimmer –, lag definitiv der falsche Mann. Das da draußen war nicht Lars. Oh nein. Annika konnte sich nicht erinnern, wann Lars zum letzten Mal solche Spuren an ihrem Körper hinterlassen hätte. *Nie*, schoss es ihr durch den Kopf. Lars hatte sie niemals so angepackt, dass sie rote Striemen am Körper gehabt hätte. Aber mit Lars hatte sie auch noch nie solchen Sex gehabt. Wieder erfasste Annika eine Welle der Übelkeit, als sie daran dachte, wie hemmungslos und wild sie sich aufgeführt hatte. Der Kerl im Schlafzimmer – dieser Felix – musste doch von ihr denken, dass sie völlig zügellos und triebhaft sei. Trotzdem war es verdammt gut gewesen. Sie war gekommen. Mehrmals. Und sie war laut gewesen. *Was, wenn sie nochmal, so zur Erinnerung… Schluss damit*, rief sie sich selbst zur Ordnung. Plötzlich musste sie kichern. Diese Situation war mehr als nur ein wenig grotesk und verdiente es, sich ein wenig darüber zu amüsieren.

Was Lars jetzt wohl zu ihrem verwirrt konfusen Zustand sagen würde? Er wäre stinkewütend darüber, dass sie gewagt hatte, sich so gehen zu lassen – unter Garantie. Lars war in letzter Zeit überhaupt oft sauer. Seitdem sie zusammenwohnten, hatte sich seine oft auftretende schlechte Laune verstärkt – besonders in den letzten Wochen. Natürlich hatte Annika sich auch verändert, doch während es sich bei ihr um ein körperliches Phänomen handelte und sie jetzt wesentlich weiblicher und üppiger war als zu Beginn ihrer Beziehung, war es bei Lars – fitter und durchtrainierter denn je – eher eine emotionale, gefühlsmäßige Veränderung. Am Anfang ihrer Beziehung hatte er kaum die Finger von ihr lassen können. Manchmal hatten sie sogar mehrmals täglich Sex gehabt.

Lars war ein einfühlsamer, sanfter Liebhaber gewesen, der stets darauf achtete, dass auch Annika auf ihre Kosten kam. Er hatte es geliebt, sie bei jeder Gelegenheit zu streicheln und zu berühren, war oft Hand in Hand mit ihr gegangen oder hatte sie einfach mal so, ohne Grund, in seine Arme gezogen und geküsst. Doch leider hatte sich diese schöne körperliche Anziehungskraft innerhalb weniger Monate halbiert und war bereits nach einem Jahr auf ein- bis zweimal im Monat zusammengeschrumpft. Er schien verlernt zu haben, aufmerksam und liebevoll zu sein, was Annika zusehends vermisste. Dafür hatte seine Übellaunigkeit exponentiell zugenommen. Annikas eigene Vorstöße, Lars zu verführen, waren stets auf Abwehr gestoßen, sodass sie es inzwischen aufgegeben hatte. Dabei war er keinesfalls aggressiv oder gewalttätig. NEIN. Es war seine Ablehnung und die Gleichgültigkeit, mit der er sie immer häufiger verletzte.

„Nimm ab, dann geht auch wieder mehr", hatte er ihr gerade vor zwei Wochen an den Kopf geworfen, als sie wider besseres Wissen fast verzweifelt um Zuneigung gebuhlt hatte. „So wie du momentan ausschaust, kann ich einfach nicht mit dir." Natürlich hatte seine Äußerung sie tief verletzt und noch mehr an sich zweifeln lassen. Sicher, ihr war auch aufgefallen, dass sich ihre Figur verändert hatte. Trotzdem hatte sie die Waage geflissentlich übersehen – zumindest meistens. Doch jedes Mal, wenn sie das Bad geputzt und das Biest gereinigt hatte, schien sie sie aus ihrer Ecke im Badezimmer heraus zu verhöhnen. Und dann, nach einem erneuten vergeblichen Versuch, Lars zum Kuscheln zu bewegen, war sie völlig frustriert auf die Verräterin gestiegen und vor Schreck fast umgefallen. 19 Kilogramm. Sie hatte NEUNZEHN verdammte Kilos zugelegt und es irgendwie geschafft, das zu ignorieren. Wie konnte sie übersehen, dass ihre Kleidung mittlerweile drei Kleidergrößen mehr hatte? Sie hatte es sich schöngeredet, wenn wieder einmal eine Hose nicht mehr passte. *Deine Proportionen stimmen*, hatte sie sich immer beruhigt, wenn sie an ihrem mannshohen Spiegel vorbeigegangen war, den sie meist, wie das Waagebiest auch, ignoriert hatte. Ja. Es war schon richtig. Ihre Beine waren kräftiger geworden, aber sie waren nicht dick. Auch ihr Hintern und die Hüften waren runder, wie auch ihr weicher Bauch. Ihre BH-Größe war von B auf D übergegangen. Diese Tatsache schien Lars komischerweise keinesfalls abzustoßen – im Gegenteil. Annika hatte schön geformte Brüste, die sich sehen lassen konnten, besonders, wenn sie hübsch verpackt waren. Alles an ihr war weich und weiblich – nur leider eben nicht durchtrainiert. Annika war keine Sportskanone, aber das war sie noch nie gewesen. Genau genommen hatte Lars das auch nie gestört, zumindest hatte Annika das gedacht. Aber die Zeiten änderten sich eben…

Lars sah nicht mehr die hübsche blonde junge Frau mit den lustigen Sommersprossen und den schönen, großen blaugrauen Augen in ihr. Für ihn schien sie nur noch ein weiblicher Störenfried zu sein, der seinen eigenen Rhythmus störte und unterbrach. Immer öfter erwischte sich Annika dabei, wie sie wie eine Maus auf Zehenspitzen um ihn herumschlich, um ihn ja nicht auch noch in der kurzen Zeit, die er überhaupt noch zu Hause verbrachte, zu stören. Oft ging er direkt nach der Arbeit ins Fitnesscenter, um sich dort auszupowern. Und wenn er dann, meist schlecht gelaunt, nach Hause kam und sich an den Esstisch setzte, erwartete er von ihr nur eines – sein Abendessen. „Ich hätte gerne was Essbares", brummelte er dann und Annika, selbst erst nach einem langen Arbeitstag nach Hause gekommen, hatte bisher immer versucht, auf die Schnelle seinen Wünschen gerecht zu werden und etwas Leckeres zu zaubern. Ab und zu gesellte er sich noch zu ihr ins Wohnzimmer und sie schauten zusammen Nachrichten. Lars fragte Annika nicht danach, wie es bei der Arbeit lief. Es interessierte ihn schlicht nicht. Und irgendwie – schleichend und langsam – verkniff sich auch Annika irgendwann, ihm Fragen nach seinem Job zu stellen. Wozu auch?

Wieder hob sie den Blick und betrachtete sich selbst nachdenklich im Spiegel. Und dann – urplötzlich wurde ihr klar, warum sie im Bett eines völlig Fremden gelandet war – es war längst aus mit Lars. Lars und sie waren schon lange kein Paar mehr. Sie lebten zwar gemeinsam in ihrer schönen Wohnung, doch sie waren keinesfalls mehr zusammen, sondern lebten lediglich nebeneinander her. Und so klar sie diesen Umstand gerade erkannt hatte, so sicher war sie sich auch, ihm diese Tatsache zu präsentieren. Sobald sie wieder nach Hause kam, würde sie ihm sagen, dass sie so nicht mehr weitermachen wollte.

Es war an der Zeit, sich von Lars zu trennen. Vielleicht sollte sie ihn einfach mit den knallharten Fakten ihres Fremdgehens konfrontieren. Sicherlich würde Lars dann freiwillig das Weite suchen. *Obwohl*, sinnierte Annika. *So gleichgültig, wie sie ihm schon geworden war, würde er ihr das vielleicht sogar nicht einmal übel nehmen...*

Nein. Es war an ihr, einen Schlussstrich zu ziehen. Plötzlich war es Annika trotz Übelkeit und Kopfschmerzen leichter ums Herz. *Ja*, dachte sie erleichtert. *Zeit, neue Wege zu gehen...*

„Ähm, entschuldige, Süße", hörte Annika Felix' gedämpfte Stimme durch die geschlossene Tür. „Ich... ähm... die Natur ruft und ich müsste mal da rein."

Fuck. Natürlich. Es war sein Badezimmer, das sie hier blockierte. In einem erneuten Anflug von Panik blickte Annika sich um und schnappte sich eines der weißen Hotelhandtücher, um wenigstens notdürftig ihre Kurven zu verhüllen. Natürlich war da sicher nichts, was dieser Typ vor der Tür nicht schon ausgiebig inspiziert hatte, aber das brachte sie nun wirklich nicht fertig – ihm einfach nackt gegenüberzutreten. Trotzig hob sie ihr Kinn, presste das Handtuch fest an ihre Vorderseite und öffnete die Tür.

WOW. Verdammt, der sieht wirklich umwerfend aus, war ihr erster Gedanke. Sie bemerkte nicht, dass sie den Atem anhielt, während sie den nackten Mann, der von einem Fuß auf den anderen trippelnd vor der Tür wartete, mit den Augen verschlang. Eigentlich mochte Annika Männer mit Bart überhaupt nicht, doch dieses Vollbart-Exemplar sah mit den wild-wuscheligen Haaren unverschämt sexy und männlich aus. Jetzt war ihr auch klar, woher die roten Spuren überall an ihrem Körper stammten. Fasziniert betrachtete sie seine hellbraune, sehr gepflegt wirkende Gesichtsbehaarung und stieß die Luft aus, als sie in seine Augen blickte. Stahlblau und von Lachfältchen umrahmt, standen sie im krassen Kontrast zu dem Rest des Mannes, dessen Blick verschmitzt, fast lausbubenhaft war. Jetzt grinste er sie offen an und zog eine Augenbraue hoch, fast als wüsste er, über was sie gerade nachdachte. Annika errötete heftig.

Sein kratziges „Darf ich? Sonst..." ließ Annika erschrocken zusammenfahren. Diese Stimme. Volltönend und doch sanft, jagte sie ihr einen wohligen Schauer über den bloßen Rücken, was sie sofort in die Realität zurückbrachte. „Ähm, natürlich. Sorry." Hastig glitt sie ein Stück zur Seite und quietschte erschrocken, als der eiskalte Türrahmen ihren Rückzug bremste. Mit einem lauten Keuchen fuhr sie herum und dachte nicht mehr daran, dass ihre Kehrseite völlig entblößt war. Sie war zu sehr damit beschäftigt, ihr rutschendes Handtuch in den Griff zu bekommen.

„Oh Mann", stöhnte er gequält und schüttelte bedauernd den Kopf. „Gib mir ein paar Minuten, dann nehm ich mir Zeit für deinen außerordentlich sexy Hintern, okay?"

Während Annika erneut herumfuhr und zwanghaft versuchte, ihre Blöße zu bedecken, huschte ihr Blick über den Rest seines Körpers und was sie da zu sehen bekam, war mehr als nur ansprechend – er war atemberaubend. Uiii. Annika biss sich vor Frust auf die Zunge. Natürlich konnte sie sich trotz ihres volltrunkenen Zustands zwar noch an das ein oder andere Detail, doch längst nicht an alles erinnern. Und genau das war es, was sie unbedingt wollte – sich an jede einzelne verruchte, leckere, versaute Einzelheit erinnern. An alles, was dieser traumhaft bestückte Kerl letzte Nacht mit ihr angestellt hatte. Nervös kichernd wich sie zur Seite, um ihm Platz zu machen, was er mit einem breiten Grinsen quittierte. Eindeutig gefährlich, befand Annika. Sie hatte keine Ahnung, wohin sie schauen sollte, als er sich schließlich an ihr vorbeiquetschte. Umso erschrockener war sie, als sie spürte, wie sie von etwas Festem, Hartem gestreift wurde. *Das ist garantiert nicht dein Arm*, dachte Annika, als er schon ein „Tschuldige" murmelte und schnell an ihr vorbeihuschte. Annika konnte nicht anders – sie starrte ihm hinterher. WOW. Sein Hintern war anbetungswürdig. Wunderschön geformt, klein und fest und in der optimalen Proportion zu den schmalen Hüften, dem ausladenden oberen Rücken und den breiten Schultern. Jetzt hatte sie wirklich einen Grund, zu weinen. *Bitte, lieber Gott. Wenn du mich lieb hast, gib mir all die kleinen schmutzigen Details zurück*, flehte Annika lautlos. Ein lautes Räuspern holte sie mit Wucht in die Gegenwart zurück. „Würdest du…"

Rot vor Scham schlüpfte sie endgültig zur Tür hinaus und zog sie leise hinter sich zu. Fieberhaft sah sie sich im Zimmer um.

Wie sollte sie sich nur weiter verhalten? Gerade als sie beschlossen hatte, mit Lars Schluss zu machen, wurde eine weitere Entscheidung von ihr gefordert – wie zur Hölle komme ich aus der Nummer wieder raus? Was, wenn Felix – falls Felix sein richtiger Name war – mehr als nur diese eine wilde Nacht von ihr forderte? Was, wenn er mehr von ihr wollte? Sei ehrlich, Annika. *Insgeheim wünschst du dir doch genau das.* Viel schlimmer aber wäre doch, wenn er sie bei seiner Rückkehr einfach zum Gehen auffordern würde… Oh Mann. Konnte es noch schlimmer werden, als es schon war? Ihr schmerzvernebelter, immer noch leicht alkoholisierter Denkapparat dachte gar nicht daran, ihr passable Antworten auf ihre Fragen zu liefern, also ließ sie sich ergeben auf das Bett fallen. Vielleicht war es schon mal nicht verkehrt, Felix bekleidet entgegenzutreten. Das wäre für sie auf jeden Fall ein Vorteil. Sie machte sich auf die Suche nach ihren Klamotten und fand auch alles. Alles, bis auf ihr Höschen, das partout nicht auftauchen wollte. Egal, bis zu ihrem Zimmer, das ja so weit nicht sein konnte, würde es schon gehen. So schnell sie konnte, schlüpfte sie in Hose, BH und Bluse. Die Strümpfe stopfte sie in die Taschen ihrer Jeans und zog sich die Schuhe über die nackten Füße. Sie setzte sich abwartend auf die Couch, wollte ihm auf keinen Fall auf dem Bett sitzend gegenübertreten. Das Zimmer ähnelte dem ihren, woraus sie schloss, auf der gleichen Etage zu sein. Allerdings – sahen die nicht eh alle gleich aus? Sie kam nicht dazu, weiter nachzugrübeln, denn ihr attraktiver Liebhaber kam zurück.

5

Oh Gott. Dafür würde er in die Hölle kommen. Felix schwitzte stark und gleichzeitig lief es ihm eiskalt über den Rücken. Annikas Anblick, wie sie da so verloren im Türrahmen gestanden und fieberhaft überlegt hatte, was sie wohl hier tat, hatte ihn völlig aus der Bahn geworfen. Er war derjenige, der genau gewusst hatte, auf was er sich eingelassen hatte, zumindest hatte er das gestern Abend noch angenommen.

Wie sie ihn eben angeschaut hatte. Annika schien sich nicht mehr richtig an letzte Nacht zu erinnern. Dazu war ihr Gesichtsausdruck zu konfus, zu irritiert. Sie hatte so niedlich ausgesehen, mit ihrem geröteten, ungeschminkten Jungmädchengesicht und dem Körper einer Sechziger-Jahre-Schönheit. Damals, als Kurven noch hip waren und alle Welt auf Marilyn Monroe und deren Rundungen stand. Er hatte es nie verstanden, wenn ein Mann Frauen lieber durchtrainiert oder knabenhaft schlank mochte als weiblich gerundet mit weichen, anschmiegsamen Kurven. Natürlich war die Figur einer Frau bei Weitem nicht alles, aber es erleichterte die Angelegenheit doch ungemein, wenn man sie begehrenswert und sexy fand…

Gott, er hatte überhaupt keine Ahnung, wie er ihr klitzekleines Problemchen ansprechen sollte: Sie hatten nicht verhütet. Felix wusste zwar noch nicht wie, aber irgendwie musste er die Kurve kriegen. Er klatschte sich eiskaltes Wasser ins Gesicht und auf den Hals, das zwar seine Müdigkeit vertrieb, nicht jedoch ihren ihm immer noch schwach anhaftenden Geruch ganz entfernte. Gut so. Dann, ganz plötzlich, überfiel ihn ein Gedanke, der ein noch größeres K.-o.-Kriterium für eine gemeinsame Zukunft darstellte als ein fehlendes Kondom: ER WAR EIN CALLBOY. Selbst wenn Annika über seine mangelnde Selbstbeherrschung hinwegsehen konnte, DARÜBER würde sie nicht so einfach hinwegschauen können, vermutete er. Er jedenfalls würde es nicht können… Scheiße. Solche Gedanken und Gefühle konnte er sich eigentlich überhaupt nicht leisten, aber er war eben auch nur ein Mensch.

Mit ein wenig Glück war Annika vielleicht schon über alle Berge. Das wäre zwar äußerst feige, doch irgendwie hoffte er es, genau wie er es gleichzeitig fürchtete. Er wollte nicht wirklich, dass sie weg war. Um ehrlich zu sein, machte ihm der Gedanke daran, sie könnte geflüchtet sein, sogar Angst. Tief durchatmend zog er schließlich die Tür auf und ging ins Zimmer zurück. Annika saß komplett angezogen auf der Couch und sah ihm aufmerksam entgegen. Sie sah blass und übernächtigt aus, wirkte jedoch ruhig und gefasst. Felix steuerte schnurstracks seine Reisetasche an, zog eine frische Boxershorts heraus und zog sie rasch über. Dann ging er zu Annika hinüber.

„Guten Morgen, Annika. Wir haben uns zwar gestern Nacht bereits vorgestellt, aber falls du es nicht mehr weißt, ich bin Felix."

„Morgen", murmelte Annika. „Ich … ähm … kann mich vage erinnern." Sie errötete heftig, als ihr heiße Erinnerungsfetzen durch den Kopf schossen. Sie hatte auf seinem Gesicht gesessen. Oh Gott. Wie schamlos. Sie hatte sich wie eine gottverdammte Sexgöttin einfach auf sein Gesicht gesetzt. Am liebsten wäre sie vor Scham im Erdboden versunken, doch das Loch, in dem sie verschwinden wollte, tat sich nicht auf. Stattdessen lächelte er sie offen an, als schien er zu erkennen, was sie gerade beschäftigte.

„Okay. Ich vermute mal, du kannst dich noch an das ein oder andere Detail erinnern", sagte er sanft. „Es war heiß. Du warst heiß..." Nicht hilfreich. Gar nicht hilfreich. Annika schloss ergeben die Augen und wartete auf das, was Felix ihr zu sagen hatte. „Wir haben nur ein klitzekleines Problem. Ich habe im Eifer des Gefechts ein Kondom vergessen. Du meintest zwar, das sei kein Problem, aber…" Felix holte tief Luft, bevor er weiterredete, „… wenn du also nicht die Pille nimmst, sollten wir die Pille danach in Betracht ziehen. Ich war erst vor drei Monaten zum HIV-Test, von der Seite aus hast du also nichts zu befürchten." Annika hob den Kopf und sah ihn ungläubig an. „Wir hatten ungeschützten Sex? Boa, das hatte ich, glaube ich, in der siebten Klasse zum letzten Mal", sagte sie ungläubig und lachte dann hart auf. „Kein Wunder, ich war echt nicht mehr zurechnungsfähig." Sie starrte auf einen Punkt an der gegenüberliegenden Wand und dachte über seine Worte nach, weswegen es ein wenig dauerte, bis sie antwortete: „Du musst dir keine Sorgen machen. Für dich ist alles in Ordnung. Da ich in einer festen Partnerschaft lebe, habe ich keine wechselnden Partner und bin gesund."

Felix schien überrascht und schockiert gleichzeitig. Prüfend sah er sie an. „Du bist in einer Beziehung? Das wurde aber nicht erwähnt.“ Als Annika ihn mit gerunzelter Stirn fragend anstarrte, fügte er schnell hinzu: „Ähm, ich meine, das wusste ich nicht, sonst…“ Er stockte und schaute zur Seite.

Annika stutzte. Hatte Felix deswegen etwa ein schlechtes Gewissen? Ein schlechtes Gefühl, weil er es mit einer Frau getrieben hatte, die zu einem anderen Mann gehörte? Soweit sie sich erinnern konnte, hatte sie sich auf ihn gesetzt und nicht umgekehrt, also hatte er keinen Grund, die Verantwortung für ihr Handeln alleine zu tragen. Komischerweise machte sein Verhalten sie sauer, woher hätte sie auch wissen sollen, dass Felix ein solcher Moralapostel war. Gut, dass sie sich innerhalb weniger Sekunden dazu entschieden hatte, die nicht vorhandene Verhütung als Schicksalsprüfung anzunehmen, denn sie nahm keine Pille. Deshalb entgegnete sie schroffer als geplant: „Sonst was? Sicher habe ich es nicht erwähnt, weil ich gar nicht mehr daran gedacht hatte, dass zu Hause jemand auf mich wartet“, sagte sie ironisch. „Irgendwie habe ich das Gefühl, ich konnte gar nicht schnell genug in deinem Bett landen. Und jetzt sag nicht, du hättest mich von der Bettkante geschubst, wenn du gewusst hättest, dass es da einen anderen gibt. Sowas ist euch Männern doch meist ziemlich egal, oder?“ Felix schüttelte bekümmert den Kopf und wollte etwas erwidern, doch Annika war schneller. „Keine Angst, in dem Fall ist es sogar gut, dass ich vergeben bin, denn ich werde nicht wie eine Klette an dir kleben und von dir ewige Treueschwüre erwarten. Also keine Angst, alles gut – keine Verpflichtungen.“ Annika erhob sich und jammerte gequält. „Shit. Du hast nicht zufällig ein Aspirin für mich? Ich sterbe.“

„Fertig? Alles gesagt? Jetzt bin ich dran“, antwortete Felix und stand auf, um in seiner Tasche herumzukramen. Tatsächlich beförderte er ein Tablettenbriefchen zu Tage. Er drückte zwei der Tabletten heraus, die er Annika zusammen mit einer Flasche Wasser reichte. „Hier. Trink das.“

„Danke.“ Dankbar seufzend leerte sie die halbe Flasche und gab sie ihm zurück. Felix nahm ebenfalls einen großen Schluck und räusperte sich leise. „Du hast meine Reaktion eben völlig falsch verstanden. Es ist einfach nur schade, dass du … na ja, nicht …

frei bist“, sagte er ruhig, ohne sie aus den Augen zu lassen. „Ich finde dich toll. Du bist zauberhaft und sehr süß.“

Okay, das reichte jetzt. Das alles war ein Tick zu viel für Annikas Geschmack. „Ich danke dir für … alles. Aber ich muss jetzt gehen. Meine Freundin Anna macht sich sicher schon Sorgen um mich. Man sieht sich.“

Kaum hatte Annika das ausgesprochen, verfluchte sie sich innerlich dafür. Man sieht sich? Geht's noch? Schlimmer konnte es ja fast nicht werden. Gestern Nacht war sie noch der Heißsporn und sexy Vamp, heute spielte sie Fräulein Rühr-mich-nicht-an und Lass-mich-in-Ruh. Deswegen fühlte sie sich bemüßigt, ihm noch ein paar erklärende Worte zu sagen. „Hör zu, es war sehr … aufregend letzte Nacht. Aber normalerweise tue ich so etwas nicht. Damit will ich nicht sagen, dass du mich verführt hast oder so. Na ja, eigentlich schon, aber … ich habe es sehr genossen“, gab Annika schließlich zu. „Aber es wird nicht mehr daraus werden, okay? Ich muss erst einmal mein Leben wieder auf die Reihe kriegen. Also dann, danke. Es war nett, dich kennengelernt zu haben.“ Boa, wie schlecht war das denn. Heute Morgen ließ sie aber auch kein Klischee aus…

Felix, der eigentlich froh über diese Entwicklung hätte sein sollen, erstarrte. Es war nett, dich kennengelernt zu haben? Wie bitte? Er glaubte, sich verhört zu haben, und bemerkte, dass selbst Annika bei ihren eigenen Worten zusammenzuckte. So ungern er es auch zugab, dieser blonde, sommersprossige, sexy Engel setzte ihm mehr zu, als ihm lieb war. Trotzdem tat er nichts, um sie aufzuhalten. Er tat so, als sei er plötzlich sehr beschäftigt und griff nach seinem Handy. „Alles klar. Dann wünsche ich dir noch ein paar schöne Tage hier. Sag deinen Freundinnen liebe Grüße. Und ach ja – ich danke dir. Es war mir ein Vergnügen.“ Innerlich krümmte er sich ob seiner schwachen, lapidaren Worte, aber es war wohl am besten so. Spätestens wenn Annika von ihren Freundinnen erfahren würde, dass es um bezahlten Escortservice gegangen war, hätte sich eine weitere Entwicklung zwischen ihnen sowieso erledigt. Warum nur taten ihm die hinter ihr zufallende Tür und die plötzliche Stille in seinem Zimmer so weh? Wehmütig blickte er zur Zimmertür, gab sich dann jedoch einen Ruck. Schluss jetzt – genug geträumt. Zielstrebig ging er duschen, zog sich an und packte seine kleine Reisetasche. Auf das Frühstück würde er wohl verzichten müssen, obwohl das in diesem Hotel sicher erstklassig war. Allerdings wollte er nicht riskieren, Annika und ihren Freundinnen am Buffet zu begegnen. Das würde er zu vermeiden wissen…

6

„Ich konnte es ihr nicht sagen. Sie kam vorhin ins Zimmer und sah aus, als hätte sie ihren besten Freund verloren. Oder ihre Katze überfahren“, jammerte Anna, während Kathi und Tanja sie angespannt musterten. „Willst du damit sagen, sie hatte Sex mit diesem heißen Typen und bereut es jetzt?“, fragte Tanja ungläubig, doch Kathi nickte bedächtig. „Vielleicht bereut sie es deswegen, weil sie genau weiß, es kann nicht mehr daraus werden. Eventuell ist ihr dieser Felix näher gerückt, als wir uns das vorgestellt haben – ich meine emotional.“

„Vermutlich ist genau das passiert“, meinte Anna und blinzelte angestrengt. „Sie hatte richtig viel Spaß, nach dem, was sie angedeutet hat, aber sie plagt sich jetzt mit einem mächtig schlechten Gewissen herum, das ich übrigens jetzt auch habe. Mit Lars läuft zwar nicht mehr sehr viel, aber immerhin sind die beiden verlobt.“ Anna schaute ernst in die Runde. „Ganz ehrlich. Das war nicht wirklich gut durchdacht von uns. Annika ist einfach nicht der Typ dafür, sich ohne Gefühl in ein sexuelles Abenteuer zu stürzen. Wir hätten wissen müssen, dass sie sich in ihren Emotionen verstrickt.“

„Und nun?“, fragte Tanja. „Was machen wir jetzt? Ich will ja nicht hetzen, aber hab ich euch das nicht gleich gesagt?“

„Ja“, antwortete Kathi kleinlaut, „du hattest recht. Und ganz ehrlich, ich hab keine Ahnung, was wir jetzt tun sollen.“

„Wenn wir ihr davon erzählen, wird sie uns ewig hassen und das war’s dann mit unserer Freundschaft. Lasst es uns kurz durchspielen. Sagen wir nichts, wird sie nach Hause fahren, ein schlechtes Gewissen haben, irgendwann darüber hinweg sein und sich mit Sicherheit gerne daran erinnern. Ende der Geschichte“, sagte Anna.

Kathi nickte seufzend. „Oder wir beichten es ihr. Sie wird uns hassen und sie wird sich selbst in Frage stellen, weil Felix mit ihr gegen Bezahlung geschlafen hat. Dann fährt sie nach Hause, hat nicht nur ein schlechtes Gewissen, sondern auch noch einen Riesenknacks im Selbstwertgefühl – das ist gelinde gesagt scheiße.“

„Gibt es dieses Szenario nicht ohne schlechtes Gewissen und

ohne diesen Riss im Selbstbewusstsein? Eines, in dem sie es einfach nur hat genießen können? Sich darüber freuen kann, eine geile Nacht gehabt zu haben?“ Anna blickte hoffnungsvoll, doch Kathi schüttelte skeptisch den Kopf, genau wie Tanja.

„Du vielleicht oder ich, aber Annika? Nöö“, erwiderte Tanja und legte den Kopf in den Nacken. „Shit. Aus der Nummer kommen wir so leicht nicht mehr raus.“

„Ja, aber wir haben es doch nur gut gemeint. Das Ganze sollte doch ein Riesenspaß sein.“ Anna klang verzweifelt und fühlte sich auch so, als sie die unschlüssigen Mienen ihrer Freundinnen betrachtete. Dann seufzte sie tief. „Also okay. Wir haken das Ganze ab und schweigen darüber.“ Sie war nicht begeistert davon, doch es war das einzig Vernünftige. Ursprünglich hatten sie vorgehabt, Annika ein Foto von Felix zu überreichen, auf dessen Rückseite seine Dienstleistungen wie auf einer Speisekarte aufgemacht waren. Sie hatten sich vorgestellt, wie Annika über ihren Scherz gelacht hätte, aber sie hatten sich verrechnet. So wie Anna ihnen berichtet hatte, schien die Nacht zwar toll gewesen zu sein, aber Annikas Reaktion darauf völlig anders als erwartet.

„Wo steckt sie überhaupt?“, fragte Tanja und schaute sich suchend um.

„Als ich runtergegangen bin, stand sie noch unter der Dusche. Ich bin sicher, sie kommt gleich“, antwortete Anna und lag völlig richtig, denn sie hatte noch nicht richtig zu Ende gesprochen, da betrat Annika den Speiseraum. Sie winkte ihren Freundinnen zu und ging schnurstracks zu ihnen an den Tisch.

„Moin Mädels. Ihr glaubt ja gar nicht, wie mir der Schädel brummt“, stöhnte sie und zwinkerte in die Runde. „Ich brauch erstmal einen Kaffee. Sagt bloß, ihr könnt was essen? Mir ist kotzübel“, sagte sie und deutete auf Kathis Brötchen und auf Annas Croissant. Dann stutze sie und betrachtete ihre Freundinnen aufmerksam. „Wieso seid ihr eigentlich so fit? Hattet ihr gestern Nacht nicht auch genug?“

Während Anna ihr einen Kaffee einschenkte, lachte Kathi verschmitzt. „Ja schon, aber wir sind nach der Party ja auch direkt ins Bett. Ähm, t’schuldige, falsche Wortwahl. Du ja auch.“ Als die Freundinnen in wildes Gekicher ausbrachen, verschluckte sich Annika an ihrem Kaffee und musste keuchend und hustend einsehen, dass Kaffee durch die Nase zu trinken nicht sonderlich angenehm war. Keuchend und mit tränenden Augen dauerte es eine kleine Weile, ehe sie sich wieder im Griff hatte. Sie beugte sich nach vorne und schaute sich unauffällig um. „Warum habt ihr mich nicht aufgehalten, als ich mit Felix nach oben gegangen bin? Ihr hättet ES verhindern können“, sagte Annika mit einem leisen Vorwurf in der Stimme. Natürlich war ihr klar, dass sie für ihre Taten ganz alleine verantwortlich war, doch wozu hatte man schließlich Freundinnen?

„Schatzi“, meinte Kathi ruhig. „Hättest du, in der Stimmung, in der du warst, dir von einer von uns was sagen lassen? Sei ehrlich! Dieser Mann war ein Knaller. Jetzt red hier nicht rum und erzähl uns lieber in allen Einzelheiten, wie es war.“

Annika wurde rot und kicherte nervös. „Was soll ich sagen, es war fantastisch“, sagte sie und errötete noch mehr. Dann blickte sie auf und wurde ernst. „Und mir ist etwas klar geworden: Ich kann mit Lars nicht mehr zusammenbleiben. Ich werde mich trennen.“

Die Stille am Tisch war ohrenbetäubend, während um die Freundinnen herum der normale Geräuschpegel herrschte.

„Wie meinst du das?“, fragte Kathi vorsichtig und warf Anna und Tanja einen bedeutsamen Blick zu.

„Na, die Nacht mit Felix hat mir gezeigt, dass bei Lars und mir nicht nur ein wenig Luft raus ist, sondern ein Vakuum herrscht. Nach der, sagen wir mal, explosiven Nacht kann und will ich nicht mehr so tun, als wäre da noch was. Felix hat mir die Augen geöffnet.“ Annika lächelte verträumt. „Er ist toll, aber ich kann jetzt nicht schon wieder etwas anfangen. Ihr versteht? Also habe ich ihn quasi abserviert, obwohl es mir insgeheim leidgetan hat. Nein, falsch, er hat mir leidgetan. Jedenfalls war es toll und ich kann ihn wahrscheinlich auch nicht so schnell vergessen. Aber zu mehr reicht es bei mir eben momentan nicht.“ Sie grinste ihre Freundinnen an. „Zuerst muss ich mein Leben wieder in den Griff kriegen. Lars muss gehen, oder ich. Je nachdem. Und dann wäre da noch mein Job. Ich brauch einfach was Neues. Eine Veränderung. Die Nacht mit Felix war wie eine Initialzündung und dafür danke ich ihm. Er hat mir gezeigt, dass ich eine attraktive Frau bin, die geilen Sex haben kann, obwohl sie nicht in Größe 38 passt.“ Annika grinste. „Ich glaube, die Tabletten wirken. Jetzt könnte ich doch was zwischen die Zähne vertragen. Wer kommt mit?“

Ungläubig starrten Anna, Tanja und Kathi sie an. Kathi fasste sich zuerst. „Na ich. Ein ausgehungerter Grizzly ist nix gegen mich.“

Am Buffet nahm Kathi Annika in den Arm und drückte sie fest. „Ich bin so froh, dass du hier endlich neue Erkenntnisse erlangt hast. Es wird Zeit, dass du merkst, versauern kannst du auch später noch, wenn du älter bist.“

„Du glaubst gar nicht, wie froh ich bin, hier zu sein. Es war eine super Idee und dafür kann ich nur nochmals danke sagen. Was wäre ich nur ohne euch?“

7
Starnberg – 01. Dezember 2013 – sechs Jahre später

„Basti, bitte kommst du endlich! Das Essen ist gleich fertig." Annika stand in der Küche und bereitete den Salat für das Abendessen zu, während sie fieberhaft überlegte, wie sie den morgigen Tag logistisch meistern sollte. Schlimm genug, dass ihr Auto gerade in der Werkstatt stand und Sebastians Kindergarten sich quasi am anderen Ende von Starnberg befand. Darüber hinaus war morgen auch der Abgabetermin für eine von ihr konzipierte Werbekampagne, mit der sie sich bei einer der größten Hotelketten Deutschlands bewarb. Dumm nur, dass sie dazu nach München musste, wo sie vom Hotelmanagement der SUNLIGHT CITY HOTELS zur Präsentation ihrer neuartigen Idee erwartet wurde. Im Idealfall konnte sie dadurch den Posten als Public-Relations-Manager ergattern, was glatter Wahnsinn wäre. Annika war sich jedoch darüber im Klaren, dass sie dort nicht gerade auf eine alleinerziehende Mutter warteten. Trotzdem. Einen Versuch war es wert und schließlich hatten ihre Bewerbungsunterlagen mit all ihren bisherigen Projekten und Referenzen dazu geführt, dass sie in die engere Auswahl gekommen war. *Okay, denk nach*, schimpfte sie mit sich selbst.

Ihre Eltern schieden als Babysitter und Hilfskommando auf jeden Fall aus. Als Annika ihnen damals von ihrer Schwangerschaft erzählt hatte, waren sie zunächst völlig aus dem Häuschen gewesen und hatten sich riesig gefreut. Allerdings schlug diese Freude schlagartig in Ungläubigkeit und Unverständnis um, als sie erfuhren, dass Annika und Lars sich getrennt hatten und nicht er der Vater ihres Kindes war, sondern ein völlig Fremder, mit dem sie ein einziges Mal geschlafen hatte. Unter Alkoholeinwirkung. Ihr Vater hatte ihr schwere Vorhaltungen gemacht und sie schließlich beschuldigt, Schuld an der Trennung von Lars zu sein, der ja einen ach so guten und zuverlässigen Ehemann abgegeben hätte. Als ihre Mutter ihr schließlich Verantwortungslosigkeit vorwarf, in der heutigen Zeit ein Kind ohne Vater großziehen zu wollen, hatte dies Annika sehr getroffen. Und als sei dies nicht schon schlimm genug, meinte ihre Mutter, sie solle auf jeden Fall auch über eine Abtreibung nachdenken. Sie suggerierte Annika, unter diesen Umständen keinerlei Hilfe von ihnen erwarten zu können, woraufhin Annika kurzentschlossen den Rückzug antrat. Sie kündigte zum Entsetzen ihrer Eltern ihren gut bezahlten Job in der Familienbrauerei und brach in München alle Zelte ab. Danach mietete sie sich mit ihren Ersparnissen eine kleine, gemütliche Wohnung in Starnberg und nutzte die Zeit, um alte Kontakte aus Unizeiten wieder aufleben zu lassen. Tatsächlich ergab sich daraus die Gelegenheit, für die kleine Werbeagentur eines Bekannten einige Webdesigns und Werbekampagnen mitzugestalten, sodass sie sich eine Zeit lang ganz gut über Wasser halten konnte, zumal es da ja auch noch ihren Sparstrumpf gab. Es war sehr vorteilhaft, einen Großteil der Arbeit von zu Hause aus leisten zu können, was besonders in den letzten Schwangerschaftsmonaten und auch in den Wochen und Monaten nach Sebastians Geburt ein Segen war. Ja, sie hatte Glück gehabt. Bei all dem Mist, den sie mit ihren Eltern erleben musste, hatte sie eine faire Chance bekommen, auf eigenen Füßen zu stehen. Allerdings hatte Annikas Arbeitsstelle ein entscheidendes Manko – es gab keine Möglichkeit, mehr Geld zu verdienen. Es reichte immer gerade so. Was allerdings mindestens genauso schlimm war – Annika war es nicht möglich, irgendwelche neuen Rücklagen zu bilden, sodass irgendwann auch alle Ersparnisse aufgebraucht waren. So war es auch eine mittelschwere Katastrophe, wenn etwas Unvorhergesehenes passierte – wie zum Beispiel ein Defekt am Auto oder die Reparatur der Waschmaschine. Und trotzdem, Sebastians Großeltern um Hilfe zu bitten – niemals. Lieber ging sie kellnern oder jobbte bei McDonalds. *Das wirst du auch bald müssen*, dachte sie ironisch und sah an sich herunter. Sie trug ihre ausgelatschte Jogginghose und ein weites Shirt, das über und über mit roten Tomatensoßeflecken bekleckert war. Während der Schwangerschaft mit Sebastian hatte sie zwar einiges an Kilos zugelegt, doch mittlerweile wieder alles abgenommen und wenigstens ihre Vor-Schwangerschafts-Figur wieder zurück. Trotz ihrer Pfunde, die sie eindeutig zu viel auf den Hüften hatte, fühlte sie sich wohl in ihrer Haut, und ihr Sohnemann hielt sie dermaßen auf Trab, dass die Chance, noch mehr zuzunehmen, gegen null tendierte. Ihre kleinen Polster waren noch fest und glatt, was sie ihren guten Genen zugutehielt. *Ja. Seit der Begegnung mit deinem Loverboy hat sich einiges geändert, aber eben nicht alles*, dachte Annika abwesend und schrak zusammen, als ein Schwall kalten Wassers ihre bloßen Füße traf. Vor sich hin träumen und Salat waschen vertrug sich eben nicht. Verdammt. Sie hatte schon lange nicht mehr an IHN gedacht, und das, obwohl ihr Sohn sie tagtäglich an IHN erinnerte. FELIX. Als ihr Sohn zur Welt kam und sie ihn zum ersten Mal in den Armen halten durfte, war klar, dass sie diese Nacht niemals vergessen würde. Vielleicht war es sentimental, vielleicht auch total bekloppt, doch sie konnte nicht anders, sie gab ihrem Sohn als zweiten Vornamen *Felix*. Es war zu schön gewesen, die irritierten Gesichter ihrer Freundinnen zu sehen, als sie ihnen den kleinen Sebastian Felix zum ersten Mal vorstellte. Einzig Kathi fand die Idee genial. „Felix – der vom Glück Gesegnete“, hatte sie gesagt und Annika fest umarmt. „Dein Sohn ist wunderschön und ich finde, dass der Name seines Vaters sehr wohl in sein Leben passt.“ Tanja und Anna hatten schließlich nickend zugestimmt. Annika hatte zwar das unbestimmte Gefühl, sie verheimlichten ihr etwas, tat dies jedoch schnell wieder ab. Die Reaktion ihrer Eltern hatte sie einfach grundsätzlich misstrauisch gemacht und das war die Folge davon…

Annika erschrak heftig, als der Timer ihres Herds laut zu piepen begann. Die Nudeln waren fertig. „Basti“, rief sie leicht genervt, doch ihr Sohn wollte einfach nicht hören. Annika seufzte. Ihr Sohn war gerade mitten in der Es-interessiert-mich-nicht-die-Bohne-was-du-mir-zu-sagen-hast-Phase, die, gelinde gesagt, ziemlich anstrengend war. Er verhielt sich seit Tagen dermaßen bockig, dass Annika oft tief durchatmen musste, um ruhig zu bleiben.

„Sebastian Felix Thiel! Wenn du dir nicht sofort die Hände wäschst und dich an den Tisch setzt, gehst du heute ohne Abendessen und ohne Gute-Nacht-Geschichte ins Bett.“ So, das müsste wirken. Sebastian wusste ganz genau, was die Stunde geschlagen hatte, wenn seine Mutter ihn mit seinem vollständigen Namen ansprach – auf jeden Fall nichts Gutes…

„Mama. Das geht nicht“, erklärte ihr Sebastian abgeklärt, als er schließlich in die Küche gepoltert kam. „Wenn du mir nichts zu essen gibst, werde ich nicht groß. Dann kann ich kein Geld verdienen und du musst weiter für uns arbeiten gehen.“ Okay. Gegen dieses Argument war Annika machtlos. Dramatisch seufzte sie und schüttelte bedauernd den Kopf.

„Mhm. Wahrscheinlich hast du recht. Abendessen muss sein. Aber ich bin sicher, mir fällt etwas anderes ein. Was meinst du?“ Mürrisch zog ihr Sohn in Richtung Badezimmer ab, von wo sie kurz darauf den Wasserhahn hörte. Geschafft. Für jetzt.

Während sie andächtig die Nudeln umrührte und den rot blubbernden Blasen der Tomatensoße zusah, überlegte sie schon, woher sie das Geld für die morgigen Taxi- und Zugfahrten herzaubern sollte. Vielleicht konnte Kathi ja… Ach verdammt. Kathi hatte ihr bereits so oft aus der Klemme geholfen, dass es langsam peinlich wurde. Obwohl, und da war sich Annika ganz sicher, Kathi würde über ihre Bedenken nur lachen, denn sie war die einzige der vier Freundinnen, die keine Geldsorgen hatte. Während ihrer Ausbildung hatte Kathi einen jungen, frisch promovierten Professor der Fachrichtung Radiologie kennengelernt, der nicht nur Vorlesungen in ganz Deutschland abhielt, sondern darüber hinaus mittlerweile auch eine Koryphäe in der Nuklearmedizin war. Als die beiden sich verlobt hatten, veränderte sich Kathis Status von einer bei Top-Fit jobbenden Azubiene, die noch zu Hause wohnte, zu einer jungen Frau, die in eine der angesehensten Familien Heidelbergs einheiraten würde. Schlagartig waren all ihre Geldsorgen vom Tisch. Mittlerweile war Kathi verheiratet, selbst beruflich sehr erfolgreich und hatte nach ihrem Abschluss zur MTRA eine feste Anstellung an der Uniklinik Heidelberg bekommen. Kein Wunder also, dass es für sie keine große Sache war, Annika finanziell unter die Arme zu greifen.

Wieder seufzte Annika schwer. Es war an der Zeit, sich selbst den dicken Fisch an Land zu ziehen. Sie brauchte diesen Job und sie würde dafür kämpfen, so viel war klar.

„Mama, Mama“, rief Sebastian atemlos und kam in die Küche gestürmt. „Timmi hat wieder nichts gefressen. Wir müssen was tun. Sonst verhungert er doch“, jammerte ihr Sohn herzerweichend und legte seine Wange schluchzend gegen ihr Bein. „Er muss zum Doktor. Der kann ihm sicher helfen. Ich geb dir auch mein Taschengeld, versprochen."

Erwischt. Annika hatte gehofft, dass Sebastians Meerschweinchen Timmi von alleine wieder mit dem Fressen beginnen würde. Leider hatte sie sich getäuscht. Timmi schien kränker zu sein als angenommen. Ihr war nicht entgangen, dass er auf der Seite und am Bauch starken Haarausfall hatte und sein Futter seit zwei Tagen überhaupt nicht mehr angerührt hatte. Sogar seinen heißgeliebten Salat verschmähte er. Es half alles nichts – darüber konnte sie nicht hinwegsehen. Das arme Tier musste zum Tierarzt. „Wir gehen mit ihm gleich morgen nach dem Kindergarten zu Dr. Häussler", sagte sie und nahm sich vor, später die Sprechstundenzeiten des Arztes zu checken.

Allerdings hatte sie die Hartnäckigkeit ihres Sohnes unterschätzt. „Nein, Mama." Sebastian klang mehr als nur entrüstet. „Wir können nicht bis morgen warten. Du musst den Krankenwagen anrufen." Beinahe hätte Annika über so viel Nächstenliebe und Einsatz ihres Sohnes gelacht, konnte es sich jedoch gerade noch verkneifen. „Ich glaube nicht, dass der Krankenwagen extra wegen Timmi zu uns kommt. Da müssen wir schon selbst hinfahren. Aber unser Auto ist in der Werkstatt", versuchte sie, vernünftig zu argumentieren – natürlich vergeblich.

„Aber Timmi ist wichtiger als das blöde Auto. Wir können Timmi doch nicht sterben lassen, nur weil unser Auto nicht da ist." Sebastian stand mit blitzenden blauen Augen vor ihr, die kleinen Fäuste in die Seiten gestemmt und Annika spürte, wie sich ein mächtiges Gefühl in ihrer Brust breitmachte. Gott, er war fantastisch. Ihr kleiner Junge. Wie er sich für sein Meerschweinchen einsetzte. Annika war so verdammt stolz auf ihn, dass es ihr kurz den Atem nahm. Tränen der Rührung traten ihr in die Augen. Natürlich hatte er recht. Was war schon die Tatsache, keinen fahrbaren Untersatz zu haben, gegen das Leben von Timmi?

Kurzentschlossen stellte Annika die Herdplatten aus, schob die Töpfe auf die Seite und ging zum Esstisch hinüber, wo ihr Laptop stand. Das Abendessen würde warten müssen. Sie suchte nach dem nächsten tierärztlichen Notdienst und war überrascht, dass ausgerechnet Dr. Theodor Häussler heute Bereitschaftsdienst hatte. „Zieh deine Jacke und ordentliche Schuhe an. Wir bringen

Timmi zu Dr. Theo.“ Annika kannte Doktor Theo, wie Basti den Tierarzt nannte, von einer kleinen Werbekampagne, die sie vor über einem Jahr für ihn entworfen hatte. Sie hatte ihn seither nicht mehr gesehen, obwohl sie bereits mehrmals zu kleineren Veranstaltungen der Praxis, so auch zum Tag der offenen Tür, eingeladen gewesen war. Ein weiterer glücklicher Umstand war die Tatsache, dass sich die kleine Tierarztpraxis von Theo Häussler und seiner Frau Sonja nur wenige Gehminuten von Annikas Wohnung entfernt befand. Als ihr Sohn wie eine Rakete in seinem Zimmer verschwand und nur wenige Augenblicke später wieder erschien, staunte sie nicht schlecht. Annika seufzte schwer, als sie an die zu erwartenden Kosten dachte, doch das ging eben nicht anders. Sie warf einen Blick nach draußen und war froh, dass die Praxis nur einige Häuserblocks entfernt war, denn es hatte zu schneien begonnen…

8

„Theo“, versuchte es Felix erneut mit Vernunft. „Versteh doch. Ich kann meinen Urlaub nicht nochmal verlängern. Du musst dir jemand anderen suchen.“ Theodor Häussler schnaubte unwillig, bevor er sich wieder dem kleinen Cockerspanielrüden zuwandte, der ihn winselnd ansah. Der kleine Rüde war kastriert worden und musste bis morgen früh zur Beobachtung hier bleiben.

„Ich weiß. Die Pflicht ruft. Aber ich brauche dich hier, verdammt nochmal, viel dringender, als die es tun.“ Mit DIE meinte Theo das Städtische Veterinäramt München, bei dem sein Freund Felix angestellt war. „Die können sicher noch einige Zeit auf dich verzichten. Soll einfach ein Kollege für dich übernehmen. Ruf an und sag ihnen, dass du noch ein paar Tage brauchst.“ Das Flehen in Theos Stimme hätte Felix fast weich werden lassen, aber eben nur fast.

„Verdammt, Theo. Du weißt doch schon länger, dass Sonja bald entbindet. Du hast es einfach zu lange verdrängt, stimmt's, Kumpel? Und jetzt hast du Panik, weil du niemanden für deine Praxis hast. Aber das ist nicht mein Problem, sondern deines. Im schlimmsten Fall musst du eben ein paar Tage schließen.“

Wieder gab Theo einen unwilligen Laut von sich. „Na klar, und alle meine Helferinnen müssen kurzfristig Urlaub nehmen“, murrte er. „Das ist doch scheiße.“

„Ja, das ist es“, bestätigte Felix belustigt. „Aber eine, die du hättest kommen sehen müssen. Also, in zwei Tagen bin ich weg. Häng dich ans Telefon und besorg dir eine Vertretung. Es kann doch nicht sein, dass du niemanden hier kennst, der für ein paar Tage einspringen könnte.“

„Auf jeden Fall keinen, der das so selbstlos tut wie du. Jeder andere würde sicher ein Honorar verlangen“, gab Theo zu, ohne Felix anzuschauen. Aha. Daher wehte der Wind. Sein Kumpel nutzte Felix' Gutmütigkeit für seine Zwecke, aber das war schon okay für ihn. Schließlich waren seine Freunde Sonja und Theo durch die bevorstehende Geburt ihres ersten Kindes ziemlich in der Bredouille. Zuerst hatte Sonja vor fünf Wochen aufhören müssen, in der Praxis mitzuarbeiten, und jetzt, wo sie unmittelbar vor der Niederkunft stand, brauchte sie Theo an ihrer Seite. Felix verstand das und hatte sich gerne bereit erklärt, Theo für einige Tage in der Praxis zu vertreten, doch mittlerweile waren aus ein paar Tagen bereits zwei Wochen geworden und noch immer war nicht sicher, wann das Kind denn endlich zur Welt kommen wollte.

„Ich fahr rüber zu ihr. Du kommst hier alleine klar?“ Die Frage erübrigte sich, aber Theo stellte sie trotzdem obligatorisch. Felix war einer der besten Tierärzte, die er kannte. Schon alleine deswegen war es Theo wichtig, dass Felix noch eine Weile blieb. Er vertraute ihm sowohl menschlich als auch fachlich, was man wahrlich nicht von jedem seiner Kollegen behaupten konnte. Da seine Praxis heute Notdienst hatte, musste er eigentlich Bereitschaftsdienst machen, den jetzt zum Glück Felix für ihn übernahm.

„Na klar. Grüß sie von mir und lass sie ein paar Treppen steigen. Vielleicht geht's dann endlich los“, witzelte Felix und schaute sich die zwei hereingekommenen Notfallkarteikarten an. Eine angefahrene Katze und ein Meerschweinchen, das nichts mehr fraß und Haarausfall hatte. Okay. Die Katze zuerst. Felix drückte auf die Sprechtaste der Gegensprechanlage und bat die Autofahrerin nebst ihrem *Opfer* ins Behandlungszimmer…

Nachdem Felix die Katze in der Kurzzeitpflegestation der Praxis untergebracht hatte und der besorgten Autofahrerin versichern konnte, dass die Katze wieder ganz gesund werden würde, wandte er seine Aufmerksamkeit dem nächsten Patienten, einem Rosettenmeerschweinchen namens Timmi, zu.

„Hallo“, begrüßte Felix den kleinen Jungen, der einen Korb schleppte und ihn sehr ernst ansah. *Gott*, dachte Felix. *Er sieht aus, wie ich als Kind ausgesehen habe. Gleiche Haarfarbe, gleiche Augen und die gleiche Statur. Hochgewachsen und schlank.* „Okay, wen haben wir denn da?“, fragte er den Kleinen, der den Korb, ausgelegt mit mehreren Handtüchern, einigen Leckerlis und dem Meerschweinchen darin, auf den Behandlungstisch hievte. „Wo ist Doktor Theo?“, fragte der Junge misstrauisch, während er Felix aufmerksam beäugte. „Du bist kein Arzt, oder? Wo ist dein weißer Kittel?“

Felix lachte. „Gut bemerkt“, sagte er schmunzelnd. „Mein Name ist Felix Gärtner und ich bin der Vertretungsarzt für Dr. Theo

Häussler. Und wer bist du?“

„Ich bin Sebastian Felix Thiel“, erklärte der Junge und starrte Felix argwöhnisch an. Doch dann erhellte ein kleines Lächeln seine ernste Miene. „Wir heißen beide Felix, das ist ja cool. Obwohl mich eh alle Basti nennen.“

„Ja. Basti klingt doch viel cooler als Felix“, erwiderte Felix belustigt. „So, jetzt werd ich mir mal den kleinen Patienten anschauen, einverstanden?“ Felix wollte das Tuch zurückschlagen, doch Basti schaute ihn unschlüssig an, ehe er den Korb losließ.

„Timmi frisst nichts mehr und Haare verliert er auch.“ Basti beäugte Felix skeptisch und sagte dann mit verschwörerisch leiser Stimme: „Kannst du nach Timmi schauen, ohne dass es viel kostet? Wir haben nämlich kein Geld und kriegen unser Auto nicht mehr zurück. Dann muss ich jeden Morgen zur Schule laufen und Mama zur Arbeit.“

Fast hätte Felix gelacht, wollte jedoch Bastis Gefühle nicht verletzen und versuchte deshalb, sich nichts anmerken zu lassen. Ganz schön pfiffig, das Kerlchen. „Wo sind eigentlich deine Eltern? Du bist doch sicher nicht alleine hier, oder?“

„Natürlich bin ich nicht alleine hier. Meine Mama musste mal“, erwiderte Basti und schlug das Tuch zurück. Dann streichelte er das kleine Tier zärtlich, das sich zitternd in die Hand des Jungen schmiegte. „Also, kannst du uns helfen?“ Herausfordernd sah er Felix an.

Dieser kleine Mann hatte es faustdick hinter den Ohren und das gefiel Felix. Er grinste den Kleinen an und nickte. „Ich tu mein Bestes. Versprochen“, erwiderte er verschwörerisch. Erneut bemerkte er erstaunt, wie ähnlich der Junge ihm sah. Basti hatte seine Augen. Verblüfft betrachtete er den Kleinen, den er auf fünf oder sechs Jahre schätzte. „Wie alt bist du denn?“, fragte er ihn und sah mit einem schnellen Seitenblick zu Basti, der Timmi mittlerweile aus seinem Korb gehoben hatte.

„Ich bin fünf“, antwortete er ganz stolz und grinste. „Aber Mama sagt immer, ich sei schon älter, obwohl ich das nicht verstehe.“

Felix nickte. Dieses Mal überkam ihn die Erinnerung an diese verhängnisvolle Nacht in Garmisch so unvermittelt, dass er sich selbst erschrak. Diese Nacht, die etwas in ihm verändert hatte. Die

Gedanken an Annika hatten ihn seither nie mehr wirklich losgelassen und dieser kleine Junge…

Nein. Das war völlig ausgeschlossen. Unmöglich. Reiß dich zusammen, Alter. Er war hier, um kranke Tiere zu behandeln und nicht, um in schmerzhaften Erinnerungen zu schwelgen. Felix räusperte sich. „Weißt du denn, wie alt Timmi ist?“, fragte er sachlich, während er den kleinen Nager mit kundigen Fingern abtastete. „Lebt euer Timmi alleine bei euch?“ Das Gebiss des Tieres war in einwandfreiem Zustand genau wie die Augen, Ohren und seine Gliedmaßen. Rein äußerlich war nichts festzustellen, was auf eine Krankheit hindeutete. Da Parasiten nicht auszuschließen waren, würde Felix vorsorglich Tropfen verordnen. Allerdings vermutete er viel eher, dass sich das Tier schlicht einsam fühlte und deswegen die Nahrungsaufnahme verweigerte.

„Ja. Wir haben nur Timmi. Ich weiß nicht genau, wie alt er ist. Nicht so alt wie ich“, überlegte Sebastian. „Aber meine Mama weiß das“, fügte er hinzu und sprang auf. „Ich geh sie holen.“

Als Basti wenige Sekunden später mit seiner Mutter im Schlepptau wieder ins Behandlungszimmer kam, war Felix gerade dabei, sich den Bauch des kleinen Nagers genauer zu betrachten. „Guten Abend. Es tut uns leid, dass wir ausgerechnet während der Notdienstsprechzeiten vorbeischauen, aber Sebastian hat darauf bestanden.“ Diese melodisch klingende Stimme hätte er unter tausenden herausgehört. SIE WAR ES. ANNIKA. Seine letzte Kundin. Sie hatte das Ende seiner Karriere im Begleitservice eingeläutet. Fuck. Nie im Leben hatte er damit gerechnet, ihr wieder zu begegnen. Und der Schock darüber, dass sie einen Sohn hatte – unbeschreiblich. Felix räusperte sich und versuchte Zeit zu schinden. Was, wenn sie ihn wiedererkennen würde? Wie würde sich Annika ihm gegenüber verhalten? Sein Magen fuhr vor lauter Aufregung Achterbahn. Normalerweise passierte so etwas nur in extrem schnulzigen Liebesfilmen, nicht jedoch im realen Leben. Und auf keinen Fall ihm. Felix schluckte nervös und hustete. Dann drehte er sich herum. Sie war es. Überhaupt gar kein Zweifel. Annika aus Garmisch-Partenkirchen, die er in all den Jahren nie wirklich aus seinem Kopf bekommen hatte. Im Gegensatz zu ihm hatte Annika sich nicht sehr viel verändert. Vielleicht waren ihre Hüften etwas runder geworden und die blonden Haare ein wenig kürzer. Trotzdem hätte er sie sofort wiedererkannt. Sie war noch genauso hübsch wie damals. Dass Annika ihn allerdings wiedererkennen würde, wagte er zu bezweifeln.

„Guten Tag", begrüßte sie ihn und schaute ihm dabei direkt ins Gesicht. Ohne ein Zeichen des Wiedererkennens fuhr sie fort: „Wo ist denn Doktor Häussler?"

„Ähm, also, ich bin sein Vertretungsarzt, Doktor Gärtner", erwiderte Felix schnell und versuchte, sie nicht zu auffällig zu mustern. Bis jetzt zeigte Annika keinerlei Anzeichen darauf, dass sie ihn ebenfalls wiedererkannt hatte. „Theo ist bei Sonja zu Hause. Sie erwarten bald ihr erstes Kind. Da ist Sonja verständlicherweise ein wenig nervös und Theo natürlich auch." Annika nickte verständnisvoll und lächelte ihn an. *Sie erkennt mich nicht*, durchschoss es ihn heiß, begleitet von einer Welle tiefsten Bedauerns.

„Ich hoffe, sie können uns auch weiterhelfen. Unser Meerschweinchen Timmi ist seit ungefähr einem Jahr bei uns. Wir haben ihn als Baby bekommen, ich glaube, da war er sechs Wochen alt. Aber die letzten Wochen frisst er nicht mehr richtig und jetzt geht ihm auch noch das Fell aus."

Felix starrte in Annikas Gesicht, doch dann wandte er sich ab. *Sie hat dich vergessen.* Seltsamerweise fühlte er mehr als nur Enttäuschung darüber, dass sie ihn nicht mehr erkannte. Er fühlte sich fast betrogen. Sie hatten sich bereits völlig nackt und hemmungslos in den Kissen gewälzt, hatten jeden Fitzel nackter Haut voneinander gesehen und nun erkannte sie ihn nicht einmal. Allerdings musste er fairerweise zugeben, dass zwischen seinem Äußeren vor sechs Jahren und heute Welten lagen. Sein Vollbart war einem glatt rasierten Kinn gewichen, seine damals nackenlange, wirre Mähne trug er heute kurz. Seine blauen Augen waren hinter seiner Lesebrille verborgen, einzig seine Stimme hatte sich nicht verändert. Wenn Annika nicht schwerhörig oder begriffsstutzig war, müsste sie… Vielleicht aber auch nicht, denn sie war bei ihrer Begegnung doch recht betrunken gewesen und frühmorgens hörte er sich deutlich kehliger an.

„Ich werde mein Bestes tun, um Timmi zu helfen. Ob ich allerdings so gut wie Doktor Theo bin, bleibt abzuwarten", sagte

Felix mit belegter Stimme, während er sich erneut wegdrehte – wieder um Zeit zu schinden. Und dann traf ihn die Erkenntnis mit einer solchen Wucht, dass es ihm schwindelig wurde. Annika hatte ihn an jenem Morgen belogen. Sie war nicht geschützt gewesen. Weder durch die Pille noch durch sonst irgendein Verhütungsmittel. Boa. Das war heftig – gelinde gesagt… Welche Erklärung sollte es sonst geben? Der lebende Beweis dafür stand in Lebensgröße vor ihm und schaute ihn an. Felix schien es, als würde Basti etwas von seinem inneren Zwiegespräch verfolgen, so aufmerksam, wie der Junge war. SEIN JUNGE. Er hatte FELIX' Augen und FELIX' Gesichtszüge. Er, Felix Gärtner, war Vater. Dessen war er sich so sicher, dass er darauf sein ganzes Vermögen einschließlich seines Audi A4 Cabriolets verwettet hätte. Dumm nur, dass er gerade sehr alleine mit dieser Gewissheit war und keine Ahnung hatte, wie diese Geschichte weitergehen sollte. Sie hatte ihm in Garmisch eine klare Abfuhr erteilt und nachdrücklich klargemacht, dass es für sie nur eine heiße Nacht ohne Nachspielzeit gewesen war, und er war darüber insgeheim froh gewesen – zumindest damals. *Einen Scheiß warst du! Von wegen FROH GEWESEN*, dachte er plötzlich bitter. Schon kurz danach hatte er es zutiefst bereut, sich einfach so davongemacht zu haben, aber da war es bereits zu spät gewesen. Zumindest hatte er das gedacht. Egal. Die Zeit ließ sich nun mal nicht mehr zurückdrehen.

Annikas Stimme riss Felix aus seinen Überlegungen. „Können Sie schon sagen, was Timmi hat?" Sie blickte ihn aufmerksam an und ein kleines Lächeln stahl sich auf ihr Gesicht. Zauberhaft. Sie war einfach zauberhaft.

„Also … ähm", räusperte sich Felix. „Rein äußerlich ist nichts zu erkennen. Die Zähne ihres kleinen Nagers sind vollkommen in Ordnung. Es gibt zwei Möglichkeiten. Zum einen könnten es Parasiten sein, die allerdings leicht zu behandeln sind. Und keine Sorge – sie sind für Menschen völlig ungefährlich. Allerdings, und das ist meine Einschätzung, würde ich glauben, dass sich ihr Timmi schlicht einsam fühlt. Meerschweinchen sind sehr sozial und brauchen Gesellschaft. Also sollten sie sich überlegen, ein zweites Tier anzuschaffen. Sonst wird er auf Dauer ernsthaft erkranken.“

Annika seufzte. Ein weiteres Meerschweinchen! Wieder eine Ausgabe, die sie sich eigentlich nicht leisten konnte. „Okay. Wir denken darüber nach“, antwortete sie leise, war allerdings in Gedanken ganz woanders. Ob sie den kleinen Kerl abgeben sollten? Vielleicht sollten sie versuchen, ihn im örtlichen Streichelzoo unterzubringen. Doch als sie ihren Sohn betrachtete, der mit großen, leuchtenden Augen zu ihr aufsah, verwarf sie diesen Gedanken ganz schnell wieder. Was waren schon zwei Salatblätter und ein wenig Futter am Tag mehr? Es musste also ein zweites Meerschweinchen her.

„Mama. Doktor Felix hat recht. Alleine sein ist nicht gut. Timmi braucht eine Freundin, oder?“ Sebastian sah sie so hoffnungsvoll und freudig an, da konnte Annika einfach nicht anders.

„Wir besorgen Timmi einen Spielkameraden“, versprach sie ihrem Jungen, der bereits einen Freudentanz vollführte. „Dir ist aber schon klar, dass du dann auch die doppelte Arbeit hast“, fügte sie mit ein wenig Strenge hinzu, die ihr Sohn jedoch geflissentlich überhörte. Er warf sich seiner Mutter in die Arme und drückte sich fest an sie. „Ach, Mama. Das ist doch halb so schlimm. Ich hab dich lieb.“

Über den Klammergriff ihres Sohnes hinweg betrachtete Annika den Tierarzt und runzelte die Stirn. *Doktor Felix? Aha. Na ja*, dachte Annika verwundert. Den Namen Felix gab es wie Sand am Meer. Trotzdem. Jetzt, wo sie ihn zum ersten Mal eingehender betrachtete, kam er ihr vage bekannt vor. Das war Quatsch. Sicher hatte er einfach nur Ähnlichkeit mit diesem Schauspieler, dessen Name ihr gerade nicht einfiel. Trotzdem konnte sie den Blick nicht abwenden. Seine Bewegungen waren geschmeidig und wirkten kraftvoll, fast athletisch. Wie er wohl unter diesem weißen Kittel und seiner Kleidung aussah? Verdammt. Sie hatte wirklich schon lange keinen Mann mehr gehabt. Sie sah zu, wie Doktor Gärtner eine kleine Flasche aus dem Arzneimittelschrank nahm, und verwarf ihre Gedanken ganz schnell wieder. Dann küsste sie Sebastian auf den Kopf und schob ihn vor sich. Zeit zu gehen.

Felix beobachtete die Szene zwischen Mutter und Sohn und spürte einen heftigen Stich im Herzen. Wieso hatte sie ihn in all den Jahren niemals kontaktiert? Ihm nicht die Chance gegeben, selbst zu entscheiden? Diese Wahl hatte sie ihm genommen – einfach so. Es war hart, sich dies einzugestehen. Mindestens so hart, wie die beiden jetzt so innig zusammen zu sehen.

„Ich gebe Ihnen Tropfen gegen die Parasiten mit. Die habe ich als Muster hier. Sie kosten nichts. Geben Sie jeden Morgen ein paar ins frische Trinkwasser“, sagte er schroff, während er das Fläschchen aus dem Schrank holte. „Für die Untersuchung müssen Sie nichts bezahlen. Und sollte noch etwas sein, kommen Sie einfach noch einmal vorbei. Auf Wiedersehen.“ Felix wagte nicht aufzublicken und tat auf einmal sehr beschäftigt, während er aus den Augenwinkeln seinem Sohn zusah, wie er das kleine Tier vorsichtig in den Korb zurücksetzte, den seine Mutter ihm hinhielt. Dann nahm er seiner Mutter den Korb ab und blickte ihn offen an. „Danke, Doktor Felix.“ Sebastian drehte sich um und sah seine Mutter an. „Siehst du. Ich hab dir doch gesagt, zum Tierarzt zu gehen, ist nicht so teuer.“ Damit ließ er die Erwachsenen sprachlos stehen und stapfte zur Tür hinaus. Scheiße. Sie würde gehen und beide würden – einfach so – wieder aus seinem Leben verschwinden. Das konnte er nicht zulassen, auf keinen Fall. Fieberhaft überlegte Felix, wie er sich ihr gegenüber verhalten sollte. Natürlich wollte er sie nicht verschrecken, aber vielleicht war es auch genau das, was ihm zum Vorteil gereichte. Ach verdammt, es gab keinen perfekten Weg, jemandem nach sechs Jahren eben mal so HALLO zu sagen.

9

Die Untersuchung war kostenfrei? Hää? Vielleicht hatte Annika sich auch verhört. Sichtlich verwirrt schaute sie dem gut aussehenden, großen Mann dabei zu, wie er mehrere Medikamentenpackungen von einer Seite auf die andere räumte.

„Ähm", begann sie und leckte sich über die trockenen Lippen. „Hören Sie, Doktor Gärtner. Weiß Doktor Häußler, dass Sie seine Patienten für lau behandeln? Ich glaube, es würde ihm nicht gefallen, wenn er das wüsste." Ungeduldig auf Antwort wartend, wippte Annika mit ihrem Fuß. Dann drehte er sich endlich wieder zu ihr um.

„Das war das Mindeste, was ich für Basti – deinen Sohn – tun konnte, ANNIKA", antwortete Felix langsam und schaute ihr dabei direkt in die Augen.

Annika riss die Augen auf und stieß keuchend die Luft aus. Ihr Kopf schien plötzlich wie leergefegt und ihr wurde schwarz vor Augen. Noch bevor sie mit dem Hintern unsanft auf der Erde landen konnte, hatte Felix sie fürsorglich auf einen Stuhl gesetzt. „Geht's wieder", sagte er wenige Sekunden später, nachdem ihr Kreislauf sich zurückgemeldet hatte und ihr Gehirn wieder angesprungen war. Statt leichenblass wurde sie nun rot, weil ihr siedend heiß wurde. ER WAR ES. Deswegen hatte sie bereits zu Beginn das Gefühl gehabt, ihn irgendwoher zu kennen. Weil sie ihn SEHR gut kannte. Sogar sehr, sehr gut. Wie hoch war die Wahrscheinlichkeit, sich unter solchen Umständen wiederzusehen? Eins zu einer Million? Annika wusste es nicht, doch gerade wollte ihr auch nichts wirklich Sinnvolles einfallen.

„Das gibt's doch nicht", stieß sie hervor. „Wieso…? Was … tust du hier?" Diese Frage war zwar vollkommen bescheuert, aber sie wusste nicht, was sie sonst fragen sollte.

„Ich vertrete meinen Freund, Dr. Theodor Häussler, dem diese Praxis eigentlich gehört", erklärte Felix erneut und ließ sie dabei nicht aus den Augen. „Es ist lange her, Annika. Du hast also einen Sohn?", fügte er ruhig hinzu und zog die Augenbrauen hoch.

„Ja", antwortete sie mit brüchiger Stimme, „ich habe einen Sohn. Aber bevor du etwas Falsches denkst, Sebastian ist nicht dein Sohn." Sie wusste nicht, weshalb sie ihm diese dreiste Lüge auftischte. Doch da war dieses völlig irrationale, unbestimmte Gefühl der Angst, das sie bei dem Gedanken daran überkam, ihm die Wahrheit zu sagen. Es war offensichtlich, dass Felix einem ordentlichen Job nachging und so gar nichts mehr mit dem stürmischen, draufgängerischen Loverboy von damals gemeinsam zu haben schien. Trotz dieser Tatsache hatte es oberste Priorität, Sebastian zu schützen. Was, wenn Felix mal eben so in Bastis Leben stürmte und, sobald er die Schnauze vom Vatersein wieder voll hatte, genauso schnell auch wieder verschwand? Das konnte Annika nicht zulassen. Auf gar keinen Fall.

„Basti ist Lars' Sohn. Du erinnerst dich. Ich war liiert, als wir unseren *Ausrutscher* hatten." Ausrutscher! Das kam selbst in ihren Ohren einer Beleidigung gleich und so war es kein Wunder, dass Felix bei ihren Worten zusammenzuckte.

„Wenn du das sagst", erwiderte er leise. Jetzt war es an Annika, erstaunt zu sein. Hörte sie da etwa so etwas wie Enttäuschung in seiner Stimme? Vielleicht... Nein. *Vergiss es*, schimpfte sie sich selbst. *Sei keine Idiotin.* Dies hier war kein verdammtes Märchen, dies war die harte Realität.

„Für mich war es kein Ausrutscher, sondern eine wunderschöne Nacht mit einer leidenschaftlichen und sehr sinnlichen Frau", fügte er hinzu. „In all den Jahren habe ich unsere Nacht nie vergessen, nur damit du das weißt." Felix straffte die Schultern und ging zur Tür hinüber. „Ich glaube, es ist jetzt besser, wenn du gehst. Ich habe noch einiges zu tun. Wie du weißt, haben wir heute Notdienst."

Benommen erhob sich Annika und ging an Felix vorbei aus dem Zimmer. Sie erhaschte seinen Duft und sofort war die Erinnerung an seinen heißen männlichen Körper präsent. *Ach verdammt*, schimpfte sich Annika. *Vergiss ihn endlich. Es war eine einzige, leidenschaftliche Nacht – mehr nicht. Ende der Geschichte.* „Mama, wo bleibst du denn? Ich hab 'nen Bärenhunger. Los, komm schon." *Das ist mein Leben*, dachte Annika und musste grinsen. Dieser kleine Kerl war ihre einzige Priorität.

Felix blieb völlig konfus zurück. Seine Gedanken kreisten unaufhörlich nur um einen einzigen Punkt: Was – verdammt – nochmal – sollte – er – jetzt – bloß – tun? Annika hatte ihn nach Strich und Faden belogen, da war er sich sicher. Vermutlich hatte es ausschließlich mit seiner Begleitservice-Vergangenheit zu tun. Allerdings hatte sie nichts dergleichen erwähnt. Was, wenn sie es gar nicht wusste? Wenn sie einfach davon ausging, mit ihm, Felix, einen One-Night-Stand gehabt zu haben? Denkbar war es allemal, aber auch realistisch? Er musste ihr verdeutlichen, dass er nicht nur ein Mann für eine Nacht war, sondern jemand, der es verdiente zu erfahren, einen Sohn zu haben. Und genau das würde er tun – er würde ihr beweisen, dass sie sich auf ihn verlassen konnte, wenn sie es nur zuließ. Ein Plan musste her, und zwar schnell. Felix riss die Tür auf und fragte die Arzthelferin nach der Adresse seines letzten Patienten. *Es soll ja bekanntlich Tierärzte geben, die sich persönlich sehr einsetzen für das Wohlergehen ihrer Patienten*, dachte er. Und das war hier auf jeden Fall vonnöten…

Missmutig starrte Annika ihr Spiegelbild an. Sie hatte die halbe Nacht wachgelegen und das alles nur wegen diesem, diesem… Kerl. Sie betrachtete ihre Augenringe und fluchte. Hatte er ihr nicht schon genug schlechte Nächte bereitet? Das musste aufhören. Seit sie gestern Abend aus der Tierarztpraxis gegangen war, konnte sie an fast nichts anderes mehr denken als an … Felix. Selbst die bevorstehende Präsentation war plötzlich nicht mehr allgegenwärtig und erschien ihr nicht mehr so furchteinflößend. Viel schlimmer war die Tatsache, dass dieser Mann es immer noch schaffte, ihr nach so vielen Jahren den Schlaf zu rauben. Allerdings hatte sie für solche Mätzchen heute keine Zeit. In weniger als einer Stunde hatte Sebastian beim Kindergarten zu sein und sie selbst musste ihren Zug nach München kriegen. Energisch bürstete Annika ihre Haare und steckte sie dann zu einer geschäftsmäßigen Frisur nach oben. Sie würde, nein sie musste diesen Job ergattern. „Basti“, rief sie zum gefühlt einhundertsten Mal in Richtung des Zimmers ihres Sohnes. „Du musst aufstehen, sonst haben wir ein Problem.“ Sie ging zum Kinderzimmer und öffnete die Tür. Erstaunt sah sie zu, wie sich Sebastian komplett angezogen mit seinen Schuhen abmühte. Häh? Was zur Hölle war hier los? Normalerweise brauchte ihr Sohn morgens eine Extraeinladung und es erforderte enorm viel

Geduld, ihn in seine Klamotten zu kriegen.

„Basti?", fragte sie deswegen skeptisch. „Bist du das?" Sie schaute sich suchend um. „Wer hat mein Kind ausgetauscht." Sebastian lachte und strahlte sie übers ganze Gesicht an. „Mama", sagte er mit ernster Stimme. „Ich weiß doch, wie wichtig das heute für dich ist. Außerdem wollen wir doch später nach einem Spielkameraden für Timmi schauen." Aha. Daher wehte der Wind. Sich das Lachen verkneifend, antwortete Annika: „Na wunderbar, dann kann's ja gleich losgehen." Sie würde Sebastian mit dem Taxi zum Kindergarten bringen und dann anschließend direkt zum Bahnhof weiterfahren. Da sie ihren Laptop mithatte, konnte sie sowohl im Zug als auch in einem netten Kaffee in München noch ein wenig arbeiten, sodass sie stressfrei bei ihrem hoffentlich neuen Arbeitgeber eintreffen würde. Wieder schlichen sich die Gedanken an Felix in ihr Bewusstsein. Sie fühlte sich von ihm auf magische Art und Weise angezogen. *Kein Wunder*, dachte sie grimmig. Ihr Erinnerungsvermögen funktionierte sehr wohl und so wusste sie noch immer sehr genau, was dieser Mann mit seinem Körper anzustellen vermochte. Und seine Augen erst. Er hatte sie so sehnsüchtig angeschaut, dass ihr schmerzhaft bewusst geworden war, was sie sich die letzten Jahre versagt hatte. *Schluss damit*, rief sie sich selbst zur Ordnung. Dafür ist jetzt keine Zeit. Schließlich hing von ihrem Termin ihre berufliche Zukunft ab…

Geschafft, im doppelten Sinn des Wortes. Annika, die noch völlig unter dem Einfluss des grandios gelaufenen Vorstellungsgespräches stand, saß restlos platt im Zug nach Starnberg und ließ ihre Präsentation noch einmal Revue passieren. Sie war tatsächlich frühzeitig in München gewesen, war dann aber in ihrem früheren Stammcafé einer ehemaligen Studienkollegin über den Weg gelaufen und hatte sich hoffnungslos verquasselt. Als sie schließlich bemerkt hatte, wie spät es wirklich schon war, hatte sie Sabine zum SUNLIGHT CITY gefahren, da sie sich zu Fuß hätte mehr als beeilen müssen. Dort angekommen musste sie feststellen, dass sie nicht die einzige Bewerberin an diesem Tag war – oh nein. Im Wartebereich der Geschäftsleitung saßen drei Mitbewerber. Annika rutschte das Herz in die Hose. Das Erste, was ihr sofort auffiel – alle drei Männer taten extrem geschäftig, hatten entweder ihr Handy am Ohr oder ein Tablet in der Hand, auf dem sie herumtippten. Zunächst grüßte Annika höflich und nahm zwischen den Herren Platz, doch bereits einige Minuten später wurde ihr klar, dass es für sie hier auf keinen Fall einfach werden würde. Als am schlimmsten aber empfand sie die Tatsache, dass keiner dieser Männer sie als ernsthafte Konkurrentin einzuschätzen schien. Im Gegenteil. Sie hatten sie schon gleich zu Beginn gemustert und sich unisono solidarisch angegrinst – frei nach dem Motto: Was will denn diese Tussi hier? Hier ist eine wichtige Position zu besetzen, also Mädchen, was willst du hier? Komm wieder, wenn dir ein Penis gewachsen ist. Natürlich hatte Annika schon oft von solchen Anfeindungen gehört, es jedoch noch nie am eigenen Leib erfahren müssen. *Na wartet*, dachte sie und öffnete – einfach so – einen weiteren Knopf ihrer cremefarbenen Bluse. Sofort veränderte sich die Stimmung im Raum, jedoch nicht zum Positiven. Die Blicke, mit denen sie nun bedacht wurde, waren deutlich feindseliger und alles andere als wohlgesinnt, worüber Annika sich diebisch freute. *Ja, meine Lieben. Ihr solltet frau ernst nehmen und ja, das hier ist meine klare Kampfansage*, dachte sie belustigt. Natürlich war ihre lockere Gelassenheit genauso aufgesetzt wie ihre Selbstsicherheit. Innerlich zersprang sie fast, so nervös war sie. Als schließlich die ersten beiden Bewerber bereits nach wenigen Minuten wieder erschienen und ohne ein Grußwort das Feld räumten, war es aus mit Annikas zur Schau getragener Ruhe. Sie sprang auf und flüchtete auf die Toilette und versuchte dort erst einmal, ihre Nerven zu beruhigen. Diese Sache hier war eine Nummer zu groß für sie. Schließlich handelte es sich um eine bundesweite Werbekampagne von Plakat-, Printmedien und Fernsehwerbung. Plötzlich übermannte Annika das Gefühl, sich damit mächtig überschätzt zu haben, und so beschloss sie, unauffällig den Rückzug anzutreten. Sie lief aus der Toilette hinaus, direkt einem der Verantwortlichen in die Arme. „Hier stecken Sie“, begrüßte er sie lächelnd. „Sie müssen Annika Thiel sein. Schön, Sie gefunden zu haben. Wir dachten schon, Sie seien wieder gegangen.“ Der Mann im schlichten dunkelblauen Anzug bedachte sie mit einem aufmerksamen Blick. „Geht es Ihnen gut?

Sie sehen blass aus.“ Annika konnte nur nicken, woraufhin ihm wohl einfiel, sich vorstellen zu müssen. „Oh. Entschuldigen Sie bitte, mein Name ist Konrad Dettinger“, wodurch er sich als Geschäftsführer der SUNLIGHT CITY GROUP BAYERN outete.

Konrad Dettinger sah keine Sekunde älter aus als vierzig, obwohl Annika wusste, dass er bereits stark auf die fünfzig zuging. Sein dunkles, kurzgeschnittenes Haar war an den Schläfen angegraut, was seinem guten Aussehen jedoch keinen Abbruch tat. Am meisten beeindruckten Annika jedoch seine Augen. Schokoladenbraun, warm und sehr sinnlich, umrahmt von langen, dichten Wimpern. Verdammt. Es gehörte verboten, dass ein Mann solch lange Wimpern hatte. Bei ihrem Zusammenstoß hatte sie bereits die Härte seiner Muskeln gespürt, was sie nun bestätigt fand, als sie ihn unauffällig musterte. Er war ein gutes Stück größer als sie und hatte breite, männliche Schultern. *Ja, SUNLIGHT CITY hat nur das Beste*, dachte sie schmunzelnd und fühlte sich ertappt, weil er sie belustigt anlächelte.

Als sie eine dreiviertel Stunde später aus dem Büro des Managements trat und einen Jahresvertrag als PR-Managerin der SUNLIGHT CITY GROUP GERMANY in der Tasche hatte, war dies so unwirklich, dass Annika es zunächst nicht fassen konnte. Sie hatte es tatsächlich geschafft, die Führungsspitze der Hotelkette von ihrer Idee zu begeistern, sodass diese nicht lange hatte überlegen müssen: Annika erhielt den Job. Mit viel Herz hatte sie sich und ihre Idee gegen den Rest der Bewerber durchgesetzt.

SUNLIGHT CITY MIT HERZ – das war der neue Werbeslogan für die komplette Kampagne. Annikas Vorschlag, die Werbetrailer für die Kampagne sowohl auf Feierlichkeiten und Familien als auch auf Pärchen und Ältere auszurichten, kam super an. Genau wie ihr Werbeslogan, der zusammen mit Business-, Freundschafts- und Hochzeitsszenen die Plakate zieren sollte:

SUNLIGHT CITY mit ♥
Bei uns sind Sie nicht nur ♥lich willkommen und werden
♥lich empfangen – NEIN.
Sie liegen uns am ♥
Verbringen Sie mit Ihren Allerliebsten ein paar schöne Tage,
im ♥ der City.
Ihr SUNLIGHT CITY HOTEL mit ♥

Dieser kleine, aber effiziente Slogan hatte ihr einen tollen Job bei guter Bezahlung eingebracht und schlagartig einige ihrer Probleme gelöst. Und als sie vor wenigen Minuten Kathi, Anna und Tanja per WhatsApp berichtet hatte, welche Position sie bald innehaben würde, hatten die Mädels symbolisch einen Freudentanz aufgeführt und sie überschwänglich beglückwünscht. Nur Tanja, praktisch veranlagt wie immer, wollte es genauer wissen. *Ziehst du jetzt wieder nach München?*, wollte sie von Annika wissen. *Nein*, hatte Annika zurückgeschrieben. *Drei Tage Homeoffice, zwei Tage München mit dem Zug/Auto – vorerst.*

Lass die Korken knallen – Baldiges Treffen erforderlich – Drück dich, ich hab's gewusst, waren die Antworten.

Wann geht's los?, wollte Kathi wissen.

In zwei Wochen, hatte Annika geantwortet und überglücklich die Augen geschlossen. Dann hatte sie Kathi eine Einzelnachricht getippt: *Hab gestern Felix getroffen. Er ist jetzt Tierarzt. Basti war auch dabei. Felix ahnt es, glaube ich…*

Zunächst kam lange Zeit gar nichts, dann hatte Kathi geantwortet: *Shit! Das klingt nach Stress. Und nun?*

Keine Ahnung. Ich muss es erstmal verdauen. Aber ich werde wohl mit ihm sprechen…, tippte Annika hinterher.

Gute Idee. Wenn du mich brauchst, bin da <3 <3 <3. Lieb dich, Kathi.

Danke dir, aber da muss ich wohl alleine durch <3 <3 <3.

Annika dachte daran, wie sehr sich ihr Leben jetzt ändern würde, und dann, aus dem Nichts, tauchte plötzlich Felix' Gesicht vor ihr auf. Felix, der sie strahlend anlächelte und ihren Puls schneller schlagen ließ. Gleichzeitig wurde ihr warm und wohlig zumute, weil sie daran denken musste, wie erregend seine Hände sich auf ihrem Körper angefühlt hatten. Wieso ausgerechnet jetzt? Endlich nahm ihr Leben eine positive Wendung. Da war ein ehemaliger Liebhaber nicht gerade hilfreich, besonders nicht, wenn es sich dabei um einen One-Night-Stand handelte. Sie dachte daran, wie sorgsam er mit Sebastian und Timmi umgegangen war, und überlegte, wie lange er wohl schon Tierarzt war. Sicher war er gut in seinem Beruf, wenn er alles so leidenschaftlich tat wie… Mist. Wieso musste sie gerade jetzt wieder daran denken, wie hemmungslos und wild sie in jener Nacht vor sechs Jahren gewesen war? Dumm zu glauben, dass er dies nur mit ihr so ausgelebt hatte. Annika hatte sich einige Monate lang eingeredet, dass Felix nur mit ihr solch wunderbaren Sex gehabt hatte und sie vielleicht vermissen würde. Insgeheim hatte sie sich immer wieder vorgestellt, wie es wohl wäre, sollte er versuchen herauszufinden, wo sie war. Sie besuchen und mehr wollen. Doch nichts dergleichen war geschehen. Jungmädchenträume, mehr nicht – und das mit fünfundzwanzig!

Sie waren dumm und hemmungslos gewesen. Alle beide. Anders war es nicht zu erklären, dass sie jedwede Vernunft ausgeschaltet hatten. Zwar war sie wohl zu betrunken gewesen, um auf solch winzige Details zu achten, aber auch er musste so abgelenkt oder geil gewesen sein, dass er noch nicht einmal an ein Kondom gedacht hatte. Natürlich hätte sich Annika ohne Probleme die Pille danach besorgen können, doch das wollte sie nicht. Als sie wenige Wochen nach diesem völlig verrückten, aber wundervollen Wochenende ihre Tage nicht bekommen hatte, war sie sofort zur Apotheke gelaufen und hatte sich einen Schwangerschaftstest besorgt. Bingo. Ihre Vermutung bestätigte sich, doch sie war nicht nur geschockt darüber, wie sie verwundert feststellen musste. Sie war … voller Vorfreude und irgendwie … glücklich. Verdammte Hormone. Sie hatten wohl einen Kurzschluss im Logikzentrum ihres Gehirns verursacht. Kathi war die erste ihrer Freundinnen gewesen, die davon erfahren hatte. Zuerst hatte Kathi erstickt geflucht, doch als sie mitbekam, wie sehr Annika sich auf das Baby freute, hatte sie sich schnell gefangen und sich riesig mit Annika gefreut. Allerdings hatte sie ihr auch sofort geraten, mit Felix Kontakt aufzunehmen. „Wir finden über das Hotel sicher raus, wer er ist“, hatte Kathi Annika vorgeschlagen. „Ich übernehm das gerne für dich.“ Doch Annika hatte erst ihr Beziehungschaos mit

Lars klären wollen, was insgesamt lange sechs Monate gedauert hatte. Zusätzlich gab es dann auch noch den Ärger und schließlich den Bruch mit ihren Eltern zu verdauen und schließlich stand der Umzug nach Starnberg ins Haus.

Und als endlich langsam Ruhe in Annikas Leben eingekehrt war und sie die Zeit gefunden hätte, Felix endlich über seine Vaterschaft zu informieren, hatte sie schlicht der Mut verlassen. Annika seufzte tief. Verdammt. Eigentlich war es ziemlich egoistisch von ihr gewesen, wenn nicht grausam, Felix seinen Sohn so vorzuenthalten. Auch gestern hatte sie sich nicht dazu durchringen können, ihm die Wahrheit zu sagen, sondern hatte ihm lieber eine dreiste Lüge aufgetischt. Der schlechte Geschmack in ihrem Mund war gleichbedeutend mit ihrem schlechten Gewissen, das sie Felix gegenüber verspürte. Als Erzeuger hatte er sicher kein rechtliches, aber auf jeden Fall ein moralisches Anrecht darauf, es zu erfahren. Zumindest glaubte Annika das. Sie nahm sich vor, ihn gleich morgen früh anzurufen und um ein Treffen zu bitten. Mit der Wahrheit rauszurücken war das Mindeste, was sie tun musste…

Sie schaute auf die Uhr und grinste zufrieden – sie würde es rechtzeitig zum Ende der Betreuungszeit im Kindergarten schaffen. Und zum ersten Mal seit Langem hatte Annika das Gefühl, es könnte klappen. Ihr Leben könnte sich zum Positiven verändern...

10
Starnberg – 2. Dezember 2013

Felix läutete und klopfte seine Stiefel an der Fußmatte ab. So nervös war er zum letzten Mal bei seinem Bewerbungsgespräch beim Veterinäramt gewesen. Nein, gelogen. Damals war er weit weniger kribbelig und unruhig. Es war nicht schwer gewesen, Annikas und Bastis Adresse herauszufinden. Etwas aufwendiger war es jedoch gewesen, auf die Schnelle ein Meerschweinchen aufzutreiben, das zu Timmi passte und auch von ihm – hoffentlich – akzeptiert werden würde. Im hiesigen Tierheim gab es zurzeit keine Meerschweinchen zu vermitteln und auch in den umliegenden Zoogeschäften und bei ihm bekannten Züchtern gab es momentan keine passenden Jungtiere. Felix wollte schon aufgeben, doch dann hatte er doch noch eine junge Meerschweindame über eine Anzeige in der Zeitung gefunden.

Das Tier in der kleinen Schachtel quiekte aufgeregt und schien genau zu wissen, dass sein Umzug unmittelbar bevorstand. Als Sebastian die Tür aufriss, wurden seine Augen riesengroß. „Doktor Felix, es ist Doktor Felix“, brüllte er in die Wohnung hinein, erhielt jedoch keine Antwort. Er grinste. „Mama ist duschen“, sagte er verschwörerisch und beäugte aufmerksam den kleinen Karton in Felix’ Hand. Dann riss er die Augen noch weiter auf. Scheinbar ahnte er, was Felix da in der Hand hielt.

„Hallo Sebastian“, begrüßte er den Kleinen, der daraufhin unmutig das Gesicht verzog.

„Kein Mensch nennt mich Sebastian. Alle nennen mich Basti“, antwortete der Junge.

„Kein Mensch nennt mich Doktor Felix. Alle nennen mich Felix“, gab Felix grinsend zurück und brach damit das Eis.

„Was hast du da?“, fragte Sebastian neugierig und reckte den Hals. Als es in der Schachtel raschelte, erschrak er, doch er fing sich recht schnell wieder. Dann begann er, aufgeregt auf und ab zu hüpfen. „Du hast ein Meerschweinchen da drin?“ Es war mehr eine Feststellung als eine Frage, woraufhin Felix breit grinste. „Jaaaaa“, quietschte der Junge und stieß die Faust in die Luft. „Das ist ja super. Mann, wie cool ist das denn?“ Jetzt strahlten Bastis Augen und Felix ahnte, was in dem kleinen Mann vorging.

Aber er wollte Annika nicht überrumpeln. „Sagst du deiner Mutter bitte Bescheid, dass ich da bin? Wir müssen sie erst noch überzeugen. Deswegen hoffe ich auf deine Unterstützung“, flüsterte Felix verschwörerisch, woraufhin Sebastian ernst nickte und lauthals rufend in die Wohnung zurücksprang.

„Mama, Mama, Doktor Felix ist da. Er hat uns ein Meerschweinchen mitgebracht.“

Was soll's, dachte Felix feixend. *Schonende Übermittlung von unausweichlichen Tatsachen wurde sowieso vollkommen überbewertet.* Er klopfte sich den Schnee von den Schuhen und wartete geduldig in der offenen Tür.

Endlich schien Annika Bastis laute Jubelbekundungen gehört zu haben, denn sie kam vor sich hin schimpfend aus dem Bad. „Schatz. Du darfst nicht einfach so die Tür aufreißen. Du musst immer erst fragen, wer da draußen steht, okay? Versprich es mir, fürs nächste Mal.“

„Ja, Mama. Aber der Felix hat ein Meerschweinchen mitgebracht. Darf er reinkommen? Bitte.“ Der bittende Tonfall seines Sohnes ging Felix durch und durch. Und obwohl er Annika ob seines Überfalls hätte verstehen können, hoffte er sehr, sie würde ihn nicht wegschicken. Annikas Kopf erschien in der Eingangstür, die Haare mit einem Handtuch umwickelt.

„Felix“, sagte sie trocken. „So schnell sieht man sich wieder. Darf ich fragen, was du hier machst?“ Okay, das hatte jetzt weder besonders herzlich noch einladend geklungen, aber was erwartete er auch, wenn er einfach so vor ihrer Haustür auftauchte. „Ich gehe spazieren und dachte, ich schau mal vorbei“, erwiderte er grinsend. Dann hob er die kleine Kiste mit den Luftlöchern darin ein wenig an und zwinkerte ihr zu. Dieser verdammte Kerl. Wahrscheinlich wusste er ganz genau, dass Annika es niemals über sich bringen würde, ihn jetzt wegzuschicken, da ihr Sohn sie sonst hassen würde. Sein Glück, dass sie heute einen wahren Glückstag erlebt hatte. Außerdem, und das musste sie sich selbst eingestehen, war es eine wirklich süße Geste, sich um einen kleinen Partner für Timmi zu kümmern. „Komm rein, ich zieh mir schnell was über.“ Damit zog sie die Tür ganz auf und verschwand in einem der Zimmer.

Verdammt. Was sollte sie bloß anziehen? Sekundenlang war

Annikas Kopf wie leergefegt, als sie daran dachte, dass da draußen dieser gut aussehende, sexy Mann saß. Wieder kamen ihr seine heißen Küsse in den Sinn, das Gefühl seines kratzenden Bartes auf ihrer zarten Haut und wie sehr es sie erregt hatte… Vergiss es. Das alles war so lange her. Sicher war er nur wegen Sebastian hier. Natürlich. Die Schultern straffend zog sie sich schnell einen schwarzen Slip und den passenden BH dazu an und schlüpfte in eine bequeme Leggins und ein langes Sweatshirt. Fertig. Ihre Haare waren mittlerweile gut angetrocknet, aber immer noch feucht. Das würde lustige Kringel geben, so viel war klar. Trotzdem zog Annika nur zweimal die Bürste durch die Haare. Auf Make-up verzichtete sie gänzlich. Schon war sie fertig.

Felix zog seine Jacke aus und schaute sich neugierig um. Das gemütliche Heim, das Annika für sich und Basti geschaffen hatte, war ganz nach seinem Geschmack. Ihr Esszimmermobiliar bestand genau wie die Küche aus funktionellen Holzmöbeln, die durch ein wenig Dekoration warm und einladend wirkten. Allerdings schien sie beherrschtes Chaos zu mögen, denn es war nicht sonderlich ordentlich – weder in der Küche noch im Wohn- und Essbereich, was Felix schmunzeln ließ. Das war gut. Ein wenig chaotisch war er selbst auch und das war absolut in Ordnung für ihn. Er fand es sehr liebenswert bei einer Frau, wenn sie nicht alle fünf Minuten aufsprang, um irgendwo ein Staubkorn zu entfernen.

„Also, Basti. Wenn deine Mama einverstanden ist, schauen wir mal, ob Timmi sich über seine neue Mitbewohnerin freut.“ Dann senkte er verschwörerisch die Stimme. „Ich glaube, sie wird einverstanden sein, aber wir müssen sie um Erlaubnis fragen.“ Sebastian nickte aufgeregt und so warteten die zwei ungeduldig auf Annikas Rückkehr.

Wenige Minuten später hörte Basti seine Mama aus dem Schlafzimmer kommen und stürzte zu ihr. Dabei rannte er sie fast um, so stürmisch umarmte er sie. „Mama, Mama. Darf ich das neue Meerschweinchen behalten? Bitte. Bitteeee.“ Annika hatte keine andere Chance, sie musste sich dem Betteln ihres Sohnes geschlagen geben, also nickte sie nur lächelnd, woraufhin Sebastian ein Freudengeschrei anstimmte. Die Erwachsenen lachten. Natürlich würde Felix ihr nachher erklären müssen, was er gedachte, gegen die Fortpflanzung der kleinen Nager zu tun. Jetzt jedoch stand die unbändige Freude ihres Sohnes im Vordergrund.

Nachdem sich die beiden Meerschweinchen unter den prüfenden Augen von Felix und Basti wenig später langsam angenähert hatten und die Meerschweinchendame auf den Namen Marie getauft worden war, zogen sich Annika und Felix zurück, während Sebastian seine beiden Tiere nicht mehr aus den Augen ließ. Zwar würde der Familienzuwachs bedeuten, dass sie einen größeren Käfig anschaffen mussten, doch selbst diese Tatsache konnte Annikas gutes Gefühl nicht dämpfen.

„Ich danke dir“, sagte sie leise zu Felix, der sehr erleichtert darüber war, wie Annika seinen Überfall aufgenommen hatte. Eigentlich hatte er so wenig Gegenwehr nicht erwartet. Umso erleichterter war er darüber. „Dir ist klar, dass du die vielen kleinen Meerschweinchen versorgen und vermitteln wirst, wenn es so weit ist.“ Annikas Worte lösten bei Felix eine Flut von Emotionen aus. Gerade hatte sie ihm gesagt, dass sie ihn nicht aus ihrem Leben ausschließen wollte. Ob ihr dies bewusst war? Ihm war es sofort aufgefallen und diese Tatsache alleine versetzte ihn in Euphorie. Lachend nickte er. „Na klar. Kein Problem. Ich kenne einige Familien und auch einen kleinen Streichelzoo gleich hier in der Nähe.“

„Gut. Du hast Basti sehr glücklich gemacht.“ Annikas sanfte Stimme ging Felix durch und durch. Wärme durchflutete ihn und ein Kloß bildete sich in seiner Kehle, sodass er sich räuspern musste. „Das hab ich sehr gerne gemacht.“

„Magst du einen Kaffee oder einen Tee? Ich könnte etwas Warmes vertragen“, fragte Annika. „Ja, gerne. Ein Kaffee wäre nicht schlecht“, antwortete Felix, obwohl ihm bei der Vorstellung von etwas Warmem eher ein weicher, anschmiegsamer Frauenkörper in den Sinn kam. „Komm mit in die Küche, dann können wir uns unterhalten.“ Nur zu gerne folgte er Annika und nahm auf einem der beiden Stühle Platz, während sie an der Kaffeemaschine zu hantieren begann.

„Tierarzt also?“, fragte Annika und drehte sich zu Felix um. „Aber du bist nicht hier im Umkreis tätig, oder?“

„Nein, bin ich nicht. Ich war zwei Jahre in Nordrhein-Westfalen, habe dort promoviert. Ich arbeite für das Münchner Veterinäramt. Bei Theo helf ich nur aus, bis Sonja so weit ist. Leider lässt sich das Baby Zeit."

„Verstehe. Kein Wunder also, dass wir uns noch nie über den Weg gelaufen sind – zuvor. Dann wohnst du wohl auch in München."

„In einem Vorort, um genau zu sein. Harlaching. Von dort ist es nicht weit zum Amt, doch man ist auch relativ schnell bei den umliegenden Höfen, die ich zu überwachen habe." Felix begann, sich unwohl zu fühlen, und versuchte, das Thema zu wechseln. Bisher hatte Annika keinerlei Andeutungen auf seinen damaligen Job gemacht. Es war, als wüsste sie überhaupt nichts davon. Er räusperte sich. „Ich war damals, also … in Garmisch fast fertig mit meinem Studium. Es…" Verdammt, er konnte es nicht aussprechen. Konnte ihr nicht sagen, dass er sich dafür hatte bezahlen lassen, mit ihr zu schlafen. Nein. Unmöglich. Vielleicht konnte er diesen leidigen Teil seines bisherigen Lebens einfach abhaken und nach vorne schauen. Felix straffte die Schultern und beschloss, Annika nichts davon zu erzählen. Zumindest nicht jetzt. Um nichts auf der Welt würde er sich seine Chance kaputtmachen, sie und Basti näher kennenlernen zu können. Es musste einen Grund geben, weswegen ihre Freundinnen ihr bisher nichts über ihr ach so tolles Geschenk an Annika erzählt hatten. Warum sollte er diesen Umstand ändern?

„Was machst du beruflich? Sicher ist es nicht einfach, alleine für deinen Sohn zu sorgen", fragte er Annika, die erstaunt aufsah, weil Felix so abrupt das Thema wechselte. „Ich bin Werbedesignerin", antwortete sie schnell und ging zum Kühlschrank, um Milch zu holen. „Es reicht gerade eben so." Dann lachte sie. „Heute gibt's allerdings einen Grund zum Feiern. Ich habe heute einen richtig tollen Job an Land gezogen. Damit sollten sich einige unserer Probleme in Luft auflösen." Annika grinste, wurde jedoch schnell wieder ernst. Obwohl sie sich eigentlich fest vorgenommen hatte, ihm die Wahrheit zu sagen – konnte sie es nicht. Sie würde Felix nur loswerden können, indem sie ihm noch einmal versicherte, dass er nicht Bastis Vater war. Sie biss sich auf die Lippen. „Hör zu, ich weiß, dass du mir nicht glaubst, aber Basti ist nicht dein Sohn. Lars ist sein Vater, auch wenn der sich nicht wirklich um ihn kümmert", sagte sie leise, mit einem Blick auf die Kinderzimmertür. Als sie Felix ansah, bemerkte sie die Enttäuschung in seinem Gesicht und wurde rot.

„Du lügst", erwiderte er leise. „Ich kenne dich nicht wirklich gut, aber eines kann ich nach wenigen Minuten bereits erkennen. Du kannst überhaupt nicht gut lügen. Sorry, aber das wirst du noch üben müssen." Er klang angespannt und dumpf, sodass sich Annika fragte, was wohl in ihm vorging. Sie jedenfalls fühlte sich gerade nicht sonderlich wohl in ihrer Haut.

„Warum hast du es mir verschwiegen? Wieso hast du dich nicht gemeldet, als du gemerkt hast, dass du schwanger bist?" Er konnte nichts dagegen tun, dass in seiner Stimme ein leiser Vorwurf mitklang, schließlich drängte es ihn, zu erfahren, wieso sie ihn angelogen hatte. Es konnte nicht an seinem Begleitservicejob liegen, denn davon schien sie wirklich nichts zu wissen. Was war es dann, was sie dazu veranlasst hatte, Basti alleine großzuziehen? Annika stellte die Tasse mit dampfend heißem Kaffee vor Felix auf den Tisch und räusperte sich.

„Milch oder Zucker?", wich sie seiner Frage aus, wahrscheinlich, um Zeit zu schinden. „Schwarz", erwiderte er tonlos und wartete ungeduldig.

Annika fasste all ihren Mut zusammen und begann zu erzählen: „Nachdem ich neben dir aufgewacht war, wurde ich leicht panisch. Schließlich hatte ich zu Hause einen Verlobten, der auf mich wartete. Unsere Nacht hatte mir jedoch klargemacht, wie kaputt meine Beziehung zu Lars war und dass ich was ändern musste. Es war nicht leicht, aber schließlich habe ich mich von ihm getrennt. Mitten in diesem Beziehungskrieg habe ich erfahren, dass ich schwanger bin, und war zuerst völlig konfus. Dann jedoch war klar, dass ich das Kind behalten würde, und ich habe angefangen, mich unbändig darauf zu freuen." Sie hielt inne und schaute Felix bange an. Das erste Mal, seit sie gemeinsam in der Küche waren, sah sie ihm direkt in die Augen. Er erkannte den Schmerz und die Angst, die sie damals wohl dazu bewegt hatten, ihm ihre Schwangerschaft zu verheimlichen. „Meine Eltern waren der Meinung, ich sollte bei Lars bleiben oder das Kind abtreiben. Alleinerziehend, mit unbekanntem Vater – das geht gar nicht", fuhr sie fort. „Also habe ich mich nicht nur von

Lars getrennt, sondern auch den elterlichen Betrieb verlassen, meine sichere Anstellung dort gekündigt und bin hierher gezogen, um von vorne anzufangen. Ein alter Studienkollege bot mir einen Job an." Seufzend rührte sie in ihrem Getränk, bevor sie vorsichtig einen Schluck davon nahm. „Schließlich wurde Sebastian geboren und ich hatte mein Leben so weit geordnet, dass da kein Platz mehr war für Komplikationen – und voila, hier sind wir."

Aha. Er war also eine Komplikation. Weiter nichts. Schmerzhaft wurde Felix bewusst, dass die Frau, die er in all den Jahren nicht gänzlich vergessen konnte, ihn nicht mit der gleichen Intensität vermisst hatte wie er sie. Im Gegenteil. Sie hatte ihn ganz schnell vergessen und einfach weitergemacht und das, obwohl sie ein Kind von ihm hatte. Die Traurigkeit überkam ihn so heftig, dass er sich abwenden musste. Annika sollte nicht sehen, wie sehr sie ihn getroffen hatte. Allerdings musste er ihr zugestehen, dass er sich selbst – wenn er denn eine Frau wäre – auch nicht gerne in seinem Leben gehabt hätte. Nicht vor sechs Jahren. Seine Studienzeit – nein, sein ganzes Leben war damals unstet und unsicher gewesen. Von daher musste er ihr insgeheim recht geben. An ihrer Stelle hätte er auch kein großes Interesse gehabt, ihn in ihrem Leben zu haben …

Er räusperte sich und sah sie wieder an. „Verstehe", sagte er bewegt. „Aber was ist jetzt? Wir sind beide älter und abgeklärter. Und nicht zu vergessen, wir haben eine große Gemeinsamkeit, die nicht zu verleugnen ist. Sebastian ist doch unsere Gemeinsamkeit – oder, Annika?" Felix hielt die Luft an und wartete gespannt auf Annikas Antwort.

Es dauerte. Dauerte viel zu lange nach seinem Geschmack, doch schließlich bekam er die Antwort, die er erwartet hatte, zu hören. „Ja. Sebastian ist dein Sohn. Zum damaligen Zeitpunkt ist zwischen Lars und mir schon nicht mehr wirklich viel gelaufen. Wir hatten so gut wie keinen Sex mehr, geschweige denn ungeschützten…" Annika starrte ihn mit riesigen Augen an. Vorsichtig fragte er weiter: „Was hast du Basti erzählt?"

„Ich hab ihm gesagt, dass sein Vater und ich nicht zusammengepasst haben und er gegangen ist. Und, dass ich nicht wüsste, wo er lebt. Damit hat er sich bisher zufriedengegeben", antwortete sie leise. „Und dabei werden wir es auch belassen. Ich werde Sebastian nicht damit überfordern, ihm plötzlich einen Vater zu präsentieren, den er gar nicht kennt."

Das saß. Felix schluckte schwer und überlegte fieberhaft, was er darauf wohl antworten sollte. Dann tat er das, was er für das einzig Richtige hielt, er trat den Rückzug an – für jetzt. „Vielleicht hast du recht, vielleicht aber auch nicht. Wir werden sehen. Gib uns die Möglichkeit, uns besser kennenzulernen. Lass uns ab und zu etwas zusammen unternehmen, okay?" Als Annika etwas erwidern wollte, brachte Felix sie mit einem Kopfschütteln und einer Handbewegung zum Schweigen. „Nein, warte. Sag jetzt nichts dazu. Schlaf drüber und lass uns morgen telefonieren. Du musst jetzt nichts entscheiden." Damit erhob er sich und schaute sie lange an. „Annika … ich", brach er ab und räusperte sich. „Es tut mir leid. Ich wollte, es wäre damals anders zwischen uns gelaufen, und auf keinen Fall würde ich etwas tun, was dich oder Sebastian verletzen könnte. Und bitte, glaube mir, wenn ich dir sage, ich will dir Sebastian nicht wegnehmen. Ich möchte nur … ein wenig Anteil nehmen am Leben meines Sohnes." Felix beugte sich zu ihr herunter und gab ihr einen leichten Kuss auf die Wange. „Bis morgen, Annika. Und danke für den Kaffee", sagte er leise. Laut rief er: „Tschüss Basti. Pass gut auf Marie und Timmi auf."

Der Junge kam angeflitzt und strahlte Felix an: „Na klar, was denkst du denn?" Dann winkte er Felix und verschwand wieder im Kinderzimmer. Felix schlüpfte in seine Jacke und hangelte nach den Autoschlüsseln, während Annika aufstand und ihm unschlüssig zusah. Sie wirkte verloren, wie sie so dastand und nicht recht wusste, wie sie sich verhalten sollte. „Hey, Annika. Keine Bange. Ich bin harmlos", feixte er und grinste, doch sie schaute ihn nur stumm an. Erst als er die Haustür aufzog und hinausging, hörte er sie hinter sich leise murmeln. „Wer's glaubt. Von wegen harmlos." Diese Worte zauberten ihm ein Lächeln auf die Lippen. Er blickte kurz zurück und schlenderte dann hinaus in die Kälte. Noch immer schneite es, doch es fühlte sich längst nicht mehr so kalt an wie vorhin. Im Gegenteil. Felix war warm – von innen. Allerdings verließ er die beiden mit gemischten Gefühlen. Er hoffte sehr, dass Annika ihm die Möglichkeit geben würde, Sebastian und auch sie besser kennenzulernen. Andererseits war ihm bewusst, dass sich für ihn ab sofort alles, aber auch alles ändern würde, denn er war Vater eines fünfjährigen Jungen – quasi über Nacht…

11
Starnberg – 19. Dezember 2013

Die Zeit bis Weihnachten war wie im Flug vergangen und Annika war vollauf beschäftigt damit, ihre neue Arbeit, Bastis Betreuung und ihren Haushalt unter einen Hut zu bringen. Sie dankte dem Entwickler des Laptops und war glücklich über die wunderbare Erfindung des Internets. So war es ihr möglich, die meiste Zeit von zu Hause aus zu arbeiten, was ihr sehr viel Spaß machte. Und, das musste sie sich eingestehen, sie war heilfroh darüber, dass Felix in ihr Leben getreten war…

Seit Maries Einzug bei ihnen waren genau zwei Wochen und zwei Tage vergangen – fantastische zwei Wochen und zwei Tage, um genau zu sein. Wie ein Wirbelwind waren Felix und die kleine Meerschweindame in ihr bisheriges Leben gestürmt und nahmen seither immer mehr Platz darin ein. Annika hatte darauf bestanden, Sebastian vorerst nicht zu erzählen, dass Felix sein leiblicher Vater war, und selbstverständlich hatte Felix sich bisher auch daran gehalten. Für Sebastian war Felix der neue Kumpelfreund von Mama und sein neuer Kumpel – mehr nicht. Allerdings, so musste Annika zugeben, entwickelte der Junge rasend schnell eine enge Bindung zu Felix. So angespannt Annika anfänglich auch war, es gab keinerlei Anzeichen dafür, dass Felix irgendetwas im Schilde führte, sodass sie sich schließlich endlich entspannen konnte.

Felix hatte derweil seine liebe Mühe, die Arbeit und seine Besuche bei Annika und Sebastian unter einen Hut zu bekommen. Zwar waren es von seiner Eigentumswohnung in Harlaching nur ungefähr vierzig Minuten nach Starnberg, doch wenn man den Verkehr berücksichtigte und seine oft sehr langen Arbeitszeiten… Fast bereute er die Tatsache, gerade seinen gesamten Urlaub für seinen Kumpel aufgebraucht zu haben – aber eben nur fast. Hätte er in Theos Praxis nicht ausgeholfen, hätte er niemals seinen Sohn kennengelernt und Annika wahrscheinlich nie mehr wiedergesehen. Trotzdem wäre es für ihn um einiges leichter gewesen, wenn Annika sich endlich einen Ruck gegeben und ihn vollends in ihr Leben gelassen hätte. Bisher war er nur der Besucher, der Stundengast, gewesen, doch Felix wollte mehr – viel mehr. Jedes Mal, wenn er in Annikas Nähe war, fühlte es sich falsch an, sie nicht berühren zu dürfen. Dabei war er ein paarmal kurz davor gewesen, sie an sich zu reißen und endlich zu küssen. Oh Mann, das war hart – fast jeden Tag einige Stunden in der Nähe dieser fantastischen Frau zu sein, aber sie trotzdem nicht anfassen zu können. Dabei hatte er sich das ganz alleine selbst angetan. Er hatte es sich selbst verboten, den ersten Schritt zu tun, und wurde nun mehr als hart dafür bestraft. Annika hingegen schien es nichts auszumachen, ihn um sich herum zu haben, ohne ihm mehr als wie einem Bruder oder einer Freundin zu begegnen. Falsch – total falsch, doch seine eigene Schuld.

Es waren nur noch fünf Tage bis Heiligabend und Annika arbeitete mit Hochdruck an der Osterwerbung für die Hotelkette. Beziehungsweise, sie versuchte zu arbeiten, doch ihre Gedanken schweiften immer wieder ab. Sie wollten heute gemeinsam einen Baum aussuchen gehen, doch eigentlich hatte sie so überhaupt keine Zeit dazu. Felix, der gekommen war, um Annika und Basti abzuholen, erkannte ihr Dilemma. „Hör zu. Wenn es für dich okay ist, gehe ich mit Basti alleine den Baum besorgen. Natürlich nur, wenn es dir recht ist“, fügte er schnell hinzu, als er ihren überraschten Seitenblick sah. Annika überlegte kurz. „Das würdest du tun? Lieb von dir, das vorzuschlagen.“ Dann rief sie Basti zu sich. „Was hältst du von einem Männerausflug? Ihr beiden besorgt heute für uns den allerschönsten Baum in ganz Starnberg.“ Basti hüpfte vor Begeisterung darüber, mit Felix einen Jungs-Trip machen zu dürfen. Sein breites Grinsen erinnerte doch tatsächlich an besagtes Honigkuchenpferd. Felix beschloss, ihn zu einem befreundeten Tannenwaldbesitzer mitzunehmen, bei dem man die Bäume frisch und selbst schlagen durfte. Er zeigte nicht, wie sehr es ihn freute, dass Annika ihm Basti anvertraute, und er wunderte sich darüber, wie freigiebig sie ihm eine solch emotional anmutende Angelegenheit wie das Aussuchen des Weihnachtsbaumes übertragen hatte. Vor allen Dingen aber rührte es ihn, dies mit Sebastian gemeinsam tun zu können. Bisher hatten Annika und er noch nicht über das Thema Weihnachten gesprochen, doch sie hatte angedeutet, es auch dieses Jahr traditionell zu halten.

Während Felix noch grübelte, ob sie eher eine Nordmanntanne oder eine Fichte nehmen sollten, unterbrach ihn die ernste Frage seines Sohnes jäh: „Hast du eigentlich auch eine Mama und einen Papa?“ Felix schluckte vor Überraschung heftig und antwortete: „Na klar. Warum fragst du?“

„Na, wenn du Mama heiraten würdest, hätte ich noch eine Oma und einen Opa“, erklärte Basti feierlich. „Vielleicht haben die mich lieb.“ Felix’ Herz zog sich schmerzhaft zusammen und er kämpfte mühsam gegen den Kloß in seiner Kehle an. Geschäftig ging er zu einer mittelgroßen, schön gewachsenen Nordmanntanne und betrachtete sie prüfend. „Wie findest du die?“, fragte er und räusperte sich. „Ich glaube, die ist perfekt für euch.“

„Nein. Die ist doch viel zu klein. Da passen unsere Kugeln gar nicht alle dran.“ Dann stürmte der Junge los und machte vor einer riesigen Fichte halt, die nicht einmal annähernd in Annikas Wohnzimmer passen würde. Felix lachte und Basti stimmte mit ein. „Meinst du nicht, die ist eine Winzigkeit zu groß?“, meinte Felix nachdenklich. „Die passt niemals in mein Auto.“ Beide lachten ausgelassen. „Okay. Dann müssen wir wohl weitersuchen.“ Schließlich konnten sie sich für einen Baum entscheiden und schlenderten gemeinsam zu dem Besitzer der Bäume, um sich zu erkundigen, was das Zwei-Meter-Bäumchen kosten sollte.

„Hi Michael. Wir haben uns entschieden. Geschätzte zwei Meter. Es wird der da drüben. Sag mir, was du bekommst.“

„Gute Wahl, ihr beiden. Felix, ich wusstc gar nicht, dass du einen Sohn hast.“

„Ich auch nicht“, rutschte es Felix heraus, bevor er es verhindern konnte. Erschrocken schaute er sich nach Basti um, der davon zum Glück nichts mitbekommen hatte, sondern neugierig die runde Vorrichtung zum Verpacken des Tannenbaums begutachtete. Shit, dachte Felix und atmete erleichtert auf. Sein Freund Michael grinste ihn an und zwinkerte. „Alles gut, Mann. Er hat nichts mitbekommen. Aber das bleibt sicher nicht so, Felix. Die Ähnlichkeit ist frappierend.“

Zu Hause erzählte Basti seiner Mutter stolz, wie er gemeinsam mit Felix den riesengroßen, schweren Baum gefällt hatte und sie ihn dann gemeinsam mit dem Förster durch eine riesige Röhre gezogen hatten zum Verpacken. Annika strahlte über das ganze Gesicht, als sie die wunderschöne Nordmanntanne zum ersten Mal aufgestellt sah. „Das ist der schönste Baum, den wir bisher hatten“, sagte sie voller Überzeugung und verneigte sich vor ihren Männern. „Männer, das habt ihr toll gemacht. Dafür mache ich euch jetzt ein ganz fantastisches Abendessen. Es gibt belegte Brote, also nehmt Platz.“

„Belegte Brote? Mama, der Baum ist wenigstens Pommes wert“, maulte Basti und erntete lautes Gelächter, in das er lauthals mit einfiel.

Nach dem Essen verzog sich Basti zum Spielen in sein Zimmer und Annika räumte den Tisch ab. Felix wollte ihr zwar helfen, doch er wurde ins Wohnzimmer gescheucht, um den Baum richtig zu befestigen. Er beschloss, Annika direkt heute nach ihren Eltern zu fragen. „Magst du einen Kaffee?“, rief sie aus der Küche.

„Gerne“, erwiderte er. „Hast du auch was zum Naschen da?“

Als Annika wenig später, beladen mit einem Tablett voller Leckereien und frisch gekochtem Kaffee, zu Felix ins Wohnzimmer kam, stand der Baum kerzengerade und kindersicher befestigt im Christbaumständer.

„Der ist wirklich klasse“, sagte Annika erneut und betrachtete staunend den tollen Baum. „Und wie der riecht, wundervoll.“ Genüsslich schloss sie die Augen und holte tief Luft.

„Kann ich dich was fragen, ohne dass du dich gleich aufregst“, fragte Felix ruhig, während er Annikas schönes Gesicht betrachtete.

„Na klar, wenn es nichts mit der Vater-Sohn-Aufklärungsgeschichte zu tun hat, gerne“, antwortete Annika und lächelte Felix offen an.

„Erzähl mir von deinen Eltern. Was genau ist passiert, dass ihr euch so zerstritten habt?“

Annika stutzte kurz und schluckte trocken. „Wo soll ich anfangen? Es ist kompliziert.“ Ihre leise, gequälte Stimme traf ihn ins Mark. „Sie denken, ich bin die totale Versagerin und Ehebrecherin – obwohl ich noch gar nicht verheiratet war. Gerade mal verlobt“, fügte sie bitter hinzu. Dann schwieg sie. Annika dachte daran, wie sehr es ihr fehlte, bei ihren Eltern zu sein. Seit Sebastians Geburt hatten sich die Besuche ihrer Eltern auf drei oder vier Pflichtbesuche beschränkt und waren jedes Mal mehr als frostig verlaufen. Während Annikas Mutter sich sichtlich unwohl fühlte, aber trotzdem den Anschein erwecken wollte, ihren Enkel zu mögen, schien es ihrem Vater unmöglich zu sein, über seinen Schatten zu springen. Er schenkte Sebastian keine Beachtung, sondern saß die ganze Zeit einfach nur schweigend da und war froh, wenn sie wieder gehen konnten. Annika hatte ihre Eltern auch in München besucht. Dabei hatten ihre Mutter und sie sich in der City getroffen, hatten gemeinsam einige Einkäufe getätigt und sich dann bei einer Tasse Kaffee über Banalitäten unterhalten. Es war offensichtlich, dass sich ihre Eltern für sie als Alleinerziehende schämten. Umso schlimmer war es für Annika, dass Sebastian mitbekam, wie ablehnend seine Oma und sein Opa sich ihm gegenüber verhielten. „Ich bin eine Schande für die Familie, eine Alleinerziehende und Sebastian ist ein Bastard – ein Kind ohne Vater. Meine Mutter hätte es gerne gesehen, wenn ich abgetrieben hätte."

„Das ist hart. Haben sie dir das genauso gesagt?", fragte Felix mit einer Härte in der Stimme, die Annika ihm überhaupt nicht zugetraut hätte. „Ja", gab Annika zögerlich zu. „Ich hoffe immer noch, meine Mutter hat es nicht so gemeint, aber sie benehmen sich so und lassen es sogar Basti spüren. Es ist nicht gut für ihn, sie zu sehen."

„Sie fehlen ihm." Felix' schlichte Aussage versetzte Annika in helle Aufregung. „Wie meinst du das? Und woher weißt du das?"

„Er hat mir vorhin gesagt, wie toll es wäre, wenn wir heiraten würden, damit er auch noch eine andere Oma und einen anderen Opa hat", erklärte Felix Annika ruhig. Bisher hatten sie das Thema Eltern strikt vermieden. Annika wusste sehr wenig über Felix' Elternhaus, aber auch er schien wenig Kontakt zu seinen Eltern zu haben.

„Was ist mit deinen Eltern? Siehst du sie regelmäßig?", fragte sie deshalb und war gespannt auf seine Antwort.

„Na ja, meine Mutter schon. Mein Vater allerdings hält mich für einen Taugenichts und Versager. Unsere Leben weisen also durchaus Parallelen auf. Allerdings, wenn ich es richtig interpretiert habe, ist bei dir deine Mutter eher die treibende Kraft. Bei mir ist es umgekehrt. Meinem Vater scheint nichts, was ich tue, gut genug zu sein."

Plötzlich durchzuckte Annika eine geniale Idee. Was, wenn sie für alle zusammen ein richtig schönes Familienfest planten, ihre

Eltern zusammenbrachten und dabei verkündeten, dass Felix der Vater von Sebastian war? Natürlich ohne dass Basti selbst dabei war. Vielleicht würden sich dann Felix' Vater und Annikas Mutter eines Besseren besinnen und Basti hätte so etwas wie *normale* Großeltern. Als sie Felix von ihrem Geistesblitz erzählte, fing er prompt an, laut zu lachen. „Das ist die beste Idee seit Langem." Plötzlich verstummte er und sah Annika ernst an. „Du weißt, was du gerade getan hast, oder?"

Annika blinzelte und runzelte die Stirn. „Ähm. Nö. Was hab ich jetzt verbrochen?"

„Du hast gerade zugegeben, darüber nachzudenken, es öffentlich zu machen", sagte er leise und lächelte sie dabei triumphierend an.

Annika dachte über seine Worte nach und nickte leicht. „Vielleicht hast du recht. Ich finde komischerweise nichts mehr dabei, wenn es unsere Eltern erfahren würden. Bei Basti sollten wir auf jeden Fall noch warten. Er ist noch zu klein. Ich habe keinen blassen Schimmer, was es in ihm auslösen würde, es jetzt zu erfahren. Vielleicht nur reine Freude, vielleicht aber auch das Gegenteil."

Felix grinste. Dieses Eingeständnis ihrerseits war mehr, als er sich in so kurzer Zeit erhofft hatte. „Die Idee mit der Familienfeier ist super. Allerdings sollten wir damit bis nach den Feiertagen warten. Du weißt ja, wie emotional die Weihnachtsfeiertage immer machen können."

Annika lachte laut. „Aber hallo", sagte sie und seufzte tief. „Das weiß ich besser als jeder andere."

Als sie sich an diesem Abend verabschiedeten, hatte Felix zum ersten Mal das Gefühl, ein richtiger Teil von etwas zu sein. All die Tage davor waren zwar sehr schön gewesen, waren ihm jedoch seltsam unwirklich und merkwürdig distanziert vorgekommen. Heute Abend jedoch hatte sich etwas geändert.

Den Weihnachtsabend verbrachten Annika und Sebastian ganz traditionell – zu zweit. Zwar hatte sie insgeheim gehofft, Felix würde fragen, ob er mit ihnen gemeinsam feiern konnte, doch als er nichts sagte, hatte sie auch nicht mehr nachgefragt. Annika hatte Sebastian versprochen, Raclette zu machen, weil er doch so gerne grillte. Den Baum hatten sie bereits am Tag, nachdem ihn

Felix und Basti besorgt hatten, gemeinsam geschmückt und dann ihre Geschenke darunter gelegt. Nach dem Essen machten sie es sich auf der Couch gemütlich und schauten, nachdem sie ihre Geschenke ausgepackt hatten, einen schönen Walt-Disney-Film. Alles wie immer – wie jedes Jahr. Doch es fühlte sich nicht an wie jedes Jahr. Um genau zu sein, fühlte sich Annika einsam, verlassen und verloren. Felix fehlte. Er fehlte so sehr, dass sie tatsächlich mit den Tränen zu kämpfen hatte, während sie Sebastian beim Auspacken seiner Geschenke zusah. Shit. Felix hatte sich klammheimlich in ihren Kopf und vor allen Dingen in ihr Herz geschlichen.

„Wieso ist Felix nicht bei uns", fragte Basti plötzlich und Annika schluckte mehrmals, bevor sie antworten konnte. „Weil er heute mit seinen Eltern Weihnachten feiert."

„Schade." Sebastian war sofort wieder von seinem funkgesteuerten Riesentruck abgelenkt, doch so einfach war dies bei Annika nicht. Sie kämpfte mit den Tränen und stand auf, um ins Badezimmer zu gehen, als das Telefon klingelte. Natürlich hoffte sie, es wäre Felix, der anrief. Ihr Herzschlag beschleunigte sich so rasant, dass sie atemlos zusah, wie Basti abnahm. „Sebastian Thiel." Der Junge lauschte kurz, dann erhellte sich seine Miene, bis ein strahlendes Lächeln Annikas Herz zerfließen ließ.

„Mama. Felix ist dran. Magst du ihn sprechen?" Genau in diesem Moment wurde Annika bewusst, wie sehr ihr Sohn bereits an Felix gewöhnt war und wie sehr dem Jungen sein Vater fehlte…

„Hallo Annika. Ich weiß, wir hatten besprochen … nein, ach scheiße. Wir hatten gar nichts besprochen. Verdammt. Ich fühle mich, als hätte mich jemand ausgehöhlt, so ohne euch." Felix klang fast verzweifelt. „Hast du was dagegen, wenn ich noch kurz vorbeikomme?"

Natürlich nicht, hätte sie am liebsten geschrien. *Beeil dich.* Stattdessen antwortete sie: „Na klar. Sebastian freut sich sicher riesig." Autsch. Das hörte sich falsch an, war aber jetzt nicht mehr zu ändern. Felix kam trotz ihrer verbalen Ohrfeige eine Stunde später vorbei. Er ließ sich nichts anmerken und bestaunte stattdessen Bastis neuen Truck. Natürlich hatte er auch ein Geschenk für

Basti, das sofort die volle Aufmerksamkeit und Begeisterung des Kleinen erntete – eine größere Behausung für Timmi und Marie. Außerdem hatte Felix ihm Schlittschuhe geschenkt.

Annika bekam ein wunderschönes silbernes Armkettchen mit zwei winzigen Anhängern daran. Das geschlungene A und die kleine Elfe hatten beide einen klitzekleinen rosafarbenen Stein und glitzerten um die Wette. Dazu hatte er ihr ein Hörbuch, mit dem sie schon länger liebäugelte, und ein paar mollig warme Handschuhe mit passendem Schal geschenkt. Annika drückte ihn fest als Dankeschön. „Ich danke dir. Du hast viel zu viel gemacht, aber danke." Dann küsste sie ihn zart auf die Wange und genoss seinen männlichen Geruch.

Sie selbst war weit weniger einfallsreich mit ihrem Geschenk für ihn. Sie hatte ihm lediglich einen Gutschein für ein Abendessen zu zweit gebastelt und eine CD gekauft. Doch Felix sah sie an, als sei dies das Größte überhaupt für ihn, und drückte sie so fest, dass sie japsend nach Luft rang. Der Rest des Abends verlief harmonisch und lustig, bis Felix schließlich beschloss – Zeit zu gehen. Am liebsten hätte Annika ihm nachgeschrien – nein, geh nicht, bleib hier –, doch sie tat es nicht.

Felix, der auf dem einsamen Nachhauseweg Zeit hatte, nachzudenken, fühlte genau das Gleiche. Es war an der Zeit, einen oder zwei Schritte weiterzugehen. So konnten sie nicht weitermachen. Er spürte deutlich, dass es Annika ähnlich erging wie ihm, sie jedoch nicht wagte, den ersten Schritt zu machen. Gut. Dies war auch sehr traditionell wohl seine Rolle als Mann…

Drei Tage später gingen sie Schlittschuhlaufen, damit Sebastian gleich seine neuen Schlittschuhe einweihen konnte. Erschöpft, aber glücklich warteten Annika und Sebastian auf Felix, der gerade Annikas und seine Leihschuhe zurückgab. Plötzlich fragte Sebastian aus heiterem Himmel: „Habt ihr euch jetzt endlich geküsst?"

Annika war völlig überrumpelt und antwortete: „Ähm … nein, ja, ähm … hallo, wieso interessiert dich das?" Da schaute der kleine Knirps sie ernst an und meinte: „Ach, Mama. Mach die Augen auf. Der Felix ist verliebt in dich und Verliebte küssen sich doch dauernd." Völlig perplex starrte Annika ihren Sohn an und dann, ganz plötzlich, schossen ihr die Tränen in die Augen.

Verdammt. Basti hatte recht. Dieser kleine schlaue Kerl hatte erkannt, welchen Eiertanz Felix und sie die letzten Wochen veranstaltet hatten. Sie schlichen umeinander herum wie die zwei berühmten Katzen um den heißen Brei. Bisher hatte Felix ihr gegenüber völlige Zurückhaltung an den Tag gelegt. Zwar sagte er ihr bei jedem Treffen, wie hübsch sie sei und wie umwerfend sie duftete, doch mehr als ein Kuss auf die Wange gab er ihr nicht. Jedes Mal, wenn er ihr in die Augen schaute, flatterte ihr Magen wie wild. Jedes verfluchte Mal. Dieses kribbelige Gefühl unbestimmter Vorfreude hielt an, bis er ihr zur Verabschiedung erneut ein Küsschen auf die Wange gab und sein Mund ihr Ohr streifte. Sein gehauchtes „Wir sehen uns" machte Annika völlig verrückt. Auf jeden Fall wühlte es ihre Sinne jedes Mal dermaßen auf, dass sie kaum ihre Finger bei sich behalten konnte und sich zwingen musste, nicht vor den Augen ihres Sohnes ihre Finger in Felix' Nacken zu vergraben und ihn endlich richtig zu küssen. So viel zu ihrer Disziplin. Natürlich bemerkte Annika anhand seiner Blicke, dass auch Felix schon längst mehr als bereit dafür war, doch er tat es nicht und sie ahnte, weshalb. Vermutlich wartete Felix darauf, dass Annika den ersten Schritt unternahm. Er wollte, dass sie zu ihm kam – verdammter Kerl…

12
Starnberg – 29. Dezember 2013

Niemals! Auf keinen Fall! Das gibt es im realen Leben nicht, dachte Annika, die dabei zusah, wie Felix und Sebastian fröhlich im Schwimmbecken tobten. Nicht in einhundert Jahren hätte sie sich träumen lassen, dass sich ihr Leben in wenigen Wochen so gravierend ändern konnte. Noch vor wenigen Wochen hatte sie das Gefühl überkommen, ihr Leben alleine nicht mehr stemmen zu können, und war sogar versucht gewesen, zu ihren Eltern zurückzukriechen, um dort um Hilfe zu bitten. Sie erinnerte sich an den Tag zurück, an dem zuerst ihr Auto kaputtgegangen war und sie dann noch diesen gigantisch großen Berg an Arbeit vor sich gehabt hatte, die letztendlich entscheidend gewesen war für ihren neuen Job. Sie hatte das Gefühl gehabt, zu ersticken, und ihr einziger Halt war Sebastian gewesen. Er war die letzten Jahre ihr Dreh- und Angelpunkt gewesen, der sie immer wieder daran erinnert hatte, für was sie dies alles tat. Und nun? Sie hatte seit einem knappen Monat einen tollen Job mit Aufstiegsmöglichkeiten und einem ordentlichen Gehalt, das Bastis und ihren Lebensunterhalt sichern würde, und ihr Auto war generalüberholt und fahrtauglich. Darüber hinaus war Felix wieder in ihr Leben getreten und hatte es gründlich aufgemischt. Abwesend betrachtete sie das grinsende Männergesicht mit dem starken, kantigen Kinn, das sie so liebgewonnen hatte. Sie bemerkte sehr wohl, wie sehr Sebastian an Felix hing und wie eng und innig ihre Beziehung mittlerweile war. Felix war nicht nur eine große Bereicherung für Sebastian, sondern auch Annika fühlte sich wohl bei dem Gedanken, Felix an ihrer Seite zu wissen. Bisher war ihr Verhältnis – ihr neues Verhältnis – rein platonisch, was in seiner Natur eher unnatürlich und sogar schon ihrem Sohn aufgefallen war. Sie hatten sich noch nicht einmal geküsst! Dabei konnte Annika mittlerweile an fast nichts anderes mehr denken, wann immer Felix in ihrer Nähe war. Und er war verdammt oft in ihrer Nähe…

Zeit, das nächste Level einzuleiten, dachte Annika und musste schmunzeln. Wie er wohl reagieren würde, wenn sie ihn, einfach so, küsste?

„Mama. Das Wasser ist so toll. Komm doch herein.“ Sebastians fröhliche Stimme riss Annika aus ihren Gedanken. Lächelnd schaute sie ihrem Sohn zu, wie er an Felix hochkletterte und ihn in den Würgegriff nahm. „Ich geb auf. Du bist mir einfach zu stark“, keuchte Felix atemlos und befreite sich aus Sebastians Fängen. Als er sich wenige Sekunden später nach dem Handtuch vorbeugte und Annika mit dem doch recht kühlen Wasser bespritzte, schrie sie leise auf und schimpfte. „Boa, Felix. Pass doch auf“, quietschte sie. Sie bekam am ganzen Körper Gänsehaut, was Felix’ Blick automatisch auf ihre Brüste lenkte, deren Spitzen sich fest zusammenzogen und hart wurden. Durch Felix’ durchdringendes Starren wurde Annika heiß und ihr Puls beschleunigte sich. Gottverdammt, jetzt reichten schon ein paar Wassertropfen, um sie beide in diese Stimmung zu versetzen. Das wurde ja immer besser. Als Felix’ und ihre Blicke sich trafen, durchfuhr ein lustvolles Ziehen ihren Unterleib und sie atmete hörbar aus. Felix sah sie mit einem solch brennenden Verlangen an, dass Annika um ein Haar laut gestöhnt hätte. Er wusste es… Mit einer kurzen Kopfdrehung nach hinten überzeugte sich Felix davon, dass es Sebastian gut ging und der Junge nichts sehen konnte. Dann schaute er Annika in die Augen und lächelte verführerisch. „Ich kann nicht anders, tut mir leid“, murmelte er und senkte seinen Mund auf ihre Brustspitze. Dabei achtete er darauf, dass sie durch das Handtuch vor neugierigen Blicken geschützt waren. Als Annika Felix’ Lippen spürte, war es um ihre Zurückhaltung geschehen. Am liebsten hätte sie ihn angefleht, ihr endlich diesen verdammten Badeanzug auszuziehen und sie hier und jetzt zu nehmen. Aber das ging nicht. Sie befanden sich in einem öffentlichen Schwimmbad und hatten außerdem ihren Sohn dabei. Das köstliche Gefühl seiner Zähne an ihrer Brustspitze bescherte Annikas Vagina ein feuchtes Feuerwerk. Sie spürte, wie sich ihre Spalte öffnete und weich wurde. Waaa. Was für ein Gefühl. Eine leichte Bewegung ihres Beckens verriet sie und schon ließ Felix ihre Brust wieder los. „Nein.“ Annika wimmerte vor Lust. „Nicht aufhören.“

„Süße, nicht hier“, raunte Felix. „Wir werden schon beobachtet. Sieh es als kleinen Vorgeschmack auf heute Abend.“ Annika riss bei seinen Worten die Augen auf und war schlagartig wieder in der Gegenwart. Natürlich. Wie hatte sie das nur für eine Sekunde vergessen können. Erschrocken blickte sie sich um, sah jedoch außer ihm und dem riesigen Badetuch – gar nichts. Reingelegt. Frech grinsend senkte er das Handtuch und gab sie wieder frei für die Öffentlichkeit. Dieser Teufel – na warte. Dieses Spiel konnte sie auch spielen.

Als sie wenig später ihren Sohn abtrocknete und ihn fest in den Bademantel einwickelte, streiften ihre Finger rein zufällig Felix' Badehose direkt in seinem Schritt, woraufhin er zischend die Luft ausstieß. Das Lächeln, das sie ihm schenkte, war zuckersüß. „Alles klar bei dir?", fragte sie süffisant, während sie leise lachte.

Nein. Gar nichts war in Ordnung. Seit Wochen versuchte er mühselig, seine Erregung im Zaum zu halten. Und jetzt das. Ausgerechnet in einem öffentlichen Bad musste Annika beschließen, ihrer platonischen Beziehung ein Ende zu setzen und endlich einen leidenschaftlichen Touch zu verleihen. Hier im Schwimmbad gab es für ihn nicht viele Möglichkeiten, seinen erigierten Penis in Schach zu halten, und Annikas neckende Berührung war da nicht sonderlich hilfreich. Nervös leckte er sich über die Lippen, während er sie unauffällig musterte, was keine wirklich gute Idee war, denn dadurch wurde sein Verlangen nur noch größter. Sie sah einfach wundervoll aus mit ihren blonden, von der Feuchtigkeit gelockten Haaren und den lustigen Sommersprossen in ihrem herzförmigen Gesicht. Annikas Hüften waren etwas runder geworden und ihr Bauch war nicht ganz flach, doch das störte Felix nicht. Es war eher so, dass es ihn anmachte, etwas mehr von ihr zu haben, mehr Brust, mehr Hintern, mehr weiche, warme Haut. Als der Grund seiner Schwärmerei sich laut räusperte und einen warnenden Blick auf seinen Schoß warf, zog Felix schnell ein Handtuch vor seine unangemessen aufgebauschte Badeshorts. Ihr belustigter Blick sprach Bände: Dein Problem, suggerierte er ihm. „Keine Sorge – ich erinnere dich heute Abend daran, meine Süße", raunte er ihr kaum hörbar zu, woraufhin sich ihr Grinsen vertiefte.

„Basti – Liebling. Noch eine Runde im Wasser, dann machen wir uns auf den Nachhauseweg." Sebastian sprang bei dieser Ankündigung seiner Mutter wie von der Tarantel gestochen hoch und zog seinen Bademantel aus. „Komm schnell, Felix, das müssen wir ausnutzen.“

„Ja, komm schnell“, sagte Annika, an Felix gewandt, „das musst du ausnutzen.“ Sie zwinkerte ihm frech zu und tat, als lese sie einen Artikel in ihrer Zeitschrift, während sie sich das Lachen verkneifen musste.

„Das werde ich, nur keine Bange“, erwiderte Felix. Seine sinnliche Stimme brachte tief in ihr etwas zum Klingen. „Ich werde es in vollen Zügen ausnutzen, aber schnell zu kommen wird dabei nicht meine oberste Priorität sein.“

Damit erhob er sich und ging mit schnellen Schritten zum Becken, um sich sofort ins Wasser gleiten zu lassen, während seine Worte noch in Annika nachhallten und erneut das sinnliche Kribbeln heraufbeschworen.

Die Fahrt nach Hause verlief harmonisch und schweigsam. Während Sebastian mit seinen zufallenden Augen kämpfte, betrachtete Annika den fallenden Schnee, der die nächtlichen Straßen seltsam unwirklich aussehen ließ. Doch diese friedliche, romantisch anmutende Szenerie war trügerisch, denn es war gefährlich glatt, weswegen auch kaum Fahrzeuge unterwegs waren.

„Basti, du kannst gleich deinen Schlafanzug anziehen. Nach der Pizza geht’s ab ins Bett“, rief Annika ihrem Sohn zu, der ausnahmsweise ohne Murren sofort in seinem Zimmer verschwand. „Ich antworte nur noch schnell Kathi. Sie hat mich schon vorgestern angeschrieben und ich hab immer noch nicht geantwortet.“ In Wirklichkeit wollte sie Kathi auf den neuesten Stand der Dinge bringen. Ihre Freundinnen löcherten sie seit Tagen, sie unbedingt auf dem Laufenden zu halten. Deswegen verkroch Annika sich in ihren Lieblingssessel, während Felix und Basti den Fernseher einschalteten und sich eine Musiksendung ansahen.

Annika öffnete ihren Gruppenchat und schrieb: *Hi Mädels, ihr werdet nicht glauben, wer bei mir im Wohnzimmer sitzt und mit Basti auf Pizza wartet?*

Hahaha – als ob das schwer wäre. – Der Vater deines Kindes, kamen prompt die Antworten von Kathi und Anna. Tanja war momentan nicht online und würde sich später wieder ärgern, alles verpasst zu haben…

Ich will es heute tun, tippte Annika ein und wartete aufgeregt auf Antwort. *Wow*, schrieb Kathi zurück. *Jetzt doch? War es letzte Woche nicht noch: schön für Basti, mich lässt er kalt?* Kathis Antwort kam sofort, während von Anna gar keine Antwort kam.

Großer Irrtum. Er macht mich verrückt. Ich will ihn. <3

Wir müssen reden, lautete Kathis Text und Anna schrieb: *Unbedingt!!!*

Doch nicht jetzt, schrieb Annika zurück, aus Angst, eine der beiden könnte auf die Idee kommen, anzurufen. *Lasst uns morgen weiterschreiben, ich berichte.*

Kaum hatte sie die Nachricht abgeschickt, kam von Kathi zurück: *Vergiss das Kondom nicht!!!*

13

Annika vibrierte vor Aufregung und unterdrückter Emotion. Sie hatte keine Ahnung, wie sie sich gleich verhalten sollte, wenn sie zu Felix ging. Es hatte nicht lange gedauert, bis Sebastian eingeschlafen war. Fast wäre sie selbst neben ihrem Sohn eingedöst, doch der Gedanke an Felix, der ein Zimmer weiter auf sie wartete, hielt sie wach.

„Er schläft", sagte Annika, nachdem sie die Tür zum Kinderzimmer geschlossen hatte. Felix, der es sich derweil auf der Couch bequem gemacht hatte, gähnte mit vorgehaltener Hand. „Na, dann werd ich doch mal gehen", meinte er lakonisch und zog den Kopf ein, als Annika eines der Sofakissen nach ihm warf. „Wie bitte? Du willst jetzt gehen? Bist du verrückt? Du bist mir mindestens noch einen Kuss schuldig, also halt dich ran, bevor du einschläfst", erwiderte Annika und schmollte. Kaum hatte sie ihren Mund geschlossen, war Felix auch schon bei ihr.

„Komm her, du Energiebündel. Kein Wunder, dass du noch so fit bist. Wer war denn den ganzen Tag mit unserem Sohn im Wasser?" Felix klang überhaupt nicht müde, im Gegenteil. Er wirkte hellwach und sehr lebendig, weswegen Annika mutmaßte, dass er seine Müdigkeit nur vorgegaukelt hatte. „Dreh dich um", raunte er ihr ins Ohr und verursachte ihr Gänsehaut. Sie gehorchte. Felix hob ihr Haar an und pustete sachte gegen ihren empfindsamen Nacken, was Annika einen heißen Schauer über den Rücken trieb. Dann traf sein erster, hauchzarter Kuss ihren Hals und brachte ihre Nerven zum Vibrieren. Sie wurde feucht. „Mhmmmm. Sooo gut. Mach weiter", schnurrte sie. Die Augen geschlossen, den Kopf tief gesenkt, bot sie ihm ihren Nacken und die Schultern da, die er jetzt mit zärtlichen, neckenden, warmen Küssen übersäte. Es fühlte sich fantastisch an und wie von selbst verwandelten sich Annikas Beine in Pudding. „Wow. Was machst du bloß mit mir?", flüsterte sie heiser, während sie ihren Kopf bog, um ihm besseren Zugang zu gewähren. „Zieh dein Sweatshirt aus, dann bekommst du mehr", lockte Felix mit weicher Stimme und Annika ließ sich das nicht zweimal sagen. Mit einer einzigen Bewegung war das störende Kleidungsstück beseitigt. Den BH hatte sie gleich mit abgestreift, man konnte ja schließlich nicht wissen…

Felix' leises Lachen jagte ihr erneut einen süßen Schauer über den Körper. „Lach du nur. Du bist auch noch dran", warnte sie ihn und stöhnte, als er seine Lippen erneut über die zarte Haut ihres Nackens hinab zu ihren Schulterblättern und dazwischen gleiten ließ. Annika seufzte mit geschlossenen Augen, genoss seine Berührungen und wünschte sich, dass Felix nie mehr damit aufhören würde. Gott, war das gut. Dabei hatte er noch nicht einmal richtig angefangen – hoffte sie zumindest. Quälend langsam folgten seine Hände der Spur seiner Lippen, die ihren unteren Rücken erreicht hatten und dort von ihrer Sporthose ausgebremst wurden. „Annika", murmelte er gegen ihre Wirbelsäule. „Deine Hose stört." Oh nein. Nicht ihre Hose störte, sondern seine Kommentare. Wieso zog er sie ihr nicht einfach aus? Zögernd schickte sie sich an, ihre Hose abzustreifen, als ihr mit einem Schlag bewusst wurde, was sie gerade im Begriff war zu tun. Sie ließ sich gerade mitten in ihrem Wohnzimmer von einem Mann verführen, der zwar der Erzeuger ihres Kindes war, jedoch keinesfalls der Mann, der sie, Annika, liebte. Zumindest glaubte sie das. Sie war von einer Sehnsucht und einem unbändigen Verlangen erfüllt, endlich einmal wieder Sex zu haben und einen Mann in sich zu spüren. Die warnende Stimme in ihrem Kopf verdrängte sie geflissentlich. Scheiß drauf, würde Tanja jetzt sagen. Genieße und nutze sie, die Gunst der Stunde. Hose runter. Leise, leise, sagte sie sich. Nicht, dass sie Besuch von Sebastian bekämen – nicht auszudenken. Der Gedanke daran dämpfte Annikas Leidenschaft ein wenig.

Als Annika die Hose samt Slip über ihren üppigen Po die Beine hinunter wegschob, hielt Felix die Luft an. Der Anblick ihrer nackten Kehrseite war atemberaubend. Annika hatte eine Gänsehaut am ganzen Körper und rieb erregt die Schenkel aneinander, während er seinen Mund auf das Grübchen oberhalb ihres Hinterns drückte und sachte zu knabbern begann. Wimmernd streckte sie ihm ihren Po entgegen, reckte ihm ihre üppigen Kugeln direkt ins Gesicht. Dieses Angebot konnte er einfach nicht abschlagen. Er griff um ihre Hüften und versenkte sein ganzes Gesicht auf ihren Po, was Annika mit einem Keuchen belohnte. Küssend, leckend und knabbernd arbeitete er sich nach unten, ließ seine Zungenspitze leicht zwischen ihre Backen schlüpfen und freute sich, dass Annika dies mit zustimmenden Lauten quittierte. Sie spreizte unstet die Beine und wusste nicht richtig, wohin mit ihren Händen, während er seine Zunge von hinten zwischen ihre Schamlippen schlüpfen ließ. Annika war nass und schlüpfrig. Gottverdammt, das war heiß. Sein Penis zuckte vor Vergnügen, als er ihr sinnliches Aroma erschnupperte. Geduld, Kumpel, Geduld. Du kommst schon noch dran… Zeit, sie umzudrehen. Felix drehte Annika um und presste sein Gesicht gegen ihren weichen Bauch. Sie roch umwerfend, was er in höchstem Maße erregend fand. Als er ihre weichen, blonden Löckchen sah, die die geschwollenen Schamlippen dahinter kaum verbergen konnten, musste er daran denken, wie sie ihn in Garmisch geritten hatte. Er war ein Fremder für sie gewesen und sie hatte nichts als geile Lust für ihn verspürt. Das heute sollte anders werden. Völlig anders. „Annika", murmelte er, mit laut klopfendem Herzen. „Ich will, dass dies hier unser ERSTES MAL wird. Ich will kein Fremder für dich sein, der dich einfach so vögelt. Ich will dein Freund, dein Partner, dein Mann sein. Derjenige, dem du vertraust, den du zu dir lässt, um mit dir zu schlafen. Um dich zu lieben." Er senkte den Kopf und presste seinen Mund auf ihre Scham, während er mit seinen schlanken Fingern ihre Schamlippen öffnete und seine Zunge einsetzte.

Es war nicht auszuhalten. Das Gefühl seiner leckenden, stupsenden Zunge an ihrer Klitoris machte Annika völlig verrückt. Sie keuchte ihre Lust hinaus und war dabei nicht gerade leise. Verdammt. Immer wieder musste sie daran denken, dass Sebastian jeden Moment in der Tür auftauchen konnte, weswegen sie sich einfach nicht richtig fallen lassen konnte. „Felix", seufzte sie, fast verzweifelt. „Es funktioniert nicht. Nicht hier und nicht so. Was, wenn Basti aufwacht?"

Frustriert stöhnte Felix auf. Was sagte es über ihn als Liebhaber aus, dass er es nicht einmal fertigbrachte, Annika genug abzulenken, damit sie den Sex mit ihm genießen konnte? Shit. Leise fluchend erhob er sich und zog Annika an sich. Sein Schwanz zuckte begeistert, als er den warmen, duftenden Frauenkörper an seinem spürte. Als er sich im Raum umsah, musste er Annika zustimmen. Sie standen mehr als exponiert mitten im offenen Wohnraum, keine fünf Meter vom Kinderzimmer weg. Kein guter Platz, um sich fallen zu lassen. „Tut mir leid, Süße. Du hast recht. Wir sollten unser heißes Date ins Schlafzimmer verlagern. Komm mit." Als sie sich wenig später in Annikas Bett kuschelten, war Felix genauso nackt wie Annika – endlich. „Es ist schon komisch, aber ich fühle mich gerade wie die Hälfte eines alten Ehepaares."

Annika schnaubte ungläubig bei Felix' Feststellung. „Ist das dein Ernst? Wir hatten ein und ein halbes Mal Sex und du redest von einem alten Ehepaar." Lachend schob sie sich über ihn. „Ich glaube, du bist deutlich älter, als es in deinem Ausweis steht."

„Und ich glaube, du bist deutlich frecher, als es dir zusteht", erwiderte Felix grinsend. Dann wurde er ernst. Seine Hand schob sich unter ihre Haare und er zog sie an sich. „Ich glaube, ich fühle mich deswegen so, weil ich mich in dich verliebt habe, Frau Annika Thiel." Als sich seine Lippen über ihrem Mund schlossen, verspürte sie ein köstliches Prickeln. In ihrem Bauch entstand ein warmes, fließendes Gefühl, was sich gleichzeitig wahnsinnig toll anfühlte und sie trotzdem ein wenig schwermütig machte. Annikas Augen füllten sich mit Tränen. „Sch…, meine Süße", flüsterte Felix. „Alles gut. Wir lassen es langsam angehen. Alles ist gut." Er küsste sie mit einer Zärtlichkeit, die sie den Tränen gefährlich nahe brachte, obwohl Annika nicht hätte sagen können warum. Ganz allmählich wich ihre sentimentale Stimmung etwas anderem, Erotischem, Schwerem. Felix spürte genau den Moment, in dem sich Annika endlich fallen lassen konnte, und vertiefte seinen Kuss, wurde stürmischer und leidenschaftlicher. Er ließ seine Zunge in ihren Mund gleiten, stieß gegen ihre und vollführte einen wilden, heißen Tanz, bis er sich atemlos von ihr löste. „Das", sagte er rau, „war nur ein leiser Vorgeschmack dessen, was ich jetzt vorhabe, mit dir anzustellen. Ich werde jetzt beenden, was ich vorhin angefangen habe." Kaum hatte er es ausgesprochen, ließ er Taten folgen. Er glitt an Annikas Körper hinunter, bis er seinen Mund in ihren weichen Löckchen zwischen ihren Beinen versenken konnte. Annikas Beine spreizten sich bei seinem sinnlichen Ansturm von alleine und seine Zunge nahm ihre Arbeit wieder auf. Während er ihr wieder und wieder abwechselnd durch die Spalte leckte und ihre Klitoris anstupste, hielt er Annikas Hand mit seiner verschlungen. Er bemerkte genau den Moment, in dem sie kurz vor dem Höhepunkt den Körper anspannte. Ihr Griff wurde fester und die Bauchdecke verhärtete sich. „Das ist … der… Haaaammer“, stieß sie keuchend hervor. „Hör niiiicht auf … blooooß nicht.“ Ihr Becken zuckte nach oben, während sich ihre Finger im Klammergriff in seine krallten und sie mit einem zittrigen, lang gezogenen „Jaaaaaaaa“ schließlich kam. Felix versuchte ihren Orgasmus so lange wie möglich andauern zu lassen, bis Annika ihm schließlich zu verstehen gab, genug zu haben.

Lächelnd tauchte er zwischen ihren Beinen auf und wischte sich den Mund am Handrücken ab. „War mir ein Vergnügen“, sagte er leise. „Jetzt ist meine Ehre wieder hergestellt.“

„Also ich finde, du hast dich noch nicht wirklich bewiesen“, sagte Annika atemlos und lächelte über Felix’ fassungslosen Gesichtsausdruck. „Ich denke, du solltest ihm auch eine Chance geben“, fügte sie grinsend hinzu und deutete auf Felix’ hoch aufgerichteten Penis.

„Ich glaube, du hast schon wieder recht. Aber ich habe keine Ahnung, ob er mir Ehre oder Schande machen wird. Er ist schon ziemlich lange in diesem Zustand. Es könnte also schnell gehen.“

„Hört, hört. Hier wird schon mal vorgebaut. Wir werden sehen, oder was meinst du?“ Annika streckte sich und griff in ihre Nachttischschublade, aus der sie ein paar Kondome hervorkramte, von denen sie eines mit einem verschmitzten Lächeln Felix reichte. „Allerdings musst du ihn vorher hübsch verpacken.“

Felix ließ sich nicht lange bitten, riss das Päckchen auf und streifte sich geübt den Schutz über seinen steinharten Schwanz. Dann schob er sich über Annika, die sich wohlig seufzend unter ihm räkelte und seine sensible Haut reizte. Sein Penis zuckte und wurde noch steifer. „Spreiz deine Beine für mich. Da will dich jemand kennenlernen.“ Kichernd kam Annika seinem Wunsch nach und Felix legte sein Becken zwischen ihre Schenkel. Seine Hand unter ihren Hintern schiebend, hob er sich leicht an. Während er langsam in sie eindrang und ihre Spalte weitete, sah er ihr tief in die Augen. Es fühlte sich großartig an, so eng von ihr umschlossen zu sein, und obwohl er recht gut ausgestattet war, hatte er keine Probleme, ganz in sie einzudringen. Annika stöhnte und schob ihm ihr Becken entgegen, so als wollte sie, dass er noch tiefer in sie kam. „Mehr“, sagte sie. Ein spitzer Schrei entfuhr ihr, als Felix sich zurückzog und blitzschnell hart und fest zustieß. Entgeistert starrte sie ihn an. „Mach das nochmal“, forderte sie ihn auf. „Das war … geil.“

„Wenn du das sagst“, antwortete er und wiederholte die Bewegung sofort. Beide keuchten. Auf Felix’ Körper bildete sich ein feiner Schweißfilm, während er versuchte, seine Bewegungen zu bremsen und nicht zu ungestüm und zügellos werden zu lassen. Sonst wäre es tatsächlich nur ein kurzes Gastspiel, das sein Penis in ihrer duftenden, nassen Spalte abhalten würde. Er variierte kleine, feste Stöße mit tiefen, langsamen Bewegungen und brachte Annika damit kurz vor ihren nächsten Höhepunkt. „Tiefer, ich will … tiefer“, feuerte sie ihn an, während er schwitzend und stöhnend ihrem Wunsch nachkam. „Ich … oh shit … Annika … ich … kommeee…“ In Felix’ Ohren rauschte es und Sterne tanzten vor seinen Augen, während sein Penis sich zuckend in ihr entlud. Unterdessen hörte er nicht auf, in sie zu stoßen, und erst als er merkte, wie sich ihre Vagina um ihn herum zusammenzog, ließen seine Stöße allmählich nach. Seine Muskeln, die merklich angespannt waren, lockerten sich und er begann zu zittern. „Wow“, entfuhr es ihm. Ihre Körper klebten zusammen, fühlten sich erhitzt und feucht-klebrig an. „Mhm“, murmelte Annika schläfrig. Sie lag unter ihm, total entspannt, mit geschlossenen Augen und einem seligen Lächeln auf den Lippen. „Ja. Wow. Ich geb zu, das kam der Ehre näher als der Schande.“ Sie öffnete ihre wunderschönen Augen und strahlte ihn an. „Kannst du bleiben?“

14
Straubing – 30. Dezember 2013

Kannst – du – bleiben? Wieso in drei Teufels Namen hatten ihn diese Worte nur so verschreckt? Bis dahin war doch alles in bester Ordnung gewesen. Sie hatten sich geliebt und es war fantastisch gewesen. Wunderschön und sehr befriedigend – nein, ekstatisch. Warum nur war er so in Panik geraten? „Ähm, nein, leider nicht", hatte er gestammelt. „Es … heute geht es leider nicht. Ich hab gleich morgen früh einen Termin. Tut mir leid." *Na klar. Weil es ja normal war, Sonntag früh einen Termin auszumachen.* Sehr glaubwürdig. Trotzdem hatte er nicht bleiben können. Er hatte es einfach nicht gekonnt. Dabei hatte er überhaupt keine Ahnung, was ihn geritten hatte, sie so zu verlassen.

Nachdem er das Kondom entsorgt und seine Sachen zusammengesucht hatte, war er fast fluchtartig aufgebrochen. Vorher hatte er Annika lediglich einen kleinen, flüchtigen Kuss gegeben. Dabei war ihm sehr wohl aufgefallen, wie traurig sie ihn angeschaut hatte. „Schade", hatte sie gemurmelt und sich tiefer in die Kissen gedrückt. „Bitte fahr vorsichtig. Es ist echtes Scheißwetter."

„Natürlich", hatte er gemurmelt und dann noch ein beschissenes „Danke für den schönen Abend" hinzugefügt. *What? Danke für den schönen Abend?* Er war eindeutig und ganz klar – nicht mehr bei Sinnen. Damit hatte er sie mit Sicherheit verletzt – sogar sehr. Felix hatte es in ihren Augen sehen können. Seine Reaktion war zu vergleichen mit der eines ängstlichen, unsicheren Kindes, das plötzlich nur noch eines im Sinn hat – wegrennen. Seine einzige Erklärung für diese völlig irrationale Reaktion war, dass ihm plötzlich bewusst geworden war, wie schnell er vom glücklichen, erfolgreichen und begehrten Single zum Vater und treusorgenden Mann mutiert war. Scheinbar zu schnell für ihn. Aber was sollte er jetzt tun? Sebastian war sein Sohn und er würde ihn keinesfalls wieder aus seinem Leben verschwinden lassen. Außerdem, und da war Felix sich zu einhundert Prozent sicher – hatte er sich in Annika verliebt. Warum also Flucht? Er dachte an Theo. Theo, der genauso alt wie Felix war, jedoch angekommen zu sein schien. Theo, für den bereits seit fünf Jahren seine Sonja die eine war. Die Frau, mit der er sein Leben teilen wollte und mit der er

Kinder bekommen würde. Felix hatte Theo oft belächelt, wenn er ihm davon vorgeschwärmt hatte, wie toll sein Leben jetzt war…

Seit mittlerweile zwei Wochen war Theo Vater einer wunderschönen kleinen Tochter, die er abgöttisch liebte. Sonja und er waren so verdammt … richtig zusammen. Und sie waren über alle Maßen glücklich. Schon oft hatte Felix darüber nachgedacht, wie gut die zwei zusammen harmonierten. So gut, dass es für Außenstehende und vor allen Dingen Alleinstehende schon fast eine Qual war. Sonja konnte, obwohl sie für Felix' Begriffe alles andere als eine Schönheit war, seinen Freund Theo mit links um den Finger wickeln und ihn dazu bringen, Dinge zu tun, die Felix nicht im Traum gedachte, ebenfalls zu tun. Zum Beispiel, sich in einen Raum mit schwangeren, hormongeladenen Frauen zu setzen und über die Vor- und Nachteile einer Wassergeburt zu diskutieren. Oder, ohne mit der Wimper zu zucken, einen Kneipenbesuch mit dem besten Kumpel zugunsten eines Vortrages über moderne Kindererziehung abzusagen. Mit einem Mal sah Felix all diese Dinge, die er selbst bisher als obskur abgetan hatte, mit anderen Augen. Morgen war Sonntag. Es war an der Zeit, Theo, Sonja und der kleinen Sofie einen Besuch abzustatten. Vielleicht könnte ihm Theo ja einen finalen Tipp für eine gute Entscheidung geben…

Theo starrte Felix fassungslos an. „Du hast als Callboy gearbeitet?"

„Nein", erwiderte Felix genervt. „Als Begleiter." Theo schnaubte unwirsch. „Verarschen kann ich mich selbst. Hast du oder hast du nicht Geld dafür genommen, mit Frauen ins Bett zu gehen?" Felix war drauf und dran, aus der Haut zu fahren. So gesehen hatte Theo natürlich recht, doch sich dies so unumwunden einzugestehen, war schwieriger als gedacht. „Ja", gab er zähneknirschend zu.

„Du hast mit einer Frau, die völlig betrunken war, geschlafen und dafür noch Geld kassiert?" Theo schien die Geschichte wirklich in vollen Zügen auszukosten. „Ja."

„Und das noch ohne Gummi? Du bist doch echt das Letzte." Wow. Mit so viel heftigem Gegenwind seines Freundes hatte Felix nicht gerechnet, als er sich selbst bei der kleinen Familie eingeladen hatte.

„Du hast mitbekommen, um was es hier geht, oder?" Felix'

Stimmung war im Keller. Es war ein Fehler gewesen, sich Theo anzuvertrauen.

„Na klar. Es geht darum, dass du mit der völlig betrunkenen Annika vor Jahren Sex gegen Bezahlung hattest. Du hast mit ihr geschlafen, sie nicht geschützt und dafür aber geschwängert. Unterbrich mich gerne, wenn ich was weglasse, beschönige oder vergesse“, ätzte Theo ironisch. „Dann habt ihr euch aus den Augen verloren und du hast sie in meiner Arztpraxis wiedergetroffen. Das klingt übrigens wie aus einem billigen Drei-Groschen-Roman. Du hast dich mit ihr und dem Jungen angefreundet und hast sie gestern Abend – praktischerweise – noch einmal flachgelegt, dieses Mal jedoch ohne Geld dafür zu nehmen.“ Theo holte tief Luft und schüttelte ungläubig den Kopf. „Ach ja – und du hast ihr immer noch nicht erzählt, dass du damals von ihren Freundinnen angeheuert wurdest.“

Felix hatte der Zusammenfassung seines Freundes stumm zugehört. Er stand auf und fuhr sich mit einer Hand über das Gesicht. „Verdammt, Theo. So wie du das sagst, klingt es wie die Untaten eines Schwerverbrechers. Ihre Freundinnen haben es ihr schließlich auch nicht erzählt.“

„Ja, das ist richtig. Aber ich bin sicher, ihre Freundinnen wollten ihr nicht die Illusion rauben, du hättest sie damals sexy und begehrenswert gefunden. Ich könnte mir gut vorstellen, dass sie sie einfach nur beschützen wollten, besonders als sie erfahren hatte, schwanger zu sein.“

Unglücklicherweise sah Felix das genauso, doch er hütete sich davor, dies zuzugeben. Stattdessen erwiderte er: „Du bist nicht die Inquisition. Es spielt keine Rolle, womit ich früher mein Geld verdient habe. Annika hatte ihren Spaß, auch wenn ich dafür entlohnt wurde. Okay, das mit dem Kondom war zugegebenermaßen extrem dämlich, aber es ist passiert. Außerdem hat Annika gesagt…“

„Was hat sie gesagt? Dass du ihr das Herz stehlen und dich mit ihrem Sohn anfreunden sollst? Sie wieder flachlegen und dich dann aus dem Staub machen sollst? Respekt, Alter. Was kommt als Nächstes? Willst du einen Vaterschaftstest machen und ihr den Kleinen wegnehmen? Mann, du bist vielleicht ein Idiot.“

Felix hörte Theos ironischen Ausführungen gar nicht richtig zu, denn er grübelte darüber nach, was genau Annika in jener Nacht vor sechs Jahren gesagt hatte. Sie hatte lediglich gesagt, er müsste sich keine Sorgen machen. Fuck. Er hätte zwischen den Zeilen lesen müssen. Er hatte es vermasselt. Einfach alles. Felix atmete tief durch, bevor er fortfuhr. „Also, bevor du dich zum Richter aufschwingst, sag mir lieber mal, was zum Teufel ich jetzt tun soll. Ich hab nämlich keinen blassen Schimmer, wieso ich so reagiert habe und einfach davongelaufen bin."

Zum ersten Mal an diesem Abend schien Theo ihn richtig ernst zu nehmen, denn er schaute ihn aufmerksam an und schüttelte dann den Kopf. „Ich kann dir keinen Rat geben, Kumpel", sagte er leise. „Ich weiß, wie schwer die Verantwortung wiegt, plötzlich ein Kind zu haben. Aber glaube mir, es ist noch viel schwerer, den richtigen Partner zu finden. Keine Ahnung, ob Annika das für dich ist. Ihr habt irgendwie völlig falsch herum angefangen und hattet quasi schon Altlasten, ohne je eine Beziehung gehabt zu haben. Anonymer Sex zählt nicht dazu… und nach der ersten intimen Begegnung, die man unter dem Begriff Liebe ablegen könnte, die Biege zu machen, war nicht gerade sehr schlau, wenn du verstehst, was ich meine."

Sich die Haare raufend sprang Felix auf. „Das weiß ich selbst. Hör auf zu klugscheißern und sag mir lieber, was ich jetzt tun soll."

„Du musst mit ihr sprechen", sagte Theo nach einiger Überlegung. „Ohne Reden geht gar nichts. Erzähl ihr von deinen Gefühlen, deinen Ängsten und vor allen Dingen, hör ihr zu. Und damit meine ich nicht, dich dazuzusetzen und nur anwesend zu sein, sondern hör genau hin, was sie sagt. Wie stehst du zu dem Kleinen?" Theo betrachtete Felix von der Seite und bemerkte sofort, wie sich Felix' Gesicht erhellte.

„Ich liebe den Jungen", murmelte Felix ergriffen. „Ich kann mir nicht mehr vorstellen, ohne ihn zu sein. Er fehlt mir schon, wenn ich ihn mal zwei oder drei Tage nicht sehe." Dann schaute er zu Theo. „Es ist der Wahnsinn."

„Ja. Das kann ich sehr gut nachempfinden", sagte Theo lächelnd. „Unsere Sofie ist auch mein Ein und Alles. Aber da gibt es eben auch noch Sonja, die ich über alles liebe und für nichts auf der Welt missen wollte. Wenn du das von dir sagen kannst, dass du alles, aber auch wirklich alles für Annika aufgeben würdest, dann, mein Lieber, solltest du mal ganz schnell zu den beiden zurückfahren und das Gespräch suchen."

Felix überlegte. Ja, er hatte Gefühle für Annika. Er hatte sich in sie verliebt, in ihre offene, liebenswerte Art, und er mochte, wie sie mit Sebastian umging. Er liebte es, sie zu treffen und mit ihr zu reden. Doch bei ihren bisherigen Treffen hatten sie immer Sebastian dabeigehabt. Auch wenn dies sehr viel Spaß gemacht hatte, war Felix klar, dass ein Date etwas völlig anderes war. Er würde Annika um ein Date bitten. Ohne Sebastian und ohne Zeitnot. Himmel. Er wusste noch nicht einmal, ob Annika lieber Fisch oder Fleisch mochte, da er bisher immer nur darauf geachtet hatte, was sein Sohn aß. So ging das nicht. Außerdem war morgen Silvester und er wollte das neue Jahr nicht ohne Annika beginnen.

„Sag mal, Theo, was hältst du davon, dich für meine Dienste in deiner Praxis zu revanchieren?" Wenige Minuten später stand Felix tief durchatmend vor Theos Haus und hatte bereits einen Plan. Doch es sollte anders kommen…

Was war bloß geschehen? Annika konnte sich auf Felix' fluchtartigen Aufbruch keinen Reim machen. Sie hatte den Eindruck gehabt, er hätte sich vor irgendetwas total erschrocken, doch natürlich hatte er – typisch Mann –, anstatt darüber zu reden, lieber die Flucht ergriffen, und das, obwohl er ihr ein Liebesgeständnis gemacht hatte. Ganz anders Annika. Sie war bereit dazu gewesen, ihre Beziehung auf das nächste Level zu heben. Es hätte sie gefreut, wenn Felix bei ihr geblieben wäre und mit Sebastian und ihr den Sonntagmorgen begangen hätte. Und sie war bereit dazu gewesen, ihrem Sohn zu erklären, dass Felix jetzt Mamas Freund war und deswegen ein fester Bestandteil ihrer kleinen Familie sein würde. Doch sie hatte sich geirrt, beziehungsweise die Rechnung ohne Felix gemacht. Ein Teil der Familie zu werden war wohl nicht das, was Felix sich erhofft hatte. Für ihn hatte ihre Nacht nicht die gleiche Bedeutung wie für sie. Scheiße. Dabei war Annika gerade dabei gewesen, daran zu glauben. Zu glauben, sie könnten eine Chance haben… Oh nein. Jetzt bloß nicht heulen. Aber noch bevor ihr Hirn einen Riegel vorschieben konnte, hatte sich das Herz durchgesetzt und ihre Tränendrüsen geflutet. Verdammter Mist. Jetzt war sie nicht nur diejenige, die sitzen gelassen worden war, sondern auch die, die morgen dicke Augen haben würde. Es war an der Zeit, endlich einmal den Kopf einzuschalten, bevor man etwas tat, und genau das würde sie jetzt tun. Schniefend setzte sie sich im Bett auf und wischte energisch die Tränen fort. Diese nichtsnutzigen, kleinen, salzigen Biester, dachte Annika verärgert. Hinterlassen nichts als unbrauchbare Spuren und rote Flecken. Sind immer da, wenn man sie nicht braucht, und lassen einen darüber hinaus noch dämlich aussehen. Schluss damit. Ihr könnt mich mal. Es wird sich jetzt nicht mehr der Kopf darüber zerbrochen, was, wenn und warum. Sie würde den Tag sinnvoll nutzen. Es gab für die bevorstehende Kampagne noch einiges zu tun. Daran würde sie jetzt arbeiten – produktiv und befriedigend. Außerdem diente Arbeit immer noch als das beste Mittel, um sich abzulenken. Ihr Chef Konrad hatte sich mit Annika für kommenden Freitag zum Essen verabredet, obwohl die Agentur über den Jahreswechsel eigentlich geschlossen hatte. Selbstverständlich hatte Annika zugesagt, als ihr Chef sie bat, mit ihm die weitere Vorgehensweise und den Etat für eine größere Filmkampagne bei einem Mittagessen zu besprechen. Annika sollte Mitspracherecht sowohl über die Auswahl der Schauspieler als auch der Location haben. Also eine richtig große Sache. Natürlich war ihr aufgefallen, dass Konrad sie sehr gerne um sich hatte. Er hieß sie die zwei Tage in der Woche, die sie in München in der Zentrale zubrachte, stets herzlich willkommen und ließ keine Gelegenheit aus, um mit ihr zu sprechen oder sie um ihre Meinung zu bitten, was Annika natürlich sehr schmeichelte. Was sie jedoch über alle Maßen zu schätzen gewusst hatte, war die Tatsache, dass ihr Chef dabei keine Grenze überschritten hatte und sich seine Aufmerksamkeit ihr gegenüber bisher in angemessenem Rahmen abspielte. Die Grenzlinie jedoch hatte er überschritten, als er ihr vor zwei Wochen aus heiterem Himmel das Du angeboten hatte: Konrad kam in ihr Büro und stellte sich zunächst hinter sie, wie er es die letzten paar Male auch getan hatte. Annika dachte sich nichts dabei und erklärte ihm, was sie gerade tat, im Glauben, dass ihn ihre Vorgehensweise interessierte. „Annika, meine Liebe. Ich dachte mir, da wir uns so gut verstehen, wäre es an der Zeit, uns endlich zu duzen. Als der Ältere und als dein Chef mach ich gerne den Anfang." Dann stellte er sich förmlich vor sie und streckte ihr lächelnd dic Hand entgegen. „Ich bin Konrad."

Annikas Bauchgefühl schrie sie an, nein zu sagen, doch sie hörte nicht darauf, sondern fühlte sich geschmeichelt. „Sehr gerne … Konrad", antwortete sie lächelnd und machte es ihm damit erheblich leichter. Sie wusste, dass damit ihre Zusammenarbeit eine neue Ebene erreicht hatte. Damit verhielt es sich ähnlich wie im Privatleben. Hatte man erst einmal die erste Hürde genommen, war es schwer, das richtige Maß wiederzufinden.

Umso mehr hoffte Annika, dass dieses Mittagessen morgen wirklich und ausschließlich beruflichen Zwecken diente, schon deswegen, weil ihr Boss ein verheirateter Mann war. Leider war sie viel zur sehr Realistin, weswegen sich tief in ihr bereits leise Zweifel angemeldet hatten, dass dies wirklich der Fall sein würde…

15
München/Starnberg – 3. Januar 2014

Sie hatte sich nicht mehr gemeldet. Annika hatte sich nach ihrer Absage auf seine Einladung zu Silvester noch immer nicht gerührt und das, obwohl Felix mehr als nur zu Kreuze gekrochen war. Felix hatte Sebastian und Annika für den Silvesterabend zu sich nach München eingeladen – per WhatsApp. Er wollte sie an diesem Abend verwöhnen und seinen Sohn mit einem kleinen Ballerspektakel um Mitternacht überraschen. Dann kam ihre Antwort – ebenfalls über WhatsApp: *Sorry, aber wir haben bereits andere Pläne*. Andere Pläne? Was zur Hölle…? Wieso hatte er nur wieder dieses untrügliche Gefühl, es gehörig vermasselt zu haben? Warum in drei Teufels Namen hatte er nicht den Arsch in der Hose gehabt und sie angerufen? Doch dafür war es jetzt zu spät. Also war ihm nichts weiter übrig geblieben, als den Silvesterabend mit Theo und Sonja zu verbringen, die ihn mit ihrer Glücksattitüde in eine depressive Tiefpunktstimmung versetzt hatten. Kurz nach Mitternacht hatte Felix sich von den beiden verabschiedet und war wieder nach Hause gefahren, obwohl all sein Sehnen an einem völlig anderen Ort lag, nämlich bei Annika und seinem Sohn...

Noch immer hatte er es nicht über sich gebracht, sie einfach anzurufen, also hatte er ihr zunächst ein Entschuldigungs-Schokoladentelegramm geschickt: SORRY! ICH BIN EIN TROTTEL. BITTE RUF MICH AN. FELIX. Als er die Schokoüberraschung bestellt hatte, hatte er es für eine gute Idee gehalten, doch mittlerweile schien ihm dieser Einfall doch nicht so clever gewesen zu sein, denn Annika dachte gar nicht daran, ihn zurückzurufen. Er selbst musste ran. Es blieb ihm nichts anderes übrig. Wenn er sich mit ihr aussprechen wollte, musste er sie anrufen. Also nahm er seinen ganzen Mut zusammen und wählte ihre Nummer…

„Sebastian Thiel." Bei Sebastians Kinderstimme wurde Felix ganz schwer ums Herz, doch er versuchte, sich nichts anmerken zu lassen. „Hallo Basti. Hier ist Felix. Wie geht's dir denn, Kumpel?"

„Mir geht's gut. Wann besuchst du uns denn wieder? Mama vermisst dich auch, glaube ich. Magst du denn gar nicht mehr mein

Freund sein?“ Sebastian klang traurig, aber auch neugierig. „Du klingst so leise. Musst du flüstern, damit du niemanden weckst?“

„Natürlich bin ich noch dein Freund. Mir ging es die letzten paar Tage nicht so gut, deswegen war ich nicht bei euch. Und jetzt bin ich ein wenig müde, das ist alles. Kannst du mir mal deine Mama ans Telefon holen, bist du so lieb?“

„Nein. Das geht nicht. Mama ist nicht da“, antwortete der Knirps, schien ihm jedoch nicht erzählen zu wollen, wo seine Mama denn steckte.

„Bist du alleine zu Hause?“, fragte Felix beunruhigt und war erleichtert, als sein Sohn entrüstet die Lust ausstieß. „Natürlich nicht. Mama würde mich nie alleine lassen. Tante Kathi ist bei mir.“

Kathi? Die Kathi? Eine seiner damaligen Auftraggeberinnen? Annikas Freundin? Was machte Kathi in Straubing? Soweit er wusste, arbeitete Kathi in der Universitätsklinik Heidelberg. „Mama ist mit Konrad essen. Deswegen passt Kathi auf mich auf“, erzählte sein Sohn munter weiter. Mit Konrad? Essen? Das wurde ja immer besser. Immerhin war es 13:00 Uhr mittags, was Felix als gutes Zeichen wertete. Sorgenfalten bildeten sich auf seinem Gesicht, während er angestrengt überlegte, was er dazu sagen sollte. Im Hintergrund hörte er eine warme, sanfte Frauenstimme, die Sebastian fragte, wer denn am Telefon sei. „Der Felix ist dran. Er fragt nach Mama.“

„Ach ja?“ Nun klang die Frauenstimme gar nicht mehr so sanft und wesentlich näher als noch gerade eben. „Felix“, tönte es plötzlich direkt an seinem Ohr. „Was verschafft uns die Ehre deines Anrufs?“

„Oh. Ähm… hallo Kathi. Was machst du in Straubing? Annika hat mir erzählt, dass du in Heidelberg wohnst. Ich … ich wollte mal hören, ob Annika meine Einladung bekommen hat.“

„Ja, ich wohne in Heidelberg. Aber Straubing ist ja nicht so weit und da Annika zurzeit eine Freundin bitter nötig hat, habe ich mich in mein Auto geschwungen“, erwiderte Kathi prompt. „Und ja, sie hat deine Einladung bekommen. Allerdings hat sie keine Lust, dich anzurufen, tut mir leid für dich. Ach ja, die Schoki war übrigens sehr lecker.“ Sie klang jetzt eindeutig belustigt.

Fuck. Irgendwie lief einfach alles gründlich schief. „Hat sie gesagt, wann sie wieder zurück ist, von ihrem … Treffen?“

„Nein. Da kann ich dir leider nicht helfen. Aber ich richte ihr gerne aus, dass du angerufen hast.“ Kathis Stimme klang nun eindeutig abweisend und Felix war sich sicher, sie würde gleich auflegen, wenn er sie nicht davon überzeugen konnte, dass sein Anruf wirklich wichtig war. Gleichzeitig jedoch weckte Kathis Unmut seinen Kampfgeist, schließlich hatte er Kathi nicht wirklich etwas getan.

„Verdammt, Kathi. Ich habe nichts getan, was diese Behandlung rechtfertigt“, sagte er leise, um sich nicht doch im Ton zu vergreifen. „Wir hatten einen beschissenen Start, Annika und ich, das ist wohl wahr. Und ja, ich hatte ein wenig Panik nach unserer letzten gemeinsamen Nacht. Aber ich bin auch nur ein Mensch und habe es verdient, mich erklären zu dürfen.“ Die darauffolgende Stille war ohrenbetäubend und verhieß nichts Gutes.

„Magst du herkommen? Vielleicht sollten wir uns ein wenig unterhalten. Außerdem fragt Basti in einer Tour nach dir. Er würde sich sicher riesig freuen.“ Kathi klang jetzt wesentlich versöhnlicher als noch gerade eben. Verblüfft erkannte Felix, wie erleichtert er plötzlich war, und freute sich gleichzeitig über die Möglichkeit, eine von Annikas Freundinnen näher kennenzulernen.

Er überlegte kurz und antwortete dann: „Gerne. Ich bin in vierzig Minuten da, wenn's gut läuft in dreißig.“ Er warf einen schnellen Blick auf seinen Terminkalender. Das musste ausreichen. Sein nächster Termin war um 16 Uhr auf einem Gehöft, das auf dem Rückweg von Straubing nach München lag. Das müsste auf jeden Fall zu schaffen sein.

Als Kathi ihm die Tür öffnete, war er überrascht. So hatte er Annikas Freundin nicht mehr in Erinnerung. Kathi war eine großgewachsene, sehr schlanke Frau mit fast knabenhafter Figur. Soweit er es von damals noch in Erinnerung hatte, waren ihre langen, dunklen Haare wild gelockt gewesen. Sie hatte knappe Partyklamotten getragen und war sehr sexy und verrucht geschminkt gewesen. So wie sie heute vor ihm stand, hätte er sie in hundert Jahren nicht mehr erkannt. Kathi trug in ihrem völlig ungeschminkten Gesicht eine dunkle Hornbrille und hatte das lange, glatte Haar zu einem strengen Pferdeschwanz zusammengebunden. Wow. Welch eine Veränderung. Ihr schien es ähnlich zu ergehen wie ihm, denn sie starrte ihn mit offenem Mund an und kriegte sich gar nicht mehr ein.

„Wow“, entfuhr es ihr. „Dich hätte ich niemals mehr erkannt. Jetzt kann ich Annika verstehen, dass sie nicht gleich gewusst hat, wer du bist.“

„Ja, ich habe mich seit damals unwesentlich verändert“, frotzelte er lächelnd. „Du aber auch. Annika dagegen hab ich sofort wiedererkannt.“

Kathi nickte verständnisvoll. „Das glaub ich gerne. Ich hätte dich nie, nie, niemals mehr mit damals in Verbindung gebracht. Hammer, was eine ordentliche Frisur und ein glatt rasiertes Kinn ausmachen.“

Felix lachte und auch Kathis Miene erhellte sich zusehends. Dann kam Sebastian angestürmt und riss ihn fast von den Füssen. Der kleine Kerl freute sich dermaßen ihn zu sehen, dass Felix die Kehle eng wurde und er heftig schlucken musste, um seine Tränendrüsen unter Kontrolle zu halten. So hatte er sich das Vatersein nicht vorgestellt. Eigentlich wusste Felix nicht wirklich etwas darüber, was es hieß, ein Vater zu sein. Aber dass er als Vater zum emotionalen Wrack mutieren würde und ihm schlecht bei dem Gedanken werden würde, seinen Sohn nicht mehr sehen zu dürfen – darüber hatte ihn niemand aufgeklärt. Überhaupt. Wieso fühlte es sich so richtig an, diesen kleinen Knirps auf dem Arm zu haben, von dem er vor einigen Wochen noch nicht einmal gewusst hatte, dass es ihn überhaupt gab? Wie konnte er Vater sein, wenn er die Schwangerschaft, die Geburt und die ersten fünf Jahre überhaupt gar nicht miterleben durfte? Verdammt. Er wollte nicht so schrecklich emotional sein. Felix schob Sebastian von sich und schniefte. „Sag mal, funktioniert dein Monstertruck noch?“, fragte er, um Zeit zu gewinnen.

„Na klar“, erwiderte Sebastian ganz stolz. „Soll ich's dir zeigen?“ Als Felix wortlos nickte, stob sein Sohn davon und kramte wie wild in seinem Zimmer herum. „Ich kann die Fernbedienung nicht finden“, maulte er wenig später und schien noch tiefer zu wühlen.

„Gut gemacht“, sagte Kathi leise und lächelte ihn an. „Du liebst den Knirps, nicht wahr? Das kann ich fühlen.“ Als Felix nur stumm nickte, griff Kathi seinen Arm und zog ihn vom Flur ins Esszimmer. „Setz dich. Ich mach dir einen Kaffee. Oder brauchst du was Stärkeres?“ Als Felix lachend den Kopf schüttelte und „Kaffee ist ne gute Idee“ murmelte, nickte sie und wandte sich der Kaffeemaschine zu. „Erzähl mal. Wie kam es dazu, dass du bei einem Begleitservice angefangen hast?“ Komischerweise hatte Felix tatsächlich das Gefühl, dass Kathi an seiner Vergangenheit ehrlich interessiert war und nicht nur einfach erfahren wollte, wie viele Frauen er flachgelegt und wie viel Geld er tatsächlich damit verdient hatte. Deswegen war er völlig offen und erzählte Kathi vorbehaltlos, wie sein Vater ihm die Pistole auf die Brust gesetzt hatte, weil er mit der Wahl seines Studiums nicht einverstanden war.

Er berichtete ihr von den zahlreichen Jobs, mit denen er sich zu Beginn seines Studiums über Wasser gehalten hatte, bis einer seiner Studienkollegen ihn auf die Idee mit dem Escortservice gebracht hatte, der es ihm schließlich ermöglichte, sein Studium fortzusetzen, ohne Angst haben zu müssen, die nächste Miete nicht zahlen zu können. Zwischendurch schickten sie Sebastian mit einer Karotte zu Timmi und Marie, damit Felix ungestört erzählen konnte. Felix ließ auch die Schattenseiten dieses Jobs nicht außen vor. Dinge, die ihm das Äußerste abverlangt hatten. Aufträge, die so unangenehm und widrig waren, dass er mehr als einmal verweigern wollte, es dann aber doch nicht getan hatte. Schließlich, so hatte ihm die Agentur vermittelt, hatte er ein Klischee zu erfüllen: Also mimte er den allzeit bereiten, immer geilen und verfügbaren Callboy, dessen Attribute höchste Befriedigung und sexuelle Erregung am Fließband versprachen. Keine der Damen hatte ihn je gefragt, was er dabei empfand, wie er sich fühlte – schließlich wurde er dafür ja auch fürstlich entlohnt. Und obwohl er durchaus auch angenehme Kundinnen hatte, überwogen die Fälle, die ihn gehörige Überwindung kosteten. Dabei waren es nicht einmal die Frauen selbst, die es ihm schwierig machten, Erregung aufzubauen und auch durchzuhalten, sondern ganz oft waren es ihre Wünsche, die manchmal so abstrus waren, dass er es gar nicht glauben konnte. Felix wusste deshalb auch sehr genau, wie sich Prostituierte fühlten – oh ja. Schließlich hatte sein Vater erfahren, was Felix tat, um sein Studium zu finanzieren, und sich komplett von seinem Sohn distanziert. Sein Vater drohte nicht mehr länger damit, ihn zu enterben – er tat es. Heute, mit Abstand betrachtet, konnte er seinen Vater und dessen Beweggründe sogar ein Stück weit verstehen. Unvorstellbar der Gedanke, sein Sohn könnte sich eines Tages mit genau diesem Job Geld verdienen. Solange er Einfluss nehmen konnte, würde dies nicht geschehen. Als Felix über seinen letzten Auftrag, seine Begegnung mit Annika, berichtete, verdunkelten sich Kathis Augen, doch sie unterbrach ihn nicht. So erzählte Felix Annikas Freundin, dass sie ihn dazu bewogen hatte, mit seinem Callboy-Dasein zu brechen. „Ich habe keine Ahnung wieso. Aber nach Annika war Schluss. Vielleicht war es die Tatsache, dass sie gar nicht wusste, mit wem sie da schläft, sondern es einfach um meinetwillen getan hat“, sinnierte Felix. „Sie war die Einzige in all der Zeit, die ohne jeden Hintergedanken und ohne dafür zu bezahlen mit mir zusammen war.“

Er schwieg erschöpft, während Kathi, ebenfalls schweigend, an ihrem Kaffee nippte. Dann sagte sie leise: „Das klingt hart und so gar nicht, wie ich es mir vorgestellt habe. Ich dachte immer … egal. So hab ich das noch nie gesehen.“

„Ja“, antwortete Felix und lachte bitter. „Ich weiß. Jeder glaubt zu wissen, wie leicht man in diesem Beruf sein Geld verdient. Aber um ehrlich zu sein, sind die Einzigen, die richtig gut verdienen, die Agenturen.“ Kathi nickte und seufzte dann leise.

„Wir sind schier ohnmächtig geworden, als Annika uns erzählt hat, sie sei schwanger. Wie konntest du nur das Kondom vergessen? Das ist ja wohl ein klassischer Betriebsunfall. Nur, dass man die Folgen nicht so einfach reparieren kann.“

„Ich weiß“, antwortete Felix leise, „aber ganz ehrlich, ich bin froh, dass ich es vergessen hab. Annika hat mich in dieser Sache zwar im Dunkeln tappen lassen, aber ich bin sehr froh darüber, dass es Sebastian gibt.“ Sein Blick ging hinüber zum Kinderzimmer, in dem sein eigen Fleisch und Blut gerade Möhren an die Meerschweinchen verfütterte.

„Das glaub ich dir gerne. Trotzdem haben wir ein riesiges Problem“, meinte Kathi und schüttelte traurig den Kopf. „Anna,

Tanja und ich … wir konnten es ihr nicht sagen. Annika denkt immer noch, sie hätte mit dir einfach nur einen One-Night-Stand gehabt. Wenn sie erfährt, dass wir dich dafür bezahlt haben, mit ihr zu schlafen… Das wird sie umhauen."

Felix nickte bedächtig. „Ich konnte es ihr bisher auch nicht sagen. Aber auf Dauer geht das wohl so nicht, oder?" Als Kathi verneinte, seufzte Felix tief. „Und ich kann auch nicht mehr zu lange damit warten, es ihr zu sagen, oder?" Wieder schüttelte Kathi bedauernd den Kopf. „Uns wird sie auch hassen, falls dir das ein Trost ist. Schlimmstenfalls löscht sie unsere Adressen und Telefonnummern aus ihrem Handy, bestenfalls bekommen wir eine echte Standpauke von ihr."

Sie schwiegen, bis Kathi plötzlich sagte: „Du weißt, dass sie sich deinetwegen mit ihren Eltern überworfen hat?" Kathis Worte trafen Felix unvorbereitet. „Sie meinte, ihre Eltern waren nicht mit ihrer Entscheidung einverstanden, alleinerziehend zu sein", antwortete Felix. „Sie haben sie beschuldigt, flatterhaft, untreu und …nennen wir es mal liederlich zu sein – ob der Umstände, unter denen Sebastian gezeugt wurde. Als sie sich mit Lars, diesem Arsch, überworfen hat, überschritt dies wohl die Toleranzgrenze ihrer Eltern."

„Fuck. Mir hat sie erzählt, das Verhältnis zu ihren Eltern sei schlecht. Aber den wahren Grund hat sie mir nicht verraten." Felix klang aufrichtig bestürzt. „Das ist übel."

„Ja, das stimmt. Vor allen Dingen für den Kleinen. Er kann ja nix dafür, dass seine Mama sturzbesoffen, ohne zu verhüten, mit einem Wildfremden rumgemacht hat", feixte Kathi und Felix musste automatisch grinsen. Kathi hatte es tatsächlich geschafft, der Tatsache, dass sowohl Felix' als auch Annikas Eltern engstirnige, kleingeistige Spießbürger waren, die Tragik zu nehmen.

„Darf ich dich mal was fragen?" Felix' Stimme klang angespannt. „Annika hat dir sicher erzählt, dass ich … ähm… geflüchtet bin. Nachdem wir vor einigen Tagen … na ja… Sex hatten."

Wieder nickte Kathi und sah ihn abwartend an. „Hat sie dir gegenüber etwas verlauten lassen? Ich meine, ich weiß, du würdest nichts ausplaudern, aber… ich, na ja, ich muss es einfach wissen."

„Annika ist verletzt und weiß nicht, wo ihr steht. Beziehungsweise, sie weiß nicht so genau, wo du stehst. Nicht mehr und nicht weniger. Wie es mit euch weitergeht und was aus euch dreien wird? Ich weiß es nicht." Kathi sprach es nicht aus, aber er konnte genau spüren, was sie meinte. Es war an ihm, diese Situation zu klären. Es kam darauf an, wie er damit umging und was er daraus machte.

„Ich danke dir, Kathi. Ich weiß jetzt, warum Annika und du so enge Freundinnen seid. Du bist echt in Ordnung." Er nahm Kathis Hand, die auf dem Tisch lag, und drückte sie. Dann ließ er sie los, denn Sebastian kam angerannt und forderte seine ganze Aufmerksamkeit. „Musst du sehr viel arbeiten?", fragte er Felix ernst, als dieser ihn auf seinen Schoß gehoben hatte.

„Ja, mein Großer. Wieso?" Felix schluckte schwer.

„Na, Mama hat gesagt, du hast jetzt weniger Zeit für uns, weil du so viel arbeiten musst. Nicht nur, weil du krank bist. Und dass ich nicht traurig sein soll. Sie sagt, es liegt nicht an mir oder an ihr. Und dass nicht jeder das Glück hat, von zu Hause aus arbeiten zu können, so wie sie."

Felix sah über den Kopf seines Sohnes Kathi an, die zustimmend die Augenbrauen hob. Natürlich hatte Annika ihrem Jungen etwas erzählen müssen. Schließlich war Felix die Wochen davor fast täglich ein- und ausgegangen und dann – nichts mehr. Was hätte sie sonst auch erzählen sollen. Er räusperte sich.

„Ja, Sebastian. Deine Mama hat recht. Bei uns ist momentan sehr viel los und ich hab kaum noch freie Zeit. Und nein, natürlich kannst weder du noch deine Mama etwas dazu."

„Dann ist's ja gut. Kommst du? Ich will dir Timmi und Maries neue Wassertränke zeigen. Die ist voll cool." Sebastian zog Felix ungeduldig an der Hand, bis er sich schließlich erhob und seinem Sohn hinterhertrottete.

16
München – 3. Januar 2014

„Hallo Annika. Schön, dass du während der Ferien die Zeit gefunden hast, dich von deinem kleinen Sohn loszueisen. Das ist sicher nicht immer so einfach.“ Nachdem Konrad Annika aus dem Mantel geholfen hatte, ergriff er ihre Hand und hauchte ihr einen formvollendeten Handkuss auf den Handrücken. Das warme Gefühl seiner Lippen auf ihrer kühlen Hand verursachte ihr ein wohliges Gefühl und entlockte ihr ein Lächeln. Sie war äußerst angespannt und hatte den ganzen Weg nach München an nichts anderes denken können als daran, gerade einen gewaltigen Fehler zu begehen. Es schmeichelte ihr zwar, dass ihr Boss sich für ihre Probleme interessierte, sie war jedoch schlau genug, es einzig seiner guten Erziehung anzurechnen.

„Hallo Konrad. Sebastian ist daheim bei einer guten Freundin von mir. Sie verbringt ein paar Tage Urlaub bei uns, da hat es sich angeboten, sie als Babysitter zu engagieren.“

„Na, das trifft sich doch hervorragend“, meinte Konrad lachend und nahm dem Kellner die Speisekarten ab, die dieser gerade an den Tisch brachte. „Was möchtest du trinken?“, fragte er, ohne den Blick von der Speisekarte zu nehmen.

„Mineralwasser, bitte“, antwortete Annika und schlug die Karte auf.

„Mineralwasser? Ist das dein Ernst“, entfuhr es ihm, doch sofort ruderte er zurück. „Klar, bei dem Wetter muss frau einen klaren Kopf bewahren. Außer sie müsste nicht mehr fahren, nicht wahr? Also bitte – für die Dame ein Mineralwasser und dazu eine Flasche Chablis mit zwei Gläsern“, bestellte Konrad und klappte die Karte zu. Dann schaute er sie wohlwollend an.

Annika hatte sich für eine schlichte schwarze Hose und eine lange, weite Bluse entschieden, die sie lediglich mit einem Schal und einer schicken, locker schwingenden Halskette aufgepeppt hatte. Das einzig wirklich Elegante an ihr waren die verflucht teuren Winterstiefel, die sie sich letztes Jahr gegönnt hatte. Sie hatte nur ein ganz dezentes Make-up aufgelegt, da es sich schließlich um ein Geschäftsessen handelte und nicht um ein Date. Außerdem hielt Annika nichts von übermäßigem

Schminken und vertraute eher auf ihre natürlichen Reize, die sie in ihren Augen und ihren blonden Locken sah. Und genau dies schien auch Konrad zu sehen, denn er betrachtete sie mit einem Blick, als säße er der schönsten Frau auf Gottes Erden gegenüber und nicht einer rundlichen Blondine mit Brille.

„Du siehst zauberhaft aus, wenn ich das so sagen darf", sagte er lächelnd und runzelte die Stirn, als der Kellner mit den Getränken erschien. Annika hingegen war über die Unterbrechung höchst dankbar. „Kannst du mir was empfehlen?", fragte sie und steckte ihre Nase tief in die Speisekarte, um von sich abzulenken.

„Das Essen ist hier vorzüglich. Wähle, was du willst, du wirst nicht enttäuscht sein. Ich bevorzuge Steak natur mit Ofenkartoffeln und Zwiebeln, wobei ich heute gerne auf die Zwiebeln verzichte."

Stirnrunzelnd blickte Annika auf und wusste nicht so recht, was sie von dieser Aussage halten sollte. Schließlich entschied sie sich für einen kleinen Salatteller und ein Fischgericht. Nachdem sie das Essen ausgewählt hatten, wollte Annika direkt über ihr bevorstehendes Projekt sprechen, doch Konrad hatte andere Pläne. „Erzähl mir ein wenig von dir. Wie kommt es, dass eine so tolle Frau wie du noch keinen Mann hat?"

„Das ist eine ziemlich persönliche Frage", antwortete Annika nervös. „Scheinbar hat sich einfach noch nicht der Richtige gefunden", fügte sie hinzu und hoffte, dass Konrad dieses Thema wieder fallen lassen würde. Doch sie hatte sich geirrt. So einfach würde er es ihr nicht machen. Zwar nickte er bedächtig, fragte dann jedoch erneut: „Was ist mit dem Vater deines Sohnes?" Seinem aufmerksamen Blick entging nichts.

„Sebastians Vater hatte andere Pläne", antwortete Annika ausweichend. „Es hat einfach nicht gepasst, wie bei so vielen anderen auch."

„Sebastians Vater ist ein Idiot. Wer würde eine Frau wie dich vom Haken lassen?" Konrads Stimme schmeichelte ihrem seit Felix' Abgang angeknacksten Ego. „Aber egal. Umso schöner ist es, dass du heute hier mit mir zu Mittag isst. Erzähl doch mal, wie du auf die Idee für die Kampagne gekommen bist", schwenkte er plötzlich um und sofort fühlte sich Annika erheblich wohler. Lachend erzählte sie Konrad, dass ihr diese Idee bei einem

Kindergartenfest ihres Sohnes gekommen war. Sie hatte das Gespräch eines Pärchens mitgehört, das sich lautstark über die Kinderfeindlichkeit gehobener Hotels beschwert hatte. Daraufhin hatte eine andere Mutter zum Besten gegeben, dass in der heutigen Gastronomie und auch im Hotelgewerbe eher Servicewüste als ein Serviceparadies herrschte. „Und schwupps, da war sie, die Hotel-mit-Herz-Idee…“, schloss Annika ihre Ausführungen und hob lächelnd ihr Wasserglas. „Ich bin sehr froh, dass dir und den anderen aus dem Vorstand die Idee gefallen hat. Wäre es arg neugierig zu fragen, warum meine Mitbewerber die Stelle nicht bekommen haben?“

„Na, das ist doch offensichtlich. Du hattest die eindeutig besseren Argumente“, erwiderte Konrad und starrte vielsagend auf Annikas Brüste. Rumms. Das saß. Annika blickte Konrad an und überlegte fieberhaft, ob er nur einen Scherz gemacht oder diese Äußerung wirklich ernst gemeint hatte. „Annika. Entspann dich. Das war nur ein Scherz.“ Konrad lachte und füllte ihre Gläser mit Weißwein. Dann hob er sein Glas, doch Annika wollte es genauer wissen.

„Ähm. Was war mit den Ideen meiner Mitbewerber?“, fragte sie deswegen noch einmal.

„Was soll gewesen sein? Keine Idee war so überzeugend wie deine“, erwiderte er, womit für ihn das Thema abgehakt war.

Annika wollte gerade erneut nachfragen, als sie ihren Salat serviert bekamen. *Ist vielleicht auch besser so*, dachte sie zerknirscht. Die Euphorie, die sie seit der Zusage für diesen Job verspürte, hatte soeben einen deutlichen Dämpfer erhalten. Trotzdem oder gerade deswegen musste sie dem Management der SUNLIGHT CITY GROUP zeigen, dass sie nicht nur Titten vorzuweisen hatte. Zweck der Werbekampagne war es, die Hotelkette von anderen großen Ketten abzuheben und deutlich nach vorne zu bringen. Das waren große Ziele, doch Annika war zuversichtlich, dies mit der Unterstützung eines guten Teams leisten zu können.

Konrad schien gemerkt zu haben, dass es wohl besser war, Annika nicht weiter zu bedrängen, denn zwischen den einzelnen Gängen unterhielten sie sich ausgiebig über die Vorgehensweise und die Aufgabenverteilung und Annika entspannte sich sichtlich.

Sie leerte ihr Weinglas, doch als Konrad ihr erneut Wein nachschenken wollte, legte sie ihre Hand aufs Glas und schüttelte den Kopf. „Nein danke. Wie du schon sagtest – Alkohol bei dem Wetter ist nicht gut. Mir reicht ein Glas, schließlich bin ich mit dem Auto da.“

„Ich fahr dich, wenn das okay für dich ist“, antwortete Konrad und lächelte sie an. „Mir ist sowieso nicht wohl bei dem Gedanken, dass du bei diesem Sauwetter alleine auf der Landstraße unterwegs bist. Außerdem vertragen Männer Alkohol viel besser als Frauen. Wir haben einfach mehr Masse.“ Grinsend hob er sein Glas und trank es in einem Zug leer, um sich direkt wieder einzuschenken. Seine Massentheorie hinkte kräftig, da er deutlich mehr getrunken hatte als sie, doch Annika hütete sich davor, dies auszusprechen. Es würde keinen Sinn machen, in dieser Angelegenheit mit Konrad zu diskutieren, da war sie sich sicher.

„Vielen Dank für das liebe Angebot – aber das ist nicht notwendig. Du wärst hin und zurück mindestens eine Stunde, wenn nicht länger, unterwegs. Das kann man bei dem Wetter nie so genau sagen. Und glaube mir, die Fahrerei ist bei der Witterung echt kein Vergnügen.“ Annika sah auf die Uhr und räusperte sich. Irgendetwas sagte ihr, dass es besser war, zu gehen, bevor… Ja, bevor was? Konrad hatte sich bisher absolut gentlemanlike verhalten. Er hatte nicht versucht, sie zu berühren oder sie mit weiteren Zweideutigkeiten zu verunsichern. Nur dieses eine Mal, bei ihrer Frage zu ihrer Anstellung. So what? Trotz dieser Tatsache hatte Annika so ein unbestimmtes Gefühl. Ihr Instinkt sagte ihr, dass er einen ihrer männlichen Mitbewerber keinesfalls zu einem feudalen Mittagessen eingeladen, sondern lediglich in den Geschäftsräumen des Hotels gebrieft hätte. Falls Konrad diese Aufgabe überhaupt selbst übernommen hätte. Vielleicht waren dies auch nur Annikas paranoide Hirngespinste. Falls jedoch nicht, war es höchste Eisenbahn, zu verduften.

„Das Essen war sehr, sehr lecker. Ich danke dir für die Einladung, aber ich muss dann auch wieder. Sebastian und Kathi warten sicher schon auf mich. Entschuldige mich kurz. Ich bin gleich zurück und dann muss ich auch schon los.“ Als sie sich erheben wollte, wurde sie durch Konrads energisch protestierende Stimme gestoppt. „Annika. Bitte bleib noch ein wenig. Du hattest ja noch nicht einmal ein Dessert. Sie haben hier ein fantastisches Tiramisu. Das kannst du einfach nicht abschlagen.“ Konrad schaute sie bittend an, doch Annika wusste auch so, dass sich hinter seiner zurückhaltenden Bitte ein klarer Befehl verborgen hatte. Es ging nicht anders, sie kapitulierte. Für jetzt.

„Also gut. Wer kann denn schon einem Tiramisu widerstehen. Da nehm ich doch glatt ’ne Portion. Aber danach ist für mich Schluss.“ Sie grinste. „Trotzdem muss ich kurz verschwinden.“

„Natürlich. Was denkst du denn? Ich muss auch wieder an die Arbeit. Sonst werde ich abgelöst und ersetzt, einfach so.“ Lachend schnippte Konrad mit den Fingern, doch irgendwie hatte Annika das Gefühl, dass diese Äußerung nicht nur Spaß war. Sie erhob sich, nahm ihre Handtasche und zog sich auf die Toilette zurück. Dort zog sie ihr Handy hervor.

Na, wie läuft’s bei euch?, tippte Annika ein und erhielt keine zwanzig Sekunden später Antwort von Kathi. *Bei uns ist alles in Ordnung. Na, schon beim Dessert?* Boa. Kathi hatte doch immer nur eines im Sinn. Trotz der doppeldeutigen Worte ihrer Freundin musste Annika lachen. *Ja, leider. Gar nicht einfach, wegzukommen. Ich beeile mich. Freu mich auf euch.*

Mach bloß langsam. Es ist glatt... Ich freu mich auch. Wir müssen reden.

Hahaha, müssen wir? Nein – ich will nichts von Konrad und ja – von Felix momentan auch nicht. Männer... pffff...

Es dauerte eine Weile, dann kam Kathis *Wenn du meinst. Bis später. <3*.

Das Tiramisu war großartig. Zugegebenermaßen. Beim Abräumen der Schälchen brachte der Kellner zwei Ramazotti an den Tisch, doch Annika lehnte dankend ab. Konrad versuchte zwar, sie dazu zu überreden, gab jedoch auf und trank ihren dann auch noch. Dem Anschein nach war er absolut nüchtern, seine Zunge jedoch sprach eine ganz andere Sprache. Er plauderte so locker und unverblümt über die familiären Umstände seiner Kollegen aus der Geschäftsführung, dass Annika sofort klar war: Keinesfalls würde er die gleichen Anekdoten erzählen, wäre er nüchtern. Schließlich rief er den Kellner zu sich, um zu bezahlen, und Annika atmete hörbar aus. Endlich. Sie wollte nicht wissen, wer aus dem Vorstand mit welcher Assistentin etwas angefangen hatte und wessen Ehe jetzt auf der Kippe stand. An solchen Informationen konnte man sich ganz schnell die Finger verbrennen. Annika wusste nur zu gut, wozu das führen konnte, wenn Leute sich ein falsches Bild machten. Deshalb war sie auch heilfroh, als Konrad seinen Stuhl zurückschob und aufstand. Annika hatte es zu Beginn des Treffens sehr angenehm und höflich gefunden, dass Konrad ihr aus dem Mantel geholfen hatte. Nun mochte sie die Vorstellung, sich von ihm in das Kleidungsstück helfen zu lassen, nicht mehr ganz so sehr. Als er dann auch noch ihren Schal aus dem Ärmel zog und ihr anlegte, musste sie sehr an sich halten, um ruhig zu bleiben. Er trat hinter sie. Dabei streifte seine muskulöse Brust ihren Arm und die Schulter, was Annika sichtlich unangenehm war. Das war zu nah – zu dicht – zu intim. Eindeutig ging Konrad weiter, als er sollte, doch er schien das nicht zu bemerken. Er deutete ihr Schaudern falsch und wisperte ihr ins Ohr: „Gleich wird dir warm, Anni.“

Anni? Kein Mensch sagte Anni zu ihr und sie wollte nicht, dass Konrad einen Kosenamen für sie hatte. Und obwohl alles in ihr sich sträubte, sagte sie nichts dazu, was sich noch als großer Fehler herausstellen sollte…

Konrad half ihr in den Mantel und machte zwei Schritte zurück, um sich seine Jacke anzuziehen. Dies nutzte Annika, um sich aus seiner Reichweite nach draußen in Sicherheit zu bringen. Es hatte angefangen zu nieseln und Annika fluchte leise. Bei den Temperaturen konnte dies sehr leicht überfrieren und die Landstraße in eine Eisbahn verwandeln. Sie musste los, und zwar gleich.

„Ich werd dann mal“, sagte sie und sah Konrad an. „Danke nochmal für das leckere Essen. Wir mailen morgen. Ich schicke dir die neuen Entwürfe. Kommenden Dienstag sehen wir uns dann im Büro.“

Ohne auf ihre Ausführungen einzugehen, zog Konrad Annikas Hand zu sich und küsste sie zärtlich auf den Handrücken. Dieses Mal blieb die Reaktion von vorhin aus. „Ich danke dir für den herrlichen Nachmittag. Schade, dass du schon losmusst“, erwiderte Konrad bedauernd. „Du bist eine wirklich tolle Frau, Anni, und ich freu mich riesig, dich in unserem Team zu haben.“

Bevor Annika überhaupt reagieren konnte, war Konrad an sie herangetreten und hatte sie umarmt. Er drückte sie fest an sich und küsste sie rechts und links auf die Wange. Dann fuhr er mit zwei Fingern sachte über ihre Stirn bis hinunter zur Nasenspitze. „So schön“, murmelte er und starrte auf ihren Mund. OH NEIN. Er würde doch nicht…

Annika tat das einzig Richtige. Sie entzog ihm ihre Hand und machte zwei große Schritte zurück. Dann drehte sie sich hastig um und ging schnell in Richtung Parkplatz. „Also dann, bis Freitag“, rief sie ihm über die Schulter hinweg zu, blickte jedoch nicht mehr zurück. Was zur Hölle war das eben gewesen? Nein, nein, nein. Sie wollte das nicht. Nicht so und nicht mit ihrem Chef. Wieso konnte es nicht ein einziges Mal in ihrem Leben normal laufen? Und wieso, verdammt nochmal, war ihr Chef keine Chefin? Frustriert und ernüchtert stapfte sie zu ihrem Auto. Doch bevor sie einsteigen konnte, spürte sie hinter sich eine Bewegung. Die Autotür, die sie bereits aufgezogen hatte, landete krachend wieder im Schloss. Annika wurde herumgedreht und ehe sie sich's versah, hatte ein harter, sehr männlicher Mund sich auf ihre Lippen gepresst. Er schmeckte nach Wein und Tiramisu und überhaupt nicht unangenehm. Hallo? Nicht unangenehm? Was…?

Konrad hatte seine Hände rechts und links von Annika auf das Dach ihres Autos gelegt und hielt sie so gefangen zwischen sich und dem Fahrzeug. In Annikas Kopf rauschte es. Ihre Gedanken überschlugen sich und verpufften dann, ohne dass sie auch nur einen einzigen greifen konnte. Was fiel diesem verdammten Kerl ein? Was zum Teufel tat er hier? Sie versuchte, ihren Chef wegzuschieben, doch er war fast einen Kopf größer als sie und wesentlich stärker. Keine Chance. *Beiß ihn*, durchfuhr sie der Gedanke, als sie plötzlich spürte, dass sein angriffslustiger Kuss weicher und nachgiebiger wurde. Er erbot sich Einlass, keine Frage. Dann war es vorbei.

„Sorry“, keuchte er atemlos, „aber du kannst mich doch nicht einfach so stehenlassen.“ Dann erhellte sich seine Miene. „Nur ein Kuss. Damit gebe ich mich für heute zufrieden. Fahr vorsichtig, Annika. Ich freu mich auf deine Mail.“ Konrad straffte sich, sah ihr noch einmal tief in die Augen und fasste dann um sie herum, um die Autotür zu öffnen. „Dieses Auto ist gelinde gesagt eine Katastrophe. Ich werde sehen, ob ich was tun kann." Fassungslos starrte Annika ihn an. Sie brachte kein Wort hervor, nickte ihm zu und stieg ein. Ihre Sinne waren völlig aufgewühlt. Konrad schloss sorgfältig die Tür, während Annika sich automatisch anschnallte. Erst als sie den Wagen anließ, trat er zurück und schaute ihr beim Ausparken zu, während Annika immer noch versuchte zu verarbeiten, was gerade geschehen war. Ihr neuer Chef hatte ein Auge auf sie geworfen und ihr war klar – es würde kein gutes Ende nehmen. Insgeheim hatte sie es befürchtet, doch jetzt? Ihr würde nichts anderes übrig bleiben, als sich erneut nach einem neuen Job umzusehen. Das oder irgendwann den Avancen Konrads nachzugeben…

17
Starnberg – 03. Januar 2014

„Na. Wie war's?", fragte Kathi neugierig, kaum dass Annika die Haustür aufgeschlossen hatte. Um Zeit zu gewinnen, antwortete Annika: „Die Fahrt war die Hölle. Es wird glatt und man kann höchstens dreißig oder vierzig fahren."

„Okay. Die Fahrt war also heftig. Mensch, verarsch mich nicht. Ich meine natürlich das Essen mit deinem Boss", erwiderte Kathi und schnaubte. Als Annika nicht gleich antwortete, sondern sich umständlich aus ihrem Mantel schälte, seufzte Kathi leise. „So schlimm?" Annika wandte sich um und ihr Gesicht sprach Bände. Kathi umarmte Annika und drückte sie fest an sich. „Scheiße. Tut mir leid", murmelte sie leise und strich tröstend über Annikas Rücken.

„Ach, Kathi", seufzte Annika und versuchte, nicht in Tränen auszubrechen. „Ich weiß nicht, was ich sagen soll. Es hat eigentlich ganz gut angefangen, aber Konrad scheint zu denken, dass ich…dass…" Annika verstummte. Sie suchte nach den richtigen Worten. „Ich glaube, dieses Essen war ein Fehler. Ein riesengroßer Fehler. Nein. Ich glaube es nicht nur, ich weiß es und ich spüre es mit jeder Faser… Wäre ich doch bloß nicht hingefahren."

„Wieso? Was hat er gesagt? Oder getan?", bohrte Kathi nach. Annika schüttelte traurig den Kopf. „Am Anfang – nichts Dramatisches. Es waren nur kleine Gesten und die Art und Weise, wenn er was gesagt hat – wie er es gesagt hat. Du weißt, was ich meine."

Kathi nickte bestätigend und schaute Annika aufmerksam an. „Am Anfang! Und dann?"

„Dann hat er mich geküsst. Heftig und leidenschaftlich und ich … hab versucht mich zu wehren, aber… na ja, irgendwie doch nicht. Ach scheiße. Ich weiß auch nicht. Ich kann doch dort nicht mehr arbeiten gehen. Verstehst du? Wie soll ich ihm wieder unter die Augen treten? Das Ganze ist eine einzige Katastrophe. Ich bin eine verdammte Katastrophe."

„Lass das", erwiderte Kathi leise. „Du hast dich ihm schließlich nicht an den Hals geworfen. Okay, es war ein Fehler, dem Essen zuzustimmen, aber hey – jede andere Frau in deiner Situation hätte es genauso gemacht. Er hat einfach beschlossen, dich scharf zu finden, das ist alles. Dumm ist nur, dass er dein Boss ist."

„Du sagst es." Annikas kleinlaute Stimme erweichte Kathis Herz. Eigentlich hatte sie mit ihrer Freundin reden wollen. Über einige Dinge, die viel zu lange nicht zur Sprache gekommen waren. Doch jetzt brachte sie es wieder nicht übers Herz. „Tut mir echt leid, Süße. Ich hätte dir dieses Mal wirklich gewünscht, den Traumjob zu finden. Basti und du hättet es echt verdient."

„Na ja, vielleicht ist ja noch nicht alles verloren", murmelte Annika und schaute ihre Freundin an. „Ich muss eben seine Kollegen von meinem Können überzeugen, bevor ich ihm sage, wohin er sich verkrümeln soll."

Kathi lachte herzhaft. „Das ist doch mal eine tolle Idee. Das ist dir sicher unterwegs eingefallen."

„Jep. Ich besteh eben nicht nur aus Titten und Arsch. Es gibt da oben auch noch ein wenig Gehirn." Bei Annikas netter Umschreibung ihrer körperlichen Vorzüge mussten beide Frauen lachen und die Spannung löste sich ein wenig. „Magst was trinken? Soll ich uns einen Prosecco aufmachen?" Kathi grinste ihre Freundin frech an und wieder musste Annika kichern. „Ne, lieber nicht. Ein heißer Tee wäre mir lieber." Dann stutzte sie. Normalerweise hätte ihr Sohn sie schon überfallartig begrüßt. „Wo ist eigentlich Sebastian?"

„Ja. Also, ähm …", räusperte sich Kathi. „… Felix war da. Sebastian und er sind auf der Schlittschuhbahn." Jetzt war es raus. Kathi war heilfroh, endlich mit der Wahrheit herausrücken zu können, und zog die Schultern ein in Erwartung eines Donnerwetters. Als das jedoch ausblieb, fügte sie an: „Eigentlich wollte ich ja mit, aber jemand musste zu Hause bleiben, um auf dich zu warten."

„Ach so, jetzt bin ich also Schuld daran, dass du den Nachmittag nicht genießen konntest", frotzelte Annika und war merkwürdigerweise überhaupt kein bisschen böse oder ungehalten. Wieso auch? Bei Felix war Sebastian in den allerbesten Händen. Gleich nach ihren – selbstverständlich. Und irgendwie war es süß von Felix, sich um seinen Zwerg zu kümmern. Das rührte Annika und machte sie gleichzeitig auch tieftraurig. Wer zur Hölle kümmerte sich um sie? Urplötzlich überkam sie eine schmerzhafte Welle der Frustration und der Wut. Wieso waren alle Männer auf dieser gottverdammten Erde nur so dumm und so ignorant? Und warum landete man als Frau, egal von welchem Ausgangspunkt auch immer, in der ewig gleichen Schiene? Man lernte einen Typen kennen, verliebte sich in ihn und sobald man nicht mehr seinem Idealbild entsprach, wurde man mit Missachtung gestraft. Man bewarb sich als Fachkraft und wurde unter der Rubrik „Gute Titten" geführt. Was zur Hölle war bloß los mit den Männern? Gab es da nichts, gar nichts anderes für einen Mann? Wieder dachte sie an Felix. Felix, der aus allen Wolken gefallen war, als er erkannt hatte, dass Sebastian sein Sohn war. Was hätte er wohl getan, wenn Annika ihm alleine in der Praxis begegnet wäre? Ob er sich ihr auch zu erkennen gegeben hätte? Annika schnaubte. Nein. Natürlich nicht. Wieso auch? An ihr war nichts so besonders, als dass ein Mann sich mit ihr einlassen wollen würde. Okay. Außer es ging um Sex. Aber da war sie sicher so gut wie jede andere Frau. Aufhören. Sie musste sofort damit aufhören, sich selbst fertigzumachen. Das führte zu nichts, außer dass sie am Ende zwei Kilo mehr auf der Waage hätte, weil sie vor lauter Frust die Ein-Liter-Box Walnusseis und hinterher noch das ein oder andere Schokoladenherz vertilgen würde. Reiß dich zusammen, verdammt, sagte sie sich selbst. Sie zog die Nase hoch und räusperte sich.

„Ich zieh mich schnell um. Dann können wir ihnen ja hinterherfahren, wenn du magst."

„Gute Idee", erwiderte Kathi und grinste. „So gefällst du mir schon besser."

Als Kathi und Annika wenig später im Eissportzentrum eintrafen, waren sie überrascht, wie voll es heute war. Es dauerte nicht lange, bis sie entdeckt wurden, denn schon rief eine aufgeregte Jungenstimme nach Annika.

„Mama, Mama, schau mal, ich kann eine Pinguette." Annika lachte und schaute in das erhitzte, aber überglückliche Gesicht ihres Sohnes. „Das ist eine super Pirouette", rief sie ihm zu. Sie war stolz, wie sicher und geübt Sebastian bereits über das Eis glitt. Felix hielt sich immer in Reichweite auf, ließ den Jungen jedoch völlig alleine übers Eis sausen. Sie hielt den Atem an, als Sebastian sich ganz plötzlich um sich selbst drehte und dann abrupt, und fast ohne zu wackeln, stehenblieb. „Siehst du. Eine perfekte Pinguette", rief er stolz und verneigte sich vor den Frauen. Kathi lachte und hob ihren Daumen. „Tolle Pinguette. Warte. Ich hol mir Schuhe, vielleicht kann ich das auch noch. Dann können wir um die Wette Pinguetten ziehen."

„Au ja, das wär toll." Sebastian war so aufgekratzt und hibbelig, dass er prompt auf dem Hosenboden landete. Doch anstatt das Gesicht zu verziehen und zu weinen, stand er mit einem kurzen Seitenblick zu Felix auf und klopfte sich die Hose ab.

„Sag mal, was zum Geier hast du mit meinem Sohn gemacht? Kein Geschrei, kein Gejammere beim Hinfallen? Hast du ihn bestochen?", fragte Annika erstaunt, als Felix zu ihnen herübergefahren kam und elegant vor der Bande abbremste.

„Ich hab ihm lediglich erzählt, dass man einen guten Eisläufer an der Anzahl seiner blauen Flecken misst. Wer nicht mindestens fünf oder zehn blaue Flecke hat, war nicht wild entschlossen genug, es gut zu machen." Felix versuchte, nicht zu selbstzufrieden auszusehen, doch Annika wusste genau, wie stolz er auf seine Idee war.

„Nicht schlecht", antwortete Annika beeindruckt. „Hast du auch was dafür auf Lager, wenn er mal wieder nicht ins Bett will oder partout nicht den Meerschweinkäfig saubermachen will?"

„Nein. Da muss ich passen. Ein bisschen was muss man ja auch der Mutter überlassen, nicht wahr?" Dann fügte er etwas leiser hinzu: „Ich hoffe, du bist nicht sauer. Aber er konnte es einfach nicht abwarten, wieder Schlittschuh zu laufen."

„Nein. Natürlich bin ich nicht sauer. Es war wirklich eine gute Idee. Wer weiß, wann wir sonst gegangen wären", antwortete Annika und lächelte. „Ich bin doch froh, wenn Sebastian dich als Freund nicht verliert. Kathi hat mir erzählt, dass du erst angerufen hast und dann vorbeigekommen bist. Musst du denn nicht arbeiten?"

„Doch", gab Felix zu. „Ich habe meinen Nachmittagstermin verschoben. Dann muss ich wohl morgen mehr tun." Er versuchte, sich mit Annika zu unterhalten und seinen Sohn nicht aus den Augen zu verlieren, was sich schwierig gestaltete.

„Annika, ich …“, begann Felix, doch Annika unterbrach ihn sofort. „Nicht hier, okay? Lass uns einfach den Rest des Tages noch genießen und ein anderes Mal darüber sprechen. Bitte.“ Sie sah in eindringlich an.

„Na klar“, gab er nach. „Kein Ding.“

Wieder zu Hause verbrachten sie den Rest des Abends in vertrauter, ausgelassener Stimmung. Annika hatte für alle beim Chinesen bestellt und sie lachten über die Faxen, die Felix und Sebastian gemeinsam machten, bis es für Sebastian schließlich Zeit war, ins Bett zu gehen. „Basti. Schatz. Zieh bitte deinen Schlafanzug an und geh Zähne putzen. Ich komm gleich nach“, sagte Annika und räumte die leeren Pappschachteln zusammen.

„Mama. Darf Felix mir was vorlesen?“ Annika spürte, wie Felix’ und Kathis Blicke sie fixierten und Felix abwartend den Atem anhielt.

„Na klar“, antwortete sie ruhig. „Aber nicht die schlimme Räubergeschichte“, mahnte sie ihren Sohn, „sonst kannst du wieder nicht schlafen.“ An Felix gewandt raunte sie: „Zehn Minuten, nicht länger. Und lass dich nicht bequatschen.“ Ihr Blick war unergründlich und ihre Miene völlig neutral, als Felix ins Kinderzimmer hinüberging, um das erste Mal in seinem Leben einem Knirps – seinem Sohn – etwas vorzulesen…

„Das ist ja der Hammer“, sagte Kathi leise. „Dein Sohn will von Felix Geschichten vorgelesen kriegen. Was sagt uns das?“

„Scheiße“, stieß Annika hervor, ohne es verhindern zu können. Dann sah sie Kathi traurig an. „Das ist nicht gut. Ganz und gar nicht gut“, murmelte sie kopfschüttelnd.

Als Annika zwanzig Minuten später nach dem Rechten sehen wollte, kam Felix gerade aus Sebastians Zimmer. Er hob den Daumen und schloss leise die Tür. „Er ist eingeschlafen“, wisperte er und grinste stolz. „Das war gar nicht mal so schwer“, fügte er hinzu und zwinkerte ihr zu. Annikas Herz zog sich schmerzhaft zusammen und ganz plötzlich ärgerte sie sich darüber, dass Felix heute einfach so hereingeplatzt war. Dies war ihr Tag mit Kathi und Sebastian und nicht seiner.

„Genieße es, denn so etwas wie heute wird nicht sehr oft passieren. Und jetzt halte ich es für besser, wenn du gehst. Lass uns die Woche telefonieren.“ Sie hatte keine Ahnung, wieso es ihr ein solches Problem bereitete, dass ausgerechnet Felix ihrem Sohn eine Geschichte vorlesen sollte. Natürlich war ihr klar, dass sie darüber zu reden hatten, aber nicht heute Abend. Außerdem war Kathi da. Kathi war zwar ihre beste Freundin und sie wusste Bescheid, über Felix und sie, aber dies hier war etwas, was zunächst einmal nur Felix und sie betraf. Und ja, eigentlich auch Sebastian…

Felix schaute Annika entgeistert an. Woher kam plötzlich dieser Sinneswandel? Dabei hatte er sich die ganze Zeit davor gehütet, das Essen mit ihrem Chef anzusprechen, obwohl es ihm unter den Nägeln brannte, mehr darüber zu erfahren. Noch vor einigen Minuten schien alles völlig normal gewesen zu sein. Und jetzt? Fuck. Er hatte keinen blassen Schimmer, was zur Hölle er nun wieder falsch gemacht hatte, und er hatte verdammt nochmal auch keine Lust darauf, es rauszufinden. Zumindest jetzt nicht. „Ganz ehrlich, ich kann dir nicht mehr folgen und ich will es gerade auch nicht mehr“, sagte er müde. „Ich werde jetzt nach Hause fahren. Aber du weißt, dass wir reden müssen, also ruf mich an, wenn du bereit dazu bist.“ Wieso nur fühlte es sich so furchtbar falsch an, Sebastian und Annika alleine zu lassen? Sie waren all die Jahre alleine zurechtgekommen – gut ohne ihn klargekommen. Warum also glaubte er, dass sie das jetzt nicht mehr konnten? Felix ahnte, dass sich die Antwort auf seine Fragen direkt vor seiner Nase befand, doch er konnte sie nicht greifen. Er schnappte sich seine Jacke und ging zu Kathi hinüber, die im Wohnzimmer saß und versuchte so zu tun, als bekäme sie das ganze Drama nicht mit. „Sorry, Kathi. Ich werd dann mal fahren. Vielen Dank dafür, dass du mir zugehört hast, und danke nochmal für den tollen Nachmittag mit Sebastian. Das vergesse ich dir nicht“, sagte er leise und drückte sie herzlich. Schließlich drehte er sich zu Annika um und seufzte leise. „Bye, Annika. Ruf mich an.“ Felix wagte nicht, sie in seine Arme zu ziehen, obwohl er mit jeder Faser seines Körpers genau das tun wollte. Ihre weichen Kurven luden ihn förmlich dazu ein, doch er blieb standhaft.

„Ich weiß, dass es nicht leicht für dich ist, doch ich glaube, du machst einen großen Fehler“, meinte Kathi wenig später vorsichtig. Annika setzte sich neben ihre Freundin auf die Couch und lehnte den Kopf an ihre Schulter.

„Verflucht, Kathi. Ich bin hin- und hergerissen und ich hab keine Ahnung, wieso ich mich so irrational verhalte. Aber ich konnte nicht anders. Es tut mir leid. Ich erwarte nicht, dass du das verstehst. Ich versteh mich ja selbst nicht wirklich."

„Ach, Süße", antwortete Kathi leise. „Du wirst sehen, es renkt sich alles ein. Gib euch einfach Zeit. Ihr habt so viel nachzuholen, das geht nicht von jetzt auf gleich. Ich bin sicher, eine Aussprache täte euch gut. Wir müssen auch reden, aber nicht heute. Das hat Zeit bis morgen."

„Ja, ist gut. Das weiß ich doch", seufzte Annika. „Aber ich hab für so etwas gerade gar keinen Nerv. Ganz ehrlich – ich brauch meine Energie momentan für die Arbeit. Da ist kein Platz für Herz-Schmerz-Liebeschaos. Und Sebastian braucht Sicherheit und einen Vater, der für ihn da ist, auch wenn's mal schwierig wird."

„Vielleicht ist Felix ja genau dieser Vater. Aber er muss in diese Rolle auch erst hineinwachsen. Bis vor einigen Wochen wusste er ja nicht einmal, dass er überhaupt ein Kind hat. Noch einmal: Gib ihm die Chance. Tu dir und ihm den Gefallen. Mein Bauchgefühl sagt mir, dass ihr Topf und Deckel seid, und zwar von der gleichen Serie."

Annika lachte und kuschelte sich noch enger an Kathi. „Mhm… Du magst ja recht haben. Und wenn nicht, kann ich ja einfach sagen – die Kathi war's." Die Frauen kicherten und beschlossen dann, doch noch eine Flasche Prosecco zu öffnen. Schließlich war es für Kathi der letzte Abend bei Annika, und den sollten sie gut gelaunt beschließen und nicht als Trauerklöße beenden…

Insgeheim wünschte sich Kathi, sie hätten damals in Garmisch den Mumm gehabt und Annika reinen Wein eingeschenkt. Dann würde sie sich jetzt auf jeden Fall erheblich besser fühlen. Der Gedanke, Annika nicht die ganze Wahrheit erzählt zu haben, kam ihr vor wie Hochverrat. Gleich morgen früh, nahm sie sich vor, würde sie Annika erzählen, dass Felix bezahlt worden war… Mist. Das hörte sich furchtbar an, egal wie herum man es drehte und wendete. Es würde Annika einen Tiefschlag versetzen und für ihre Freundschaft eine harte Bewährungsprobe werden. Vielleicht die härteste überhaupt. Scheiß Männer…

18
Starnberg – 04. Januar 2014

„Ich halt das verdammt nochmal nicht mehr aus. Sie hat sich immer noch nicht gemeldet. Es ist, als hätte ich etwas furchtbar Schlimmes angestellt. Dabei habe ich Sebastian einfach nur eine kleine Geschichte vorgelesen.“ Felix fuhr sich verzweifelt durch die Haare, während er in Theos Wohnzimmer auf und ab marschierte. Theo hingegen saß seelenruhig mit seiner kleinen Tochter auf dem Arm im Sessel und sah ihr beim Schlafen zu. „Es ist der Wahnsinn“, murmelte er versonnen. „So ein kleines, zartes Wesen. Dabei wickeln sie dich, ohne mit der Wimper zu zucken, einfach so ein. Und du weißt am Schluss nicht mal mehr, was deine eigentlichen Hobbys waren.“ Er lachte und sah Felix an. „Sie lieben dich völlig vorbehaltlos, da kann man ein noch so großes Arschloch sein. Kinder haben keine Vorurteile und sind völlig wertefrei. Und sie spüren, ob man sie mag oder nicht. Nach dem, was du erzählst, mag Sebastian dich sehr, und das weiß auch Annika. Wahrscheinlich hat sie einfach Angst, du könntest es dir anders überlegen und deinen Sohn enttäuschen. Das wird sie ihm sicher ersparen wollen. Es könnte aber auch sein, dass sie selbst auch Angst davor hat, verletzt zu werden, was ich sehr gut verstehen könnte.“

„Stehst du etwa auf ihrer Seite?“ Fassungslos betrachtete Felix seinen Freund. „Findest du es etwa richtig, dass sie mich hinausgeworfen hat?“

„Nun übertreib mal nicht, Alter“, erwiderte Theo grinsend. „Sie hat dich gebeten zu gehen, nicht mehr und nicht weniger. Und sie hat nicht dazu gesagt, dass sie dich nie mehr sehen will, oder?“

„Nein“, gab Felix brummig zu, „das nicht.“

„Versetz dich doch mal in ihre Lage. Du tauchst plötzlich nach sechs Jahren in ihrem Leben auf und benimmst dich, als seist du nie weg gewesen. Im Grunde erlebst du Sebastian nur als Freizeitvater. Du hast keine Ahnung, was die zwei in den letzten fünf Jahren miteinander erlebt haben. Welche Situationen sie meistern musste, um Sebastian großzuziehen. Weißt du, welche Kinderkrankheiten er hatte? Ob er noch Milchzähne hat? Oder wie ihre Schwangerschaft verlaufen ist? War die Geburt besonders schwierig? Wer war bei ihr, als sie ins Krankenhaus musste? Du weißt all diese Dinge nicht." Theo seufzte. „Und glaube mir, es gibt da derer viele mehr. Davon kann ich dir als frischgebackener Vater ein Liedchen singen. Alter, du musst die Frau und deinen Sohn erst einmal besser kennenlernen. Gib ihr die Chance, all diese Dinge mit dir zu teilen. Zeig ihr, dass es dich wirklich interessiert, ob sie zehn Stunden oder zwei Tage in den Wehen gelegen hat."

Felix schwirrte plötzlich der Kopf. Wieder hatte Theo recht. Letztendlich kannte er Annikas Körper besser als ihren Musikgeschmack oder ihre Vorliebe bei Getränken. Er hatte keine Ahnung, ob sie lieber Tee oder Kaffee trank, Marmelade oder Wurst mochte, oder wie sie ihre Eier zum Frühstück aß. Es gab so viele kleine wichtige Dinge, die er nicht von ihr wusste, dass es ihn erschreckte. Immer mehr Sachen fielen ihm ein, bis es ihm wie Schuppen von den Augen fiel. Plötzlich wusste er ganz genau, was zu tun war.

„Ich danke dir, Theo. Danke für deine Hilfe." Felix schnappte seine Jacke und zog sie eilig über. Dann klopfte er seinem Freund auf die Schulter. „Pass gut auf deine Frauen auf", sagte er leise und strich der kleinen Sofie mit dem Finger federleicht über die rosige Wange.

„Na klar, was denkst du denn?" Theos breites Grinsen sprach Bände. Er würde alles für seine Mädchen tun, da war sich Felix ganz sicher.

Eine Woche später…

„Wie jetzt?", fragte Annika ungläubig, als der Paketbote vor der Tür stand. Allerdings hielt er ihr nicht wie gedacht eines, sondern gleich zwei Pakete entgegen. „Dieses Mal zwei?"

„Ja, dieser Felix Gärtner scheint es ernst zu meinen", stellte der Paketfahrer schmunzelnd fest. „Der ist ja mal verdammt hartnäckig."

„Nein", antwortete Annika angespannt. „Wohl eher verflucht unverbesserlich…", woraufhin der Paketfahrer sich lachend verabschiedete.

Felix hatte ihr zwei Tage, nachdem sie ihn hinausbugsiert hatte, einen Brief geschickt und ihr mitgeteilt, dass sie die nächsten Tage je ein Päckchen erhalten würde und diese bitte erst öffnen sollte, wenn alle fünf Päckchen eingetroffen waren. Außerdem hatte er sie gebeten, sie alleine zu öffnen, da der Inhalt für sie bestimmt war und nicht für Sebastian. Okay, damit hatte er ihre Neugier geweckt. Natürlich war es reine Folter, die Kistchen zu sammeln und *nicht* hineinzusehen. Nicht nur Sebastian konnte es kaum abwarten – auch sie selbst platzte fast vor Neugier. Auf einem der heutigen Pakete stand Sebastian und Annika wusste sofort, was Felix' Intention war: Er wollte vermeiden, dass Sebastian allzu enttäuscht darüber sein würde, dass nur seine Mama auspacken durfte. Also machten sie sich daran, zuerst Sebastians wesentlich größeren und schwereren Karton zu öffnen.

Annika lachte, als sie sah, was Felix in Sebastians Karton gepackt hatte. In dem Paket befanden sich fünf in Geschenkpapier verpackte kleinere Päckchen, die unter großem Hallo von Sebastian ausgepackt wurden. Das erste enthielt eine kleine Farm zum Aufbauen, mit Bauernhoftieren. Im nächsten war ein lustiger Spender für Schokolinsen und ein Päckchen zum Auffüllen dazu. Es kamen noch eine Taschenlampe und eine Eintrittskarte für ein Eishockeyspiel zum Vorschein, das in einigen Tagen in München stattfinden würde. Sebastian war so außer sich vor Freude, dass er um ein Haar sein letztes Geschenk, ein dickes Fotobuch über Meerschweinchen, Hasen und Co., übersehen hätte. Überglücklich packte er alle seine Geschenke in den Karton zurück und schleppte ihn in sein Kinderzimmer. Als er auch fünf Minuten später nicht mehr auftauchte, ging Annika leise zu seinem Zimmer. Sebastian lag bäuchlings auf seinem Spielteppich und betrachtete aufmerksam Seite für Seite seines neuen Buches. Annika spürte, wie ihr die Tränen in die Augen stiegen. *Verdammter Kerl*, dachte sie und schloss leise die Tür. Felix hatte es geschafft. Er hatte sie zum Weinen gebracht, noch bevor sie ein einziges Paket geöffnet hatte.

Sie stellte ihre Päckchen vor sich auf den Esstisch und öffnete das erste. *Du musst mich zuerst lesen*, stand auf einem Zettel, der ganz obenauf lag. Also tat sie, wie Felix es ihr aufgeschrieben hatte, und begann zu lesen:

Hallo Annika,
ich weiß, dass es nicht einfach für dich ist, und respektiere das. Aber ich möchte, dass du mir die Chance gibst, dich besser kennenzulernen (und ich meine nicht das eine!). Da ich keine Ahnung habe, welche Farbe du am liebsten magst, habe ich eine kleine Auswahl organisiert und hoffe, die richtige Farbe ist dabei... Was ich ziemlich sicher weiß – du wirst sie alle gebrauchen können. Was ich mir davon erhoffe? Na, deine Lieblingsfarbe zu erfahren, die du mir gerne per WhatsApp schicken darfst.
Dein Felix

PS: Ich hätte dir auch zu jeder Farbe eine Blume schicken können (war mein erster Gedanke), aber ganz ehrlich: Mir haben die Blumen leidgetan. Stell dir vor, der Paketdienst hätte die Adresse nicht gleich gefunden – oder niemanden angetroffen...

Annika schlug das Packpapier zurück und hielt inne. In ihrem ersten Paket lagen fein säuberlich nach Farben sortiert Haftnotizen und je passend dazu ein Kugelschreiber. Dann hatte er ihr zum Erstellen ihrer Skizzen hochwertige Tuschestifte und farblich sortierte Schreibblöcke dazu gepackt. Felix hatte es geschafft, alles in den Farben Grün, Blau, Rot, Lila, Orange, Rosa und Gelb aufzutreiben. Annikas Herz schlug schneller, als sie das erste Paket zur Seite stellte und sich das zweite nahm.

Liebe Annika,
leider weiß ich nicht, ob du lieber Musical, Comedy oder Ballett magst. Entscheide selbst – magst du alle, wunderbar. Ansonsten – verschenk den Rest. Einzige Bedingung: Lass mich deine Begleitung sein.
Dein Felix

Neben Popcorn, Nachos und zwei Dosen Mixgetränken fand sie je einen Prospekt des Lustspielhauses München für *Caveman*, von der Bayerischen Staatsoper zur *Kameliendame* und vom Deutschen Theater in München für das Musical *We will rock you*. Beinahe hätte sie das Kuvert, das seitlich am Rand steckte, übersehen. Darin lagen je zwei Karten für je eine Freitag-Abend-Vorstellung in den kommenden Wochen. Schwer beeindruckt räumte Annika ihre tollen Geschenke wieder ein. Irgendwie hätte sie ihm so etwas nicht zugetraut. Gespannt griff sie zu Päckchen Nummer drei und musste lachen, als sie es geöffnet hatte.

Liebes, es ist schwer, sich in jemanden hineinzuversetzen, den man zwar kennt, aber über den man nicht wirklich etwas weiß. Deswegen eine kleine Auswahl an Musik in der Hoffnung, es ist etwas für dich dabei. Riesig freuen würde ich mich darüber, wenn du mir bei einem Gläschen Wein deine Auswahl vorspielst.
Dein Felix

Felix hatte ihr Dutzende von CDs eingepackt. Sie fand neben Silbermond, Unheilig und Xavier Naidoo auch Pink Floyd, Queen und Abba, Sunrise Avenue, Andreas Bourani und Garth Brooks. Es gab deutschen Schlager, Volksmusik, Irish Hip Hop, Reggae, Hardrock, Grunge, Folk, Rock, Pop, Klassik, Jazz, Soul – so ziemlich aus jeder Stilrichtung etwas. Annika war überwältigt und schluckte schwer, konnte jedoch nicht verhindern, dass ihr die Tränen kamen. Er bewies echte Größe und hatte sich wirklich viele Gedanken darüber gemacht, wie er sie überraschen konnte. Sie schniefte, als sie nach dem vorletzten Paket griff.

Mein Herz,
jetzt wird's intimer. Ich muss dir nicht erzählen, wie gut wir im Bett harmonieren. Dass wir das tun, weißt du selbst – hoffe ich!!! Allerdings habe ich darüber hinaus keine Ahnung, welche Art von DARUNTER du bevorzugst. Ich war so frei und habe eine, wie ich finde, repräsentative Auswahl besorgt. Viel Spaß beim Anprobieren. Ach ja, es wäre toll, eines Tages deinen Testsieger angezogen zu Gesicht zu bekommen ...
Dein Felix

PS: Falls du dich fragen solltest, wie ich an deine Größe gekommen bin – tja, ich glaube, ich habe bei Kathi einen Stein im Brett.

Verräterin, dachte Annika, doch sie war Kathi kein bisschen böse.

Im Gegenteil. Insgeheim freute sie sich, dass ihre beste Freundin Felix zu mögen schien.

Gerade als sie das Geheimnis um Paket vier lüften wollte, kam Sebastian angestürmt und wollte natürlich sofort sehen, was seine Mama von Felix geschenkt bekommen hatte. Sie zeigte ihm den Inhalt ihrer drei ersten Pakete und schimpfte mit ihm, als er sich sofort zwei CDs unter den Nagel reißen wollte, ließ ihn jedoch gewähren. So beschäftigt zog er erneut in Richtung Kinderzimmer ab und Annika konnte sich den verborgenen Schätzen aus Päckchen Nummer vier widmen.

Er ist verrückt, war ihr erster Gedanke, als sie das zarte, fliederfarbene Hemdchen und das dazu passende Höschen aus dem Karton zog und neben sich legte. Als Nächstes kamen eine hellblaue Panty und dazu passend ein wunderschöner, mit Spitzen besetzter BH zum Vorschein. Sie fand noch einen rosafarbenen, mit schwarzen Spitzen verzierten String und dazu passend eine unheimlich sexy Corsage und einen klassisch geschnittenen weißen Slip mit dem dazu passenden weißen BH. Ganz unten fand sie – separat verpackt – einen hüfthohen schwarzen Baumwollslip, auf dessen Verpackung Felix „Für Unwohltage □" geschrieben hatte. Annika griff nach einem Taschentuch, weil er sie mit seiner Idee völlig aufgewühlt hatte. Diese Wäsche musste ihn, zusammen mit den anderen Dingen, ein kleines Vermögen gekostet haben. Sie packte die Wäsche wieder ein für den Fall, dass Sebastian ins Zimmer gestürzt kommen sollte, und zog sich ergriffen das letzte Päckchen heran. Doch bevor sie hineinsah, griff sie nach ihrem Handy und rief Felix' WhatsApp-Profil auf.

Sie tippte: *Lila, We will rock you, Kid Rock, U2 und alles dazwischen, ich liebe Flieder!* Dann schickte sie die Nachricht ab. Als sie die Zeilen seines letzten Briefes las, verschlug es ihr den Atem:

My Dear,
ich werde hoffentlich bald wissen, was deine Lieblingsfarbe ist, ob du auf Klassik, Klamauk oder Musical stehst, welche Musik du magst und welche Wäsche du bevorzugst. Doch das Allerwichtigste wäre es für mich zu wissen, wie es mit uns weitergeht. Ob

du uns eine Chance gibst – dir eine gemeinsame Zukunft vorstellen kannst. Diese Frage ist sicher nicht leicht für dich zu beantworten. Deswegen machen wir am besten einen Schritt nach dem anderen und fangen damit an, dass wir in Erfahrung bringen, was wir beide zum Frühstück mögen. Denn damit beginnt alles – mit dem Frühstück...
Dein Felix

Annika versuchte erst gar nicht, ihre Tränen zurückzuhalten. Sie blickte schniefend auf die vielen Leckereien, die Felix ihr eingepackt hatte. Sie fand Honig, Marmelade, Schokoladenaufstrich, Kaffeesahne, Guten-Morgen-Tee, Kaffeepulver, Toastbrot, kleine Brötchen zum Aufbacken, kleine Gürkchen, eine Müslipackung, Trockenfrüchte, eine kleine Packung Orangensaft und einen Piccolo-Sekt. Er hatte sogar an Salz und Zucker gedacht. Ganz unten lag ein großes, zusammengefaltetes Blatt, auf das er Wurst- und Käsesorten, mehrere Obstsorten und Quark sowie Spiegeleier und ein Hühnerei aufgeklebt hatte. Darüber stand: lieber frisch…

„Mama. Wieso weinst du?“, fragte Sebastian irritiert, als er Annika völlig verheult über ihr letztes Paket gebeugt fand. „Sind deine Geschenke nicht so schön wie meine? Sei nicht traurig, vielleicht kannst du was umtauschen.“

Annika lächelte ihren Sohn an. „Nein, Basti. Ich mag gar nichts umtauschen. Ich hab mich nur so dolle über Felix’ Geschenke gefreut.“ Sie reichte Sebastian das letzte Paket und ließ ihn hineinschauen. „Siehst du, alles fürs Frühstück, das ist doch toll.“

„Och, wie langweilig. Nur was zu essen? Da sind meine Geschenke viel besser“, sagte er im Brustton der Überzeugung und ging wieder in sein Zimmer, aus dem laute Musik drang.

Annika ließ ihre Finger durch die seidige Wäsche gleiten. Dann brachte sie den Karton in ihrem Schlafzimmer in Sicherheit. Die anderen Sachen ließ sie, wo sie waren, und funkte zuerst Kathi an.

Ich verzeihe dir. Danke. <3, woraufhin Kathi sofort antwortete: *Wirst du mich auch noch lieben, wenn ich dir sage, dass Felix großartig ist?*

Ja, du Nuss, ich verzeihe dir. Die Aktion von ihm war schon der

Hammer, schrieb Annika zurück. *Was soll ich jetzt tun?*

Schick mir Bilder...

Keine Chance, liebste Kathi. Ich meine, was soll ich tun??????
Annika wartete gespannt auf Antwort, als sie bemerkte, dass Felix geantwortet hatte: *Flieder also? Gut zu wissen – lach. Was sagst du zu Paket fünf?*

Kaffee mit Milch, Brötchen, Butter, Wurst, Käse und ein Spiegelei, wahlweise auch ein wachsweiches... Ach ja, und unbedingt O-Saft... <3 <3 <3

Urplötzlich strahlte ihr Felix aus seinem Profil entgegen und grinste so sehr, dass es einer Grimasse ähnelte. Annika fühlte sich plötzlich, als könnte sie Bäume ausreißen. Endlich. Endlich schien zwischen Felix und ihr der Knoten geplatzt zu sein. Eine leise Hoffnung regte sich in ihr, dass er vielleicht doch sie und nicht nur seinen Sohn liebgewonnen haben könnte...

19

Überglücklich presste Felix sein Handy gegen den Brustkorb und atmete tief ein. Dann ließ er die Luft hörbar entweichen, was seinen Kollegen irritiert aufblicken ließ. „Alles klar bei dir?“, fragte er skeptisch.

„Jetzt ja“, antwortete er und hätte seiner Freude am liebsten laut Luft gemacht. Doch es wäre höchst unmännlich und es gehörte sich nicht, dass ein Mittdreißiger hormonell bedingte Gefühlsausbrüche zelebrierte. Also lehnte er sich stattdessen entspannt zurück und pfiff fröhlich *We are the champions* vor sich hin. Nachdem er einige Minuten darüber nachgedacht hatte, was er ihr antworten konnte, tippte er:

Du glaubst nicht, wie erleichtert ich bin, dass du Spiegelei magst, sonst hätte ich zwei Pfannen zum Spülen… Ich würde mich sehr freuen, wenn du am kommenden Wochenende zu mir nach München kommen würdest, natürlich mit Sebastian. Ich hab eine coole Luftmatratze und ein Zelt – er wird es lieben. Dein Felix <3

Ungeduldig auf ihre Antwort wartend, ging er in Gedanken schon durch, was er zu essen vorbereiten würde. Sein Arbeitszimmer konnte er leicht in ein kindgerechtes Spiel- und Schlafzimmer verwandeln. Wie er Sebastian kannte, würde er wie alle Jungs in diesem Alter begeistert in Felix’ kleinem Kugelzelt übernachten. Ein Schlafsack, eine Taschenlampe und eine alte Armeetrinkflasche würden dem Jungen bestimmt eine spannende Nacht bereiten. Als sein Handy Signal gab und Annikas Antwort anzeigte, klopfte Felix das Herz bis zum Hals. Er hielt die Luft an.

Wir kommen gerne. Falls du bei Sebastian punkten willst – alles, nur keinen Spinat. Falls du bei mir punkten willst – alles, nur keinen Rosenkohl. LG Annika

Annika gähnte herzhaft und streckte sich. Sie hatte die Nacht nicht sonderlich gut geschlafen, sondern war immer wieder hochgeschreckt. Dabei konnte Annika nicht einmal wirklich sagen, was genau sie so unruhig und unsicher machte. Einerseits freute sie sich auf den Abend, andererseits bangte ihr davor. Sie war seit zwei Tagen total kribbelig und unruhig, überlegte ständig, was sie anziehen sollte. Ob sie vielleicht doch noch vorher zum Friseur gehen sollte? Sie durfte nicht vergessen, sich zu rasieren… WHAT? Wann hatte sie angefangen, sich wie eine Frau vor ihrem ersten Date zu benehmen? Felix hatte sie zwar beide eingeladen, was aber nicht automatisch hieß, dass er an ihr – Annika – interessiert war. Er versuchte lediglich einen Platz im Leben seines Sohnes einzunehmen. Nicht mehr und nicht weniger. Zugegebenermaßen hatte Annika sich nach der Päckchenaktion doch auch andere Gedanken gemacht. Dann war sie jedoch zum Schluss gekommen – nein, wohl eher doch nicht. Sie war sich sicher, Felix' Hauptaugenmerk lag auf seinem Sohn. Warum sonst sollte er sie UND Sebastian einladen? Dass Sebastian Felix mochte, konnte ein Blinder mit Krückstock erkennen. Sebastian saugte alles wie ein Schwamm in sich auf, was Felix auch sagte oder tat. Was Annika nicht sonderlich verwunderte, wenn man bedachte, dass Felix der erste Mann in ihrer beider Leben war. Irgendwie wünschte sie sich, sie hätte Felix die Übernachtung nicht so spontan zugesagt. Allerdings freute sich Sebastian bereits wie ein Schneekönig darauf, also hatte sie keine Chance mehr, ihm doch noch abzusagen. Das würde sie ihrem Sohn niemals antun. Erstaunt über diese Erkenntnis, setzte Annika sich hin und überlegte fieberhaft. Nein, es stimmte. Seit Sebastians Geburt hatte kein Mann sich für Mutter UND Kind interessiert. Es gab zwar den einen oder anderen Verehrer, doch die hatten jedes Mal das Weite gesucht, wenn Annika ihr Kind ins Spiel gebracht hatte. Ob dieser Erkenntnis musste Annika schlucken. Ihr war klar, dass es gut für Sebastians Entwicklung war, einen Mann in seinem Leben zu haben. Aber war dies, war Felix, auch gut für sie? Wollte beziehungsweise konnte sie das Risiko eingehen und Felix in jeder Hinsicht vertrauen? *Zumindest werde ich es versuchen*, nahm sie sich vor. Durch ihr Vorhaben beschwingt, machte sie sich daran, aus Annika, dem Muttertier, Annika, die Dating-Queen, zu machen…

Felix' Blick zur Uhr hatte bereits etwas Zwanghaftes, doch er konnte nicht anders. Selten war er so nervös gewesen wie die letzten Stunden. Annika und Sebastian mussten jeden Moment eintreffen und er konnte es kaum noch abwarten. Gleichzeitig wurde er immer zappeliger. Kaum zu glauben, dass dies alles daher rührte, wie sehr er sich darauf freute, Annika wiederzusehen. Natürlich freute er sich auch auf seinen Sohn, aber Annika ließ sein Herz schneller schlagen und seinen Magen rumoren, und das nicht zu knapp. Als es an der Tür klingelte, schrak er so zusammen, dass er fast den Brotkorb fallen ließ, den er gerade auf den Esstisch stellen wollte. *Verdammt*, schimpfte er mit sich selbst, *beruhige dich, Alter. Sonst wirst du es schneller vergeigen, als dir lieb ist.* Er ging zur Wohnungstür und drückte auf den Türöffner. Gleich darauf hörte er Sebastian die Treppe hochstürmen und musste lachen, als er Annikas leise, mahnende Worte hörte, er solle doch bitte langsam gehen und nicht so trampeln.

„Felix, Felix", schrie Sebastian und warf sich in Felix' Arme. Wow. So viel überschwängliche Freude hatte er nicht erwartet. Gerührt drückte Felix seinen Sohn an sich und wuschelte ihm liebevoll durch die Haare. „Hallo Großer. Ich freu mich auch total, dich endlich wiederzusehen. Geh schon mal rein und inspizier alles. Aber Hände weg vom Ofen, der ist heiß. Zum Campen geht's da lang", fügte er noch hinzu, doch Sebastian war schon davongestürzt.

Annika lachte. „Tut mir leid. Vielleicht hätte ich dich vorwarnen sollen. Er erzählt seit zwei Tagen von nichts anderem, als dass er in einem echten Zelt übernachten darf, in einem Schlafsack, mit Luftmatratze. Und eine Original-Armeewasserflasche bekommt, aus der nur ER trinken darf."

„Na dann." Felix grinste. „Dann hatte ich ja wenigstens eine gute Idee", sagte er und zwinkerte ihr zu. Doch schnell wurde er wieder ernst. „Guten Abend, Annika. Ich bin froh, dass ihr da seid." Unbeholfen trat er zur Seite, um sie eintreten zu lassen. Er wusste nicht so recht, ob ein Küsschen zur Begrüßung okay für sie war. „Du siehst toll aus", sagte er bewundernd. Sein Blick wanderte über ihre wundervollen Haare zu ihrem dezent geschminkten Gesicht, um sich dann ihrem aufregenden Dekolleté zu widmen. Eine Augenweide. Genau das war Annika. Sie war eine wundervoll üppige, aufregende Erscheinung, was seinen Puls beschleunigte. Jetzt war er wirklich in Schwierigkeiten. Wie sollte er sich auf die Zubereitung des Abendessens konzentrieren, wenn Annika ihm dermaßen den Kopf verdrehte?

„Komm erst einmal rein." Felix schaute hinter Annika, als suche er etwas, doch da war nur Annika und ein prall gefüllter Rucksack, mehr Gepäck gab es nicht. „Habt ihr nicht mehr dabei?"

„Nein", erwiderte sie erstaunt. „Was hast du denn erwartet? Wir bleiben ja nur eine Nacht. Dazu brauchen wir nur unsere Zahnbürsten und frische Unterwäsche."

Ja, das stimmte wohl, auch wenn Felix ein wenig schmunzeln musste. Er kannte keine Frau, die nicht wenigstens eine kleine Reisetasche zu einer Übernachtung mitbrachte – keine einzige. Bevor er sich weiter darüber wundern konnte, wie unproblematisch seine Übernachtungsgäste waren, stellte Annika sich auf die Zehenspitzen und hauchte einen Kuss auf seine Wange. Ihr dezentes Parfum stieg Felix in die Nase und ließ seinen Penis noch härter werden. Unglaublich, wie gut sie roch und wie sehr alleine ihr Duft ihn anmachte.

„Ich hab eine große Bitte an dich. Meinst du, ich könnte schnell über deinen Laptop ins Internet? Ich warte auf eine wichtige E-Mail von meinem Chef und würde gerne nachsehen, ob sie mittlerweile gekommen ist." Annikas warme Stimme ließ Felix nicht kalt. Er musste an sich halten, um sie nicht in seine Arme zu reißen und zu küssen – richtig zu küssen. Dann erst nahm er auf, was sie gerade gesagt hatte. Ihr Chef. Das war doch dieser Konrad. Wieso erwartete sie um diese Uhrzeit noch eine Mail von ihrem Chef? Und das am Freitagabend? Felix fand dies mehr als befremdlich, doch damit konnte er sich später beschäftigen. Jetzt tat er, als wäre es das Normalste von der Welt, dass seine Verabredung noch mit ihrem Chef mailen musste.

„Na klar. Kein Problem. Jetzt komm, ich zeig dir erstmal die Wohnung, dann kannst du nachschauen", antwortete er ruhig. Wenig später hatte er Annika die Wohnung gezeigt und war gespannt auf ihre Meinung. „Wirklich toll und sehr schön eingerichtet. Hattest du Hilfe?", fragte Annika anerkennend, doch Felix verneinte.

„Nein. Ich hab alles selbst gemacht“, berichtete er stolz. Annika nickte anerkennend. Sie fühlte sich wohl in seinem Reich. Es war genau richtig, weder zu vollgestopft noch zu kühl. Die wenigen, ausgewählten Accessoires gaben seiner Wohnung einen heimeligen, warmen Touch. Nein, diese Räume hatten nichts von einer Aufreißer-Single-Mann-Bleibe. Selbst im Schlafzimmer sorgte eine grau-blau-weiß gestreifte Bettwäsche für einen schlichten, klassischen Stil und erweckte nicht den Eindruck, Felix hätte alle Eventualitäten abgewägt und ausgelotet. Die Wohnung wirkte auf Annika einfach – herrlich normal. Außerdem hatte Felix für sich das Gästebett bezogen und würde ihr sein Schlafzimmer überlassen, worüber sie sich insgeheim sehr freute. Es war großzügig von ihm, sein Allerheiligstes zu räumen, obwohl auch das Gästezimmer über ein schönes, geräumiges Bett verfügte. Genau diese Tatsache ließ sie sich relativ schnell entspannt auf den Küchenstuhl sinken. „Du hast es hier wirklich richtig schön. Aber ich vermute mal, diese Wohnung kostet ein kleines Vermögen.“

„Na ja, billig ist sie nicht“, gab er zu, „aber es ist machbar. Mein Job beim Veterinäramt ist zwar gut bezahlt, aber ab und an helfe ich auch noch in verschiedenen Tierarztkliniken als Vertretung aus. Besonders an Sonntagen oder feiertags, wenn die Familienväter lieber bei ihren Familien sind. Natürlich nur, wenn es sich mit meinen Arbeitszeiten vereinbaren lässt.“

Annika lachte. „Da weiß ich aber etwas anderes. Soweit ich weiß, verbringst du doch deine Freizeit oder gleich den ganzen Urlaub in der Praxis deines Freundes – unentgeltlich, versteht sich. Wie geht es eigentlich den jungen Eltern? Und der kleinen Sofie?“

„Sofie geht es blendend. Sie hat ihre Eltern um den kleinen Finger gewickelt und alles tanzt nach ihrer Pfeife“, erzählte Felix lachend. „Sonja wäre mit ihrem Babybauch nicht mehr an den Behandlungstisch gekommen.“ Dabei deutete er einen gigantisch großen Bauch an und beide lachten laut. „Und Theo hätte vor lauter Aufregung Katze mit Hund verwechselt. Du siehst, meine Anwesenheit war dringend notwendig.“ Er stellte sich gerade hin und schlug sich auf die Schultern, was Annika erneut zum Lachen brachte. „Ich merke schon. Ohne dich wäre gar nichts gelaufen. Oh, warte. Shit. Ich hab gerade dein Ego ums Eck flitzen sehen.

Es sucht seinen großen Bruder, den Größenwahn.“ Felix bekam das Grinsen nicht mehr aus dem Gesicht. So gut hatte er sich schon seit Wochen nicht mehr amüsiert. Sie war einfach extrem witzig. Dann erinnerte er sich an ihre Bitte und sein Hochgefühl bekam einen Dämpfer.

„Warte, ich hol dir den Laptop, dann kannst du mit Konrad mailen.“ Ups. Das saß und traf sie komischerweise bis ins Mark. Annika blickte ihn aufmerksam an und schüttelte dann leicht mit dem Kopf. „Ich will nicht mit KONRAD mailen. Um ehrlich zu sein, bin ich froh, wenn ich ihn nicht hören, sehen oder lesen muss. Aber er wollte mir das Okay für die Kampagne geben. Eigentlich hätten wir das die Woche schon im Büro besprechen müssen, aber Konrad liegt mit Grippe im Bett.“ Sie sagte es mit einer solchen Erleichterung, dass Felix sich fragte, was der arme Kerl wohl angestellt haben musste, wenn Annika sich über Konrads Erkrankung freute. Sofort kam ihm eine äußerst unangenehme Vermutung, die mit Bildern einherging, die ihm dummerweise durch den Kopf gingen. *Konrad, wie er Annika in inniger Umarmung hielt. Sie hingebungsvoll küsste. Sie leidenschaftlich umarmte und mit Geschenken überhäufte.* Unwillig schüttelte Felix den Kopf, um die Bilder wieder loszuwerden. Zeit, sich ums Abendessen zu kümmern, dachte er und ging zur Küchenzeile hinüber.

Annika fuhr den Laptop hoch und öffnete den Internet Explorer. Dort rief sie ihren Mailsurfer auf und gab ihr Passwort ein. Tatsächlich befand sich darin eine Nachricht von Konrad. Den ganzen Tag hatte sie schon auf seine Antwort gewartet, da er ihren Entwurf für einen der Fernsehclips seinem Kollegen in der Schweiz vorstellen wollte. Mit ein wenig Glück würde diese Idee auch ihm gefallen, was für Annika einen fetten Bonus bedeuten würde. Aufmerksam las sie seine Zeilen und seufzte tief. Shit. Eigentlich hatte sie jeden Grund, sich zu freuen, doch was Konrad ihr da schrieb, bot eher Grund zur Besorgnis denn zur Freude. Ja, die Schweizer Partner-Hotels interessierten sich für ihre Werbeidee. Dazu sollte sie jedoch mit Konrad gemeinsam für ein paar Tage nach Bern reisen, weil sich der Schweizer Geschäftsführer der Hotelkette die Entwürfe und Annikas Ideen vor Ort ansehen wollte. Eine Tatsache, die Annika überhaupt nicht schmeckte. Nach dem, was er sich nach ihrem Geschäftsessen geleistet hatte, würde sie nirgendwo mit ihm zusammen hinfahren. No way. Traurig schüttelte sie den Kopf und schloss die Augen. „Was ist los?“ Felix’ besorgte Frage riss sie aus ihrer dumpfen Brüterei. „Ach, eigentlich nichts. Nur, dass ich kommende Woche nach Bern mitkommen soll, um den Schweizern die neue Kampagne direkt vorzustellen.“

„Aber das klingt doch gut, oder?“, fragte Felix vorsichtig. „Ja, das ist super“, ätzte Annika. Dann jedoch fiel ihr ein, dass Felix nicht wissen konnte, wieso sie diese Einladung so dreist fand. „Nein. Um ehrlich zu sein, ist das gar nicht gut. Ich hab keine Lust drauf, mit Konrad, ähm … meinem Chef alleine nach Bern zu fahren. Doch mir wird wohl nichts anderes übrig bleiben.“ Annikas Stimmung war am Nullpunkt. Schnell schrieb sie Konrad zurück, dass sie versuchen würde, einen Babysitter zu bekommen. Sie fragte nicht nach, ob es ihm denn überhaupt gut genug ging, um wegzufahren, denn es war ihr schlicht egal. Dann platzte es aus ihr heraus: „Er weiß ganz genau, dass ich ein Kind zu versorgen habe. Keine Ahnung, was er sich dabei denkt. Ich glaube, er denkt … gar nicht.“ Sie war jetzt richtig wütend und drauf und dran, Konrad noch eine zweite Mail hinterherzuschicken. Diese Antwort jedoch würde nicht so wohlwollend und arschkriecherisch ausfallen wie die erste.

„Dicser Kerl meint, ich sei Freiwild, weil ich nicht vergeben bin. Er stellt mich ein, bezahlt mich gut und darf dafür mit mir in die Kiste springen. Doch ich werde ihm in die Suppe spucken“, stieß sie wütend hervor. Dann verwarf sie die wütend-böse Mail, anstatt sie zu versenden, und klappte den Laptop energisch zusammen.

„Kennst du das Gefühl, wenn jemand denkt, er kann für Geld alles haben? Ich hasse es, wenn sie das tun.“

Oh ja, Felix kannte dieses Gefühl nur zu gut, doch er hütete sich davor, davon auch nur ein Wort zu erwähnen. Stattdessen gab er ihr das Gefühl der Rückendeckung, auch wenn er diesen Konrad am liebsten windelweich geprügelt hätte. „Also wenn du willst, kann ich Sebastian für zwei oder drei Nächte bei dir zu Hause betreuen. Ich richte es mir auf der Arbeit so ein, dass ich ihn nachmittags vom Kindergarten abhole, und bleibe dann über Nacht bei dir, bringe ihn morgens wieder zum Kinderkarten und fahr dann auf die Arbeit. Kein Problem bei meinen flexiblen Arbeitszeiten." In Gedanken verschob er bereits die Termine, die er dann nicht wahrnehmen konnte, auf den Samstag, was einigen seiner zu betreuenden Landwirte sicher sogar entgegenkommen würde. Anfang der Woche hätte er genug Zeit, die neue Terminierung zu managen.

Annika sah ihn ungläubig an. „Das würdest du tun? Ich meine, das bedeutet für dich enormen Stress, vergiss die Fahrerei nicht."

Jetzt war es an Felix, ungehalten zu werden. „Natürlich werde ich das machen. Schon vergessen? Sebastian ist mein Sohn. Auch wenn ich den Gedanken, dass du mit deinem Boss in Bern bist, nicht gerade sehr angenehm finde. Trotzdem würde und werde ich auf Sebastian aufpassen, wenn das dein Wunsch ist oder dir hilft – selbstverständlich."

Da war es wieder. Annika konnte nicht umhin, sofort daran zu denken, dass Felix all diese Dinge nur für Sebastian machte. Wie verrückt war das denn? War sie etwa auf ihren Sohn eifersüchtig? So ein Schmarrn...

„Ich werde auf jeden Fall nochmal eine Nacht darüber schlafen."

„Kannst du dir ein NEIN leisten?", fragte Felix vorsichtig. „Ich meine ja nur, weil dein Job noch so frisch ist. Nicht, dass er dir daraus einen Strick dreht."

„Na ja, sollte er auf den Gedanken kommen, sich in Bern mit mir ein Zimmer teilen zu wollen, werde ich wohl oder übel NEIN sagen müssen. Ich werde mich auf keinen Fall für einen Job prostituieren. Niemals. Nicht in einhundert Jahren."

„Nein. Natürlich nicht. Wie sind wir jetzt auf dieses Thema gekommen, bitte? Kein Mensch erwartet von dir, dass du mit deinem Boss schläfst, ich am allerwenigsten. Aber ich weiß auch, wie sehr du dich über diesen verdammten Job gefreut hast. Vielleicht ist es ja gar nicht soooo übel, mit ihm nach Bern zu fahren. Du solltest übrigens überdenken, ob du ihn nicht wieder mit seinem Nachnamen ansprechen möchtest, wenn du diesen Restabstand wahren willst."

Annika lachte bitter. „Als ob ich in der Sache überhaupt eine Chance hätte. Er hat mich nicht gefragt, ob er Annika sagen darf, sondern es einfach getan. Aber es ist schön zu wissen, wie du darüber denkst“, sagte sie sarkastisch. Sie wusste sehr wohl, wie gemein und unfair ihre Aussage war, doch sie konnte nichts dagegen tun. Es sprudelte – einfach so – aus ihr heraus.

„Annika“, versuchte er erneut, an ihre Vernunft zu appellieren. „Ich vermute mal, dieses Treffen ist sehr wichtig für deine zukünftige Karriere. Mit etwas Geschick, und da bin ich mir völlig sicher, wirst du ihn – einfach so – um den Finger wickeln können. Halt ihn einfach auf Abstand und versuche, so geschäftlich wie möglich zu bleiben. Und sollte er es wirklich wagen, dir bei einem offiziellen Geschäftstermin zu nahe zu treten, dann sag ihm höflich, aber bestimmt, dass er sich ins Knie ficken soll.“ Annikas Anspannung verpuffte bei Felix’ herrlich respektloser Ansage und löste sich in Luft auf. Sie lachte herzhaft über seine Wortwahl.

„Hör zu. Und wenn du mir nicht zutraust, die Betreuung von Sebastian allein zu bewältigen, kann ich Sonja um ihre Mithilfe bitten. Ich bin sicher, Theo und sie würden sich über zwei Übernachtungsgäste sehr freuen. Überleg es dir einfach. Die Idee, eine Nacht darüber zu schlafen, ist auf jeden Fall besser, als kurzschlussmäßig irgendetwas Dummes zu tun.“

Ja. Felix hatte recht. Das, was er sagte, klang alles sehr vernünftig und sie hatte gerade völlig hysterisch überreagiert. Ein klassisches Mädchenphänomen eben.

Felix krümmte sich innerlich dabei, Annika in dieser Angelegenheit auch noch gut zuzureden. Ihre Äußerung bezüglich der Prostitution hatte ihn hart getroffen. Außerdem sträubte sich alles in ihm dagegen, sie mit diesem Konrad wegfahren zu lassen, doch es ging dabei nicht um ihn und seine Gefühle, sondern alleine um Annika und ihre zukünftige Karriere. Und die konnte er schlecht wegen ein paar Eifersüchteleien aufs Spiel setzen. Auf keinen Fall. Natürlich hätte er ihr am liebsten befohlen, sich gegen die Reise mit ihrem Chef zu entscheiden. Felix kannte diesen Konrad nicht, doch er vermutete mal, dass hinter dieser plötzlichen Geschäftsreise kein so ganz uneigennütziger Gedanke steckte. Besonders da heutzutage, gerade in der PR-Branche, ein Großteil der Arbeit am Computer und über das Internet abgewickelt werden konnte. Vielmehr vermutete Felix, ohne Annikas Chef je gesehen zu haben, etwas ganz anderes. Etwas, das all seine Alarmglocken schrillen ließ. Er dachte an die Party zurück, auf der er Annika kennengelernt hatte. Dachte an den Anzugträger, der sie ihm um ein Haar vor der Nase weggeschnappt hätte. Fuck. Seine Gedanken gingen in eine Richtung, die ihm nicht mehr erlaubte, objektiv zu sein. Und nicht zu vergessen – die Entscheidung lag ganz alleine bei Annika.

„Wenn du möchtest, kannst du den Tisch decken", wechselte er geschickt das Thema. „Wir können in ein paar Minuten essen."

20

„Bis morgen, Kleiner. Schlaf gut“, sagte Felix leise, erhob sich und schloss die Tür zu seinem Arbeitszimmer. Er hatte seine Schreibtischlampe angelassen, damit sich Basti in der fremden Umgebung, sollte er in der Nacht wach werden, nicht fürchtete. Der Junge hatte sich in den Schlafsack gekuschelt und sich von Felix zwei Kapitel seines Lieblingsbuchs vorlesen lassen, das Annika wohlweislich mitgenommen hatte. Seine neue Taschenlampe in der Hand, war er prompt eingeschlafen.

„Darf ich die wirklich behalten? Cool“, hatte er vorhin staunend gefragt und Felix mit großen Augen angeschaut. Dann hatte er seine kleinen Ärmchen um Felix' Hals geschlungen und ihm ins Ohr geflüstert: „Ich mag dich und ich glaub, die Mama mag dich auch. Aber deine Geschenke sind nicht so gut angekommen. Sie hat geweint.“ Dann hatte Sebastian ihm einen Kuss auf die Seite gelegt. Mit rauer Stimme hatte Felix ihm vorgelesen, bis er an Sebastians gleichmäßigen Atemzügen erkannt hatte, dass sein Sohn längst eingeschlafen war. Zeit, um sich um Annika zu kümmern. Als Sebastian nach dem Essen erneut eine Geschichte von ihm gewünscht hatte, war sie in schweigsames Grübeln verfallen und hatte sich mit einem Glas Wein auf seine Couch zurückgezogen.

Dort fand er sie auch jetzt vor. Da er keine Ahnung hatte, in welcher Stimmung sie sich befand, setzte er sich zu ihr aufs Sofa, ließ jedoch genug Abstand, um nicht zu aufdringlich zu wirken. „Er schläft. Es hat nicht lange gedauert“, sagte er lächelnd und nahm sein Glas vom Tisch. „Auf den schönen Abend“, sagte er leise und prostete Annika zu.

„Auf deine Einladung“, antwortete sie leise und nahm einen Schluck. Sie stellte ihr Glas beiseite und rutschte so dicht an ihn heran, dass sie sich gegen ihn lehnen konnte. Dann schloss sie seufzend die Augen. „Es ist schön, einfach mal nichts zu tun“, murmelte sie und Felix befürchtete, sie würde gleich einschlafen. Doch Annika war nicht schläfrig. Sie war sogar ziemlich munter, als sie sich zu ihm umdrehte und ihn offen anschaute. „Bitte Felix, sei ehrlich zu mir. Warum sind wir da? Hier bei dir?“

„Wie meinst du das?“, fragte Felix irritiert. „Ihr seid hier bei mir, weil ich mir wünsche, dass wir beide uns besser kennenlernen. Und natürlich, weil ich mit meinem Sohn zusammen sein will."

Annika musterte Felix aufmerksam. Dann beugte sie sich vor und küsste ihn zärtlich auf den Mund. Als ihre Lippen sich trafen, hatte es etwas Magisches. Annika schmeckte nach Rotwein, fruchtig und süß. Davon wollte Felix mehr – viel mehr. Noch bevor sie die Chance hatte, sich wieder zurückzuziehen, umfasste er ihre Schultern und vertiefte den Kuss. Eine Hand wanderte über ihren Rücken nach unten und fand dicht über Annikas Po ihr neues Zuhause, während die andere Hand ihren Nacken umschloss. „Mhmmm", wisperte er an ihrem Mund. „Du schmeckst so wahnsinnig gut. Ich will mehr davon."

Annika stöhnte verhalten an seinem Mund, denn seine Zunge kitzelte ihre Lippen. Felix bettelte um mehr, verlangte Einlass, wollte sie schmecken. Sie gab nach und öffnete ihren Mund, woraufhin Felix stürmisch voranpreschte. Er zog ihre Oberlippe zwischen seine Zähne und ließ gleichzeitig seine Zunge in ihren Mund gleiten. Annika krallte ihre Finger in seinen Hemdkragen und zog ihn noch dichter an sich heran. Jetzt saß sie fast auf seinem Schoß, was ihm noch mehr einheizte. Eine jähe Hitze brachte ihn heftig zum Schwitzen und sein Schwanz zuckte ungeduldig, wollte erlöst werden aus seinem engen Gefängnis. Keuchend klammerte sich Annika an ihm fest, während er sie mit Lippen und Zunge zum Beben brachte. Boa, war das scharf. Seine Hose würde hoffentlich halten, so wie sein Penis gegen den Reißverschluss drückte. Wie hatte sie es nur geschafft, ihn mit einigen Blicken und einem zugegebenermaßen sehr sinnlichen Kuss in so kurzer Zeit so gründlich hochzubringen? Ohne seine Lippen von ihren zu lösen, umfasste er ihren Po, hob sie hoch und setzte sie rittlings auf seinen Schoß. Heiliges Kanonenrohr. Ihre Schenkel umschlossen seine Hüften perfekt und ihre Scham lag fest über seinem hocherigierten Penis. Ahhh, verdammt. Das tat weh. Vorsichtig schob er sie ein kleines Stück zurück und atmete erleichtert auf. Natürlich hatte Annika sein kleines Manöver mitbekommen und begann an seinem Mund zu kichern. Na warte. Schwer atmend löste er seine Lippen von den ihren und sah ihr dabei tief in die Augen. Dann senkte er seinen Blick auf ihren Mund. Heilige Scheiße. Ihre Lippen waren so geschwollen und glänzten rot, dass ihn alleine der Anblick ihres Mundes fast abschoss. Seine Hände schlossen sich um ihren Po, und auch Annika blieb nicht untätig. Ihre Hüften stießen nach vorne und rollten wieder zurück, wodurch ihre Spalte sich an seinem Penis rieb. „Verdammt, Annika. Wir haben noch alle Klamotten an und ich bin sowas von scharf“, stieß Felix erregt hervor. „Wie schaffst du das nur? Ich bin verrückt nach dir. Ich will dich. Jetzt – auf – der – Stelle.“

Annika lächelte und versuchte erneut, ihn zu küssen, doch er hielt sie zurück. „Erst ein Kleidungsstück, dann ein Kuss“, sagte er streng und grinste, als sie völlig widerstandslos ihr Sweatshirt über den Kopf zog. Dummerweise wäre ihm beinahe das Herz stehengeblieben, denn darunter trug sie das fliederfarbene Hemdchen, das er für sie gekauft hatte. Es rutschte bis zu den Brüsten mit nach oben, dort jedoch wurde es ausgebremst und flatterte wieder über ihren Bauch nach unten. „Das ist heiß“, wisperte er und küsste ihren Halsansatz. Dann wanderte sein Mund hinunter zu ihrem Schlüsselbein. Er knabberte sachte, leckte über ihre Haut und blies gegen die feuchte Stelle. Sofort bekam Annika am ganzen Körper Gänsehaut. „Tiefer“, stöhnte sie und er kam ihrer Bitte nur zu gerne nach. Allerdings…

„Was ziehst du aus?“, knurrte er über ihrer rechten Brust, bevor er seine Lippen auf den Spitzenbesatz des Hemdchens drückte. Annika hatte sich angeschickt, das Teilchen auszuziehen, doch das ließ Felix nicht zu.

„Lass das an. Hosen runter.“ Er zog einen der Träger über ihren Oberarm bis zur Ellenbeuge nach unten. Dadurch rutschte das Top bis hinab zu ihrer Brustspitze, wo es hängenblieb. „Es sträubt sich, siehst du?“, raunte er lächelnd und schloss genussvoll die Augen, kurz bevor er seine Lippen um ihre hoch aufgerichtete Brustspitze schloss.

„Ahhhh. Jaaaa.“ Annika krallte ihre Hände in Felix’ Schultern und hielt sich an ihm fest. Als sich sein Kopf über ihrer Brust senkte, verging sie fast vor Lust. Sie saß mit weit gespreizten Beinen über Felix’ Schwanz, der sich fest und hart gegen ihren Unterleib presste. Die geringste Reibung fuhr ihr direkt in die Klitoris und ließ in ihrem Innern die Funken sprühen. Es fühlte sich fantastisch an. Sie ließ ihren Kopf nach hinten fallen und keuchte ihre Lust hinaus, als Felix plötzlich innehielt. Bevor sie gewahr wurde, was los war, raunte er ihr ins Ohr: „Süße, die Hosen." Murrend, ob der Unterbrechung, stand sie auf und riss sich die Hose herunter. Nur gut, dass sie ihre Stiefel schon vorhin beim Betreten der Wohnung ausgezogen hatte. In Söckchen, völlig durchnässtem Slip und Hemdchen stand sie vor Felix und fühlte sich urplötzlich befangen. Sie sah zu, wie Felix sich ebenfalls in Windeseile seines Hemdes samt T-Shirt entledigte. Dann zog er sich unter einigen Mühen die Jeans aus, zog das Kondom, das er in der Hosentasche hatte, heraus und behielt es versteckt in der Hand. Seine Boxershorts, aufgebauscht zum Zelt, gab Anlass zum Witzeln. „Heute Abend zelten nicht nur die Kids", sagte er grinsend und brachte Annika damit zum Lachen. Er schien genau zu spüren, was in ihr vorging, und lächelte sie offen an. „Weißt du eigentlich, wie wunderschön du bist? Komm her. Lass es mich dir zeigen. Aber zuerst – runter mit den Socken."

Kichernd spürte Annika, wie sich ihre Anspannung in Luft auflöste. Schon wieder. Felix hatte irgendwie ein Talent dafür, ihr die Ängste und die Besorgnis zu nehmen. Zumindest vorübergehend. Und es gab darüber hinaus für Annika auch keinen Grund, nervös zu sein. Felix war nicht wie Lars, der immerzu an ihr herumkritisiert hatte. Sie ging zum Sofa und kniete sich mit einem Bein auf die Sitzfläche. Dann schwang sie das andere über seine Schenkel, als hätte sie noch nie etwas anderes getan. Felix atmete tief ein und erhaschte ihr ganz persönliches Aroma, was das Zelt in seinem Schoß noch weiter anwachsen ließ. Oh Himmel, hilf… Sie war der Hammer. Die Seite des Hemdchens, an dessen Spitze er geknabbert hatte, klebte feucht und dunkel über ihrer Brust und hob sich wie ein Leuchtsignal von der milchweißen, zarten Haut ihres Körpers ab. Ähnlich dunkel schimmerte der Stoff zwischen ihren Beinen und zeigte Felix, dass sein blonder Engel ebenfalls erregt und sehr bereit war. Quälend langsam schob sich Annika näher an ihn heran und richtete sich auf, sodass sie hoch über ihm kniete und ihm somit eine gute Sicht auf ihren Unterleib gewährte. Felix' Puls raste und sein Schwanz pulsierte, während sich seine Eier schmerzhaft zusammenzogen. Mühsam beherrscht hielt er sich zurück. Am liebsten hätte Felix ihr das Höschen vom Leib gezerrt und sich in ihr versenkt. Gott, war sie scharf.

„Du solltest dir etwas überziehen, denn ich gedenke, dich jetzt zu reiten, bis dir Hören und Sehen vergeht. Ich finde, wir sollten mit weitergehenden Familienplanungen noch etwas warten“, wisperte sie an seinem Ohr und brachte ihn damit zum Stöhnen. In Windeseile riss er die Kondompackung auf und stülpte sich das Gummi über. Kaum geschafft, zog Annika mit einer Hand die nasse Seide ihres Höschens zur Seite und ließ sich auf seinem hoch aufgerichteten Penis nieder. Beide keuchten vor Lust, als er gänzlich in ihr verschwunden war. „Das ist scharf“, entfuhr es Felix, der auf die Stelle zwischen ihren Körpern starrte. Annika ließ ihr Höschen los und begann, langsam mit den Hüften zu kreisen. Dadurch rieb sich der Stoff ihres Höschens an seiner Wurzel und brachte Felix enorm schnell auf Touren. „Gott“, murmelte er, während er ihre Hüften umschloss und sich mit ihr zusammen in eine aufrechtere Position brachte. Dadurch kam er noch ein wenig tiefer in ihre Spalte hinein, was Annika mit einem lauten Keuchen quittierte. „Nicht mehr“, wimmerte sie. „Das ist tief genug.“

„Wie du mir, so ich dir. Du musstest ja unbedingt dieses teuflische Seidenteil anlassen“, keuchte er und begann, langsam von unten in sie zu stoßen. „Ahhhh. Jaaaa.“ Sofort wurde er mit einem Schwall warmer Feuchtigkeit belohnt, die ihm klar zeigte, wie sehr es ihr gefiel. „Du musstest mir ja unbedingt so ein teuflisches Seidenteil kaufen“, stieß Annika atemlos hervor. Felix ließ ihre Hüfte los, griff nach den schmalen Trägern ihres Tops und zog. Wippend sprangen ihm ihre großen, schweren Brüste entgegen und er wähnte sich im Paradies. Während sie sich mit kreisenden, windenden Bewegungen auf seinem Schwanz bewegte, schaukelten ihre Titten gegen seinen Oberkörper und Hals. Er griff sich je eine ihrer Brüste und zog eine ihrer Warzen in seinen Mund. Annika schrie leise auf und wand sich wimmernd an seinem Körper, als er zubiss. Er rollte die harte kleine Beere zwischen seinen Zähnen und kniff und neckte sie, bis Annika laut keuchend um Gnade flehte. Felix gehorchte, jedoch nur, um sich ihrer zweiten Brustwarze anzunehmen. „Oh Gott, Felix, hör auf, ich kann nicht mehr. Ich komme gleich.“

„Genau das ist meine Intention, mein Begehr. Also, lass es raus. Ich will es hören, es genießen. Ahhhh.“ Sein Atem blies heiß gegen die feuchte, hocherregte Beere. Annika schrie leise auf, als sich tief in ihr der Knoten löste und sie zu zerbröseln begann. Alles zog sich in einem unbändigen Gefühl höchster Lust zusammen und ließ sie bebend zurück. Zerborsten und neu geboren. Zerfleddert und wieder zusammengesetzt. Schmerzhaft schön und schonungslos bedingungslos. Annika glaubte zu schweben, bis sie bemerkte, dass Felix sich mit ihr herumgedreht hatte, um sie auf die Couch zu legen. Jetzt war er es, der mit einem Bein auf dem Möbelstück kniete. Eines ihrer Beine legte er über die Rückenlehne, das andere stellte er auf den Boden, während er unter sie fasste und sie an sich heranzog. „Shit", hörte sie ihn plötzlich fluchen und musste gleich darauf lachen, als sie den Grund seines Unmutes erkannte. Das Kondom hatte sich aufgerollt und war so nicht mehr zu gebrauchen. Er blickte sie entschuldigend an. „Ich hasse diese Dinger. Wie du siehst, funktionieren sie nicht immer reibungslos."

„Also für mich war es total in Ordnung", flachste Annika und grinste ihn an, was eindeutig Felix' Ehrgeiz weckte. „Keine Sorge", gab er ungerührt zurück. „Für mich ist es auch gleich wieder IN ORDNUNG." Unter Annikas Gelächter angelte er nach einem neuen Kondom, entsorgte das erste und stülpte sich das frische über. Dann schnappte er sich ihr aufgestelltes Bein und drückte es gegen ihren Bauch, sodass sie plötzlich weit offen vor ihm lag. „Ja", feixte er, „total IN ORDNUNG." Sein erster Stoß entlockte Annika einen dumpfen Schrei. Es folgten noch einige mehr, denn Felix schien beschlossen zu haben, diese Runde für sich zu entscheiden – er gab alles. Seine tiefen, festen Stöße hatten keinerlei Finesse, dafür umso mehr Leidenschaft. Keuchend rammte er seinen Schwanz in Annikas Spalte, bis er schließlich mit geschlossenen Augen laut stöhnend zum Höhepunkt kam. Er pumpte seinen Unterleib gegen ihren und verharrte einen Augenblick reglos, bis er wenige Augenblicke später völlig verausgabt und nassgeschwitzt über ihr zusammensackte. Die Tatsache, Felix so geschafft zu sehen, vermittelte Annika ein unbekanntes Hochgefühl. Sie fühlte sich sehr sinnlich und äußerst sexy. Sich wohlig räkelnd schlang sie die Arme um seinen Oberkörper. „Ja. Ich denke mal, das war absolut IN ORDNUNG", murmelte sie zufrieden an seinem Ohr, was er mit einem leisen

Lachen quittierte. Felix war schwer, doch das störte Annika nicht. Im Gegenteil. Sie genoss seinen großen, festen Männerkörper auf sich, bis er sich schließlich schwerfällig regte. Noch immer waren ihre Körper miteinander verbunden und das fühlte sich wunderbar an.

„Oh Mann, da sind aber mal die Pferde mit mir durchgegangen. Ich bin viel zu schwer für dich, warte.“ Langsam zog er sich aus ihr zurück, erhob sich und stöhnte verhalten. „Ich fühle mich wie nach einem Marathon: total fertig, aber mehr als zufrieden. Bin gleich zurück.“ Er küsste Annika zärtlich auf den Mund. Dann hob er das bereits benutzte Kondom auf und verschwand ins Badezimmer. Dort setzte er sich auf den Badewannenrand, ließ die letzten Minuten noch einmal Revue passieren und rieb sich verzweifelt das Kinn. Wieso musste das Leben auch so kompliziert sein? Warum hatte er Annika damals nicht einfach so kennenlernen können? Wieso hatte er diesen beschissenen Job ausüben müssen? Hätte er doch nur… NEIN. Stopp. Das war Quatsch. Es machte keinen Sinn, sein gesamtes Handeln in Frage zu stellen. Trotzdem zermarterte Felix sich das Gehirn nach einer Lösung für sein Problem, sich ihr immer noch nicht erklärt zu haben. Was, wenn er Annika erzählen würde, bezahlt worden zu sein, um ihr eine unvergessliche Nacht zu bereiten? Er konnte sich ihre Reaktion darauf lebhaft vorstellen. Es würde ihre Einstellung zu ihm grundlegend ändern. Aber es würde für Annika selbst auch alles verändern, schließlich hatte nicht nur er sie seit ihrem erneuten Treffen darüber im Dunkeln gelassen, sondern ihre Freundinnen auch. Annika würde alles infrage stellen – die Freundschaft zu Kathi – besonders die zu Kathi –, zu Tanja und Anna, aber auch sich selbst würde sie anzweifeln. Ganz zu schweigen davon, dass sie ihn höchstwahrscheinlich davonjagen würde, womit sich ihre gerade beginnende Beziehung erledigt haben dürfte. Und was würde dann aus Sebastian und ihm? Scheiße.

Natürlich hatten Kathi und er beschlossen, Annika bald reinen Wein einzuschenken, doch wie brachte man dieses kleine, entscheidende Detail seiner ersten Begegnung mit Annika ins Spiel? Er musste es tun, so viel war klar. Oder? Ach verdammt, was, wenn er es einfach verschwieg? Wahrscheinlich würde es nie herauskommen und irgendwann würde auch der kleine Teufel, der tief im letzten Eck seines Gewissens saß, damit aufhören, ihn zu quälen. Würde es sein lassen, Felix zuzuwispern, die Frau, die er liebte, betrogen zu haben. Belogen und betrogen – sie um ihre eigene Kennenlerngeschichte gebracht. NEIN. Er würde mit Kathi und vielleicht auch mit Anna und Tanja noch einmal reden müssen. Sie würden Annika zu ihrem eigenen Schutz nichts erzählen. Sie hatten einfach allesamt viel zu viel zu verlieren. Es blieb ihnen gar nichts anderes übrig, als weiterhin den Mund zu halten.

Nachdem Felix den Entschluss gefasst hatte, über die Nacht vor sechs Jahren zu schweigen, ging es ihm deutlich besser. Dieser letzte klitzekleine Zweifel würde verschwinden – das musste er einfach. Überzeugt, richtig zu handeln, und erleichtert, sich endlich dazu durchgerungen zu haben, ging er zurück ins Wohnzimmer, wo Annika sich mittlerweile in seine Kuscheldecke gehüllt hatte. Müde, aber mit einem strahlenden Lächeln blinzelte sie ihm entgegen. „Ich dachte immer, Frauen brauchen ewig im Bad. Was hast du da drin gemacht? Musstest du nochmal selbst Hand anlegen?“, fragte sie vorwitzig und lachte über seinen empörten Gesichtsausdruck.

„Nein, das musste ich nicht. Schließlich bin ich ja keine Sexmaschine.“ Er setzte sich zu ihr aufs Sofa und zog sie an sich. „Gib mir ein paar Minuten. Dann zeig ich dir, was ich sehr viel lieber tue, als selbst Hand anzulegen.“

Annika kicherte. „Wie wäre es, stattdessen einen Film zu schauen? Ich bin gerade, na sagen wir mal, körperlich satt.“

Jetzt war es an Felix zu lachen. Seine schlagfertige Annika. Wie sehr er diese Frau liebgewonnen hatte. Liebgewonnen? Schlagartig wurde ihm bewusst, dass er sich nicht nur einfach in Annika verliebt hatte. Nein. Seine Gefühle gingen weit über bloßes Verliebtsein hinaus. Bisher hatte Felix eher oberflächliche Beziehungen, die hauptsächlich auf Sex basiert hatten, geführt. Doch mit Annika war dies plötzlich völlig anders. Mit ihr zusammenzuleben konnte er sich nicht nur vorstellen. Nein, er wollte es sogar. Bei dem Gedanken daran, mit ihr zusammen noch ein Kind zu haben und gemeinsam das Leben zu bestreiten, wurde ihm nicht angst und bange. Stattdessen durchströmte ihn das wohlige Gefühl, damit goldrichtig zu liegen und endlich das gefunden zu haben, was er bereits lange gesucht hatte.

Ehrlicherweise gestand er sich selbst auch ein, wovon er sich nicht freisprechen konnte – auch Sebastian spielte in seinen Gedanken und Überlegungen eine große Rolle. Natürlich. Doch auch wenn Sebastian nicht sein Sohn wäre, hätte Annika sein Herz berührt, da war er sich sicher. Genau das hatte sie getan. Annika hatte sein Herz berührt und es geflutet mit Wärme, Geborgenheit und ganz viel Liebe. Er betrachtete die Frau seines Herzens, die in seinen Armen eingeschlafen war, und ihm wurde klar: Ganz egal, was passieren würde, er würde um sein Glück kämpfen. Dieses Mal würde er nicht davonrennen oder sie den Rückzug antreten lassen. Dieses Mal nicht…

21
Starnberg – Abfahrt nach Bern

„Du bist also der berühmte Sebastian“, stellte Konrad Dettinger fest und lächelte den Jungen gewinnend an, der an der Seite seiner Mutter stand und aufgeregt von einem auf das andere Bein trippelte.

„Ja, ich bin Sebastian Felix Thiel. Aber ich bin nicht berühmt. Ich bin doch erst fünf“, erwiderte Basti mit ernster Stimme und brachte die Erwachsenen zum Schmunzeln.

„Und wer ist der Herr da?“, fragte Dettinger den Jungen, während er Felix unverhohlen musterte.

„Das ist Felix. Er ist mein Freund und Timmis und Maries Tierarzt“, erklärte Basti stolz. „Das sind meine Meerschweinchen, weißt du? Und manchmal geht Felix auch mit mir Schlittschuhlaufen. Oder ich darf in seinem Zelt schlafen. Einen Baum haben wir auch schon zusammen gefällt.“

„Na, dann scheint Felix ja ein richtig guter Freund zu sein“, erwiderte Dettinger feixend. Die Männer beäugten sich misstrauisch und Annika ging dazwischen, bevor ihr redseliger Sohn noch mehr ausplaudern konnte.

„Ich glaube, wir sollten fahren, Konrad. Sie haben schlechtes Wetter angekündigt und wir sollten rechtzeitig im Hotel ankommen, vermute ich mal“, sagte sie lächelnd. Dann beugte sie sich zu Basti hinunter und küsste ihn liebevoll auf den Kopf. „Du bist schön brav und machst, was Felix dir sagt, hörst du?“

„Ja, Mama. Aber wenn Felix verlangt, dass ich ohne Jacke rausgehe, dann muss ich doch nicht auf ihn hören, oder?“

„Nein. Natürlich nicht. Dann rufst du mich an und wir klären das, okay?“ Annika grinste Felix an. „Ich hoffe, du weißt, auf was du dich eingelassen hast. Du hast meine Nummer, falls was sein sollte.“ Unbehaglich, weil Konrads Blicke im Rücken, umarmte sie Felix und flüsterte ihm ins Ohr: „Danke nochmal. Ich mach das wieder gut.“ Sie ließ Felix los und blickte ihm nicht in die Augen. Sie konnte ihn vor Konrad nicht küssen, das ging einfach nicht. Annika hoffte, Felix würde das verstehen, doch sie sollte sich irren. Urplötzlich fühlte sie seine weichen, warmen Lippen auf ihren. Hitze durchflutete sie. Felix’ Kuss ließ ihren Puls rasant in die Höhe schnellen, obwohl sie sich eigentlich darüber ärgern sollte, dass er sie vor ihrem Chef so überfiel.

Als sich dieser laut räusperte, ließ Felix von ihrem Mund ab, ohne sie jedoch loszulassen. „Pass auf dich auf", flüsterte er ihr ins Ohr, während er Annikas Chef direkt in die Augen sah. Dann ließ er Annika los und sagte kühl: „Sie bringen mir Annika doch wohlbehalten zurück?" Sein Blick und seine Körperhaltung sprachen Bände. Ganz offensichtlich war seine Frage eher als Drohung gemeint.

„Aber selbstverständlich. Wir wollen doch nicht unsere beste und attraktivste Mitarbeiterin verlieren, nicht wahr?" Konrad Dettinger grinste wölfisch und deutete eine leichte Verbeugung an. Dann öffnete er die Beifahrertür. „Dann wollen wir mal, liebe Annika. Wir wollen den Kollegen aus Bern schließlich nicht warten lassen."

Wenig später befanden Konrad und Annika sich bereits auf der Autobahn. Annika dachte an die Unterhaltung, die sie vorhin mit Tanja, Kathi und Anna per WhatsApp geführt hatte. Anna und Kathi hatten sich ganz klar gegen eine Reise mit Konrad Dettinger ausgesprochen. *Ein Kuss zum Essen!!! Was glaubst du, wird er versuchen, wenn ihr zusammen verreist?*, hatte Kathi ihr geschrieben.

Versuchen kann er, was er will – ich bin gewarnt!, hatte Annika geantwortet, woraufhin von Kathi ein *Na denn!!! Viel Glück. Du kannst es brauchen* kam.

Anna war noch krasser unterwegs und sehr viel deutlicher als ihre Freundinnen: *Chef will Fick in Bern, jeder Stoß ein Stern. Wenn du fährst, willigst du ein – das ist dir klar, oder?*

Annika hatte gelacht über die WhatsApp von Anna, wenn auch die Wahrheit ihrer Worte auf der Hand lag. Sie hatte kurz überlegt und dann geantwortet: *Chef kann ficken, wen er mag, ich fahr hin und mach Vertrag... LOL*

Einzig Tanja hatte angemerkt, dass von dieser Reise eventuell Annikas Karriere bei SUNLIGHT CITY HOTELS abhängen könnte, womit sie wahrscheinlich auch recht hatte. Trotzdem war Annika klar, dass die Einwände von Anna und Kathi nicht von der Hand zu weisen waren. Dettinger würde wieder versuchen, sich ihr zu nähern, doch dieses Mal war Annika gewarnt und darauf vorbereitet. Zudem glaubte sie nicht, dass ihr Chef wirklich so dreist sein würde, sich selbst in Bern vor den Augen der Kollegen zu kompromittieren.

„Felix also“, bemerkte Konrad so beiläufig, als spräche er gerade über das Wetter. „Was ist er für dich, wenn er für deinen Sohn ein Freund ist?“ Dieses Mal war sein Interesse deutlich zu spüren. Konrad lenkte den großen, schweren BMW sicher durch das dichte Schneetreiben, das auf der Autobahn herrschte. Doch Annika war nicht bereit, mit Konrad über Felix oder sonst irgendwen aus ihrem Privatleben zu reden. Ihr wurde klar, dass die Entscheidung, diese Reise mit Konrad anzutreten, sich als riesengroßer Fehler entpuppen würde, wenn sie nicht sofort etwas dagegen unternahm.

„Konrad“, begann sie zögerlich. „Ich werde auf keinen Fall mein Privatleben in den Fokus dieser Reise stellen. Felix passt auf meinen Sohn auf, während ich weg bin, das ist alles, was ich zu diesem Thema sagen möchte.“ Gespannt wartete sie darauf, von Konrad angegangen zu werden, doch er prustete nur belustigt.

„Natürlich, Annika. Das ist mir auch lieber. Schließlich möchte ich, dass du dich voll und ganz auf SUNLIGHT CITY und unseren Auftrag konzentrierst.“ Annika atmete erleichtert auf. Sie ahnte, dass dies noch nicht das Ende ihrer Unterhaltung über private Dinge sein würde, aber für jetzt schien er sie in Ruhe zu lassen.

Normalerweise benötigte man für die Strecke Starnberg-Bern ungefähr vier Autostunden. Doch es war bereits später Nachmittag, als Annika endlich völlig erschöpft in ihrem Zimmer ankam. Allerdings verflog ihre Müdigkeit im Nu, als sie sich das Zimmer eingehender betrachtete. Es war wunderschön. Sofort zückte sie ihr Handy und schoss einige Bilder, um diese direkt mit ihren Freundinnen zu teilen. Sie überlegte kurz, ob sie Felix auch eines der Bilder schicken sollte, entschied sich jedoch dagegen. Es widerstrebte ihr, ihn mit einem schicken Hotelzimmer zu beeindrucken, denn er sollte keinen falschen Eindruck gewinnen. Hähhh? Wieso falscher Eindruck? Schließlich war er es doch gewesen, der ihr dazu geraten hatte, diese Geschäftsreise mit Konrad nicht abzusagen. Also, wieso eigentlich nicht. Wenige

Sekunden später hatte Felix eine WhatsApp mit zwei Fotos, eines von Annikas super Zimmer und eines mit Blick vom Balkon über die Dächer von Bern in der Abenddämmerung. Es war atemberaubend schön und sehr romantisch. Schade eigentlich, dass Felix das nicht mit eigenen Augen sehen konnte. Er hatte schließlich auch eine Vorliebe für schöne Hotels, wie sie aus erster Hand wusste. Annika erinnerte sich daran, wie sie ihn zum ersten Mal gesehen hatte. Groß, schlank, vollbärtig und sehr witzig war er gewesen und eine Granate im Bett. Wärme durchflutete sie, als sie daran dachte, wie zärtlich und liebevoll er gewesen war, zumindest soweit sie sich erinnern konnte. Jetzt reiß dich zusammen. Du hast keine Zeit für solche Erinnerungen. In zwanzig Minuten wurde sie von Konrad und Sigmund Melcher, dem Geschäftsführer des SUNLIGHT CITY BERN, in dessen Büro erwartet. Kaum Zeit also, sich ein wenig frisch zu machen und in eine frische Bluse zu schlüpfen…

Sabine Dettinger tobte. Was zur Hölle bildete sich Konrad eigentlich ein? Letzte Woche erst hatten sie einen handfesten Streit darüber gehabt, wie sehr er sie in letzter Zeit vernachlässigte – wieder einmal –, und dann das. Völlig überraschend hatte er ihr vor zwei Tagen eröffnet, in die Schweiz reisen zu müssen. „Wir starten eine neue Werbekampagne und da muss ich vor Ort sein. Vermutlich wird es nur zwei oder drei Tage dauern, Liebes“, hatte er ihr berichtet und sich dann hinter seiner Zeitung verkrümelt. Dabei hatte er ein klitzekleines, aber sehr entscheidendes Detail vergessen beziehungsweise ausgelassen – er würde nicht alleine fahren. Nein. Konrad Dettinger fuhr nicht alleine – er nicht. An seiner Seite würde die neue Mitarbeiterin seines Stabes sitzen, die er unter Garantie nicht anhand ihrer Qualitäten am Laptop ausgewählt hatte. Sabine hatte Konrads Assistentin angerufen und erfragt, welches der SUNLIGHT CITY Hotels er anfahren würde, weil sie eine Überraschung für ihn plante. Dabei hatte sie erfahren, dass er und DIE NEUE nach Bern fahren würden. Nachdem sie das herausgefunden hatte, rief sie seinen Kollegen Siegmund an. Sie kannte ihn von einem Empfang, weswegen es auch ein Leichtes für sie war, ihn davon zu überzeugen, nichts von ihrem Plan verlauten zu lassen. „Es

wäre schön, wenn das Gespräch unter uns bliebe, Siegmund. Ich will Konrad überraschen. Wir haben bald unseren Hochzeitstag und so eine kleine Überraschung könnte unserer Ehe wieder neuen Schwung verleihen, wenn du verstehst…“, bat sie Melcher.
„Natürlich, Sabine. Kein Thema. Soll ich die Suite für euch reservieren?“

„Oh. Das wäre wundervoll, Siegmund. Ich freu mich schon auf Bern.“ Als sie auflegte, lächelte sie triumphierend. Wäre doch gelacht, wenn sie es nicht schaffte, Konrad die Überraschung seines Lebens zu bereiten. Sie würde morgen einen Einkaufsbummel unternehmen und sich mit frischer Wäsche eindecken. Zwar sah Sabine nicht schlecht aus, aber ein wenig Pep konnte nicht schaden. Konrad legte großen Wert auf Äußerlichkeiten und obwohl Sabine der Natur bereits nachgeholfen hatte, schien Konrad die kleinen Veränderungen an seiner Frau nicht einmal zu bemerken. Sein Augenmerk war schon lange nicht mehr auf die Schönheit seiner Frau gerichtet. Als sie Konrad vor fünf Jahren kennengelernt hatte, war sie selbst Leiterin einer erfolgreichen, wenn auch kleinen Hotelkette von fünf Hotels in Deutschland gewesen. Doch Konrad hatte sie davon überzeugt, dass die einzige Überlebenschance einer so kleinen Kette wie der ihren in der Fusion lag. Sie hatten fusioniert, sowohl geschäftlich als auch privat, doch wo hatte es Sabine hingebracht? Heute war sie die Ehefrau eines Hotelmanagers und verantwortlich für den Haushalt. Wenn sie ehrlich sich selbst gegenüber war, hasste sie ihren Mann dafür. Dieses Mal würde sie nicht die Hände in den Schoß legen und ihn fremdvögeln lassen…

„Ich hoffe, Ihr Zimmer gefällt Ihnen, Frau Thiel“, wurde Annika wenig später von Siegmund Melcher freundlich begrüßt. Sie saß mit Konrad und Siegmund Melcher in dessen Büro, nachdem sie ein kurzes Kennenlernen vor dem Abendessen vereinbart hatten.
„Ja, vielen Dank. Es ist zauberhaft und die Aussicht grandios. Sie haben es sehr, sehr schön hier“, antwortete Annika ehrlich. Sie selbst lebte ebenfalls unweit eines Sees in einer wunderschönen Gegend und sie liebte die Natur. Deswegen hatte sie auch beschlossen, gleich morgen früh, noch vor dem Frühstück, einen

ausgiebigen Spaziergang durch die Berner City zu unternehmen. „Freut mich, wenn es Ihnen hier gefällt. Sie müssen sich unbedingt das Berner Münster ansehen. Es ist wunderschön und unbedingt sehenswert."

„Das ist eine gute Idee, Annika. Wenn wir morgen hier fertig sind, können wir gerne einen Stadtbummel machen und uns ein wenig Sightseeing gönnen", antwortete Konrad für Annika, die sich innerlich bereits krümmte. Während der Autofahrt hatten sie bereits über die Einzelheiten der Werbekampagne beratschlagt und Konrad hatte immer mal wieder eingeworfen, wie toll er sie fand, wie begehrenswert sie war und wie sehr sie ihm gefiel. Sie musste das unterbinden, sofort. Es war ihr unangenehm, dass Siegmund Melcher den Eindruck von ihr gewann, sie sei mit Konrad verbandelt. Dabei hatte sie so sehr gehofft, er würde sich zurückhalten, doch weit gefehlt. Deswegen antwortete sie schnell: „Ganz ehrlich, Konrad. Mir wäre es lieber, wenn wir hier fertig sind, gleich wieder nach Hause zu fahren. Ich vermisse meinen Jungen jetzt schon und ich möchte meinen Babysitter nicht länger als notwendig strapazieren."

Allerdings hatte sie nicht mit Konrads Hartnäckigkeit gerechnet. „Gut. Lass uns das doch nachher bei einem Gläschen Wein besprechen. Du kannst dich gerne frisch machen gehen und dir was Nettes anziehen. Ich habe mit Herrn Melcher noch das ein oder andere zu besprechen. Wir treffen uns dann im Lokal – sagen wir gegen 20 Uhr. Also dann, bis später." Ohne ihr auch nur den Hauch einer Chance für einen Einwand zu geben, wandte sich Konrad an Melcher und erklärte somit ihr Gespräch für beendet. Kochend vor Zorn stand Annika auf. „Herr Melcher, hat mich sehr gefreut. Wir sehen uns morgen." Damit drehte sie sich um und verließ das Büro…

Natürlich hatte sie sich nicht umgezogen, als sie pünktlich um 20 Uhr das feudale Hotelrestaurant betrat. Sofort kam sie sich underdressed vor und fluchte innerlich. Wieso hatte sie nicht auf Konrad gehört? Natürlich hatte sie nur im Sinn gehabt, dass er sie in einem dünnen Fähnchen von Kleid sehen wollte, und keinen Augenblick lang daran gedacht, dass er es auf die Noblesse des Lokals gemünzt haben könnten. Shit. Jetzt war es zu spät, sich noch einmal zurückzuziehen. Also ging sie erhobenen Hauptes zu dem Tisch, an dem Konrad bereits saß und lässig in der Speisekarte blätterte. Er stand auf und schob ihren Stuhl zurecht, damit sie sich ihm gegenüber hinsetzen konnte, und bestellte eine Flasche Mineralwasser und einen edlen Weißwein für sie beide. „Schön, dass du da bist. Wie ich sehe, hattest du keine Gelegenheit mehr, dich umzuziehen." Er schien darüber belustigt zu sein, doch er beließ es bei diesem Kommentar und verkniff sich jedes weitere Wort.

Annika beschloss ebenfalls, die Kleiderfrage zu ignorieren, und sah sich interessiert um. „Es ist wunderschön hier. Wie das ganze Hotel auch – sehr niveauvoll und klassisch schlicht. Das gefällt mir gut. Allerdings fehlt hier für unseren Werbeslogan SUNLIGHT CITY HOTELS MIT HERZ ein wenig die Wärme", sagte sie leise, mehr zu sich selbst.

„Mhm. Das stimmt wohl", gab Konrad zu. „Aber das werden wir heute Abend nicht mehr diskutieren. Wir haben Feierabend. Hattest du schon etwas zu essen?"

„Nein, eigentlich nicht. Ich habe einen Bärenhunger", antwortete Annika gequält lächelnd. Angespannt überlegte sie, wie um Himmels willen sie aus dieser Situation herauskam, ohne ihr Gesicht zu verlieren. Konrad würde hier in der Öffentlichkeit wohl kaum etwas unternehmen, was kompromittierend sein würde. Gerade als sie sich entspannte, griff Konrad über den Tisch und nahm ihre Hand in seine. „Annika. Du glaubst gar nicht, wie sehr ich mich nach dir verzehre, seit ich deine Lippen gekostet habe. Du bist eine unglaublich tolle Frau, aber ich glaube, du weißt das gar nicht so richtig. Lass es mich dir zeigen." Sein dunkler Haarschopf neigte sich nach vorne, als er zärtlich ihren Handrücken küsste. Dann drehte er ihre Hand herum und küsste sie auf die Handinnenfläche. Annika, die ihn wie erstarrt hatte gewähren lassen, war mit einem Mal in höchstem Maße alarmiert. „Konrad. Ich halte das für keine gute Idee. Wir sitzen hier in einem Lokal deiner Hotelkette. Außerdem bist du verheiratet. Also..."

„...deine neue Mitarbeiterin hat vollkommen recht, Konrad", tönte da plötzlich eine Frauenstimme, die alles andere als freundlich klang. „Es ist an der Zeit zu lernen, dass du nicht alle deine Mitarbeiterinnen ab Körbchengröße D flachlegen kannst."

Sabine Dettinger trat an den Tisch und baute sich vor Annika und Konrad auf. „Du, meine Liebe, kannst auf dein Zimmer verschwinden. Mit dir beschäftige ich mich später. Konrad, mein Schatz“, säuselte sie plötzlich. „Was sagst du DAZU?“ Kaum hatte sie die Worte ausgesprochen, zog sie ihren Mantel auf und entblößte ihren fast nackten Körper. Darunter trug sie lediglich einen dunkelblauen Spitzen-BH, unter dem sich deutlich die hoch aufgerichteten Brustspitzen abzeichneten. Der farblich passende Slip war so klein, dass man ihn getrost auch hätte weglassen können. Das Beste jedoch an diesem Outfit war ganz eindeutig der Strumpfhalter mit den dazu passenden Strümpfen. Das weiße, weiche Flcisch ihrer Schenkel hob sich deutlich von dem tiefen Blau ab, was wahnsinnig erotisch aussah. Noch nie, seit Annika für ihn arbeitete, hatte sie Konrad sprachlos gesehen. Wahrscheinlich hatte er mit allem anderen gerechnet, aber nicht damit, seine Frau hier zu sehen.

„Sabine. Verdammt. Was machst du da? Würdest du bitte deinen Mantel schließen“, zischte er so leise, dass es sich tatsächlich wie das Zischen einer Schlange anhörte. „Wir sind hier im Restaurant eines SUNLIGHT CITYS.“

„Das weiß ich, mein Lieber. Warum, glaubst du, habe ich mir genau das für dich ausgedacht? Bestell mir bitte einen Rotwein und das Rinderfilet. Ich bin hungrig.“ Konrads Frau wartete, bis Annika aufgestanden war, und nahm deren Platz ein. „Dir, meine Liebe, schadet es nicht, das Essen heute mal ausfallen zu lassen, also husch, husch.“ Wortlos starrte Annika die Frau ihres Chefs an, die elegant die Beine übereinander schlug und sorgfältig ihren Mantel darüber ausbreitete. Lediglich ein klein wenig ihres cremeweißen Dekolletés blitzte hervor. Eigentlich hätte sie Sabine Dettinger um den Hals fallen müssen, denn sie hatte sie vor Konrads Avancen bewahrt – eigentlich. Doch diese hochnäsige Person behandelte sie wie den Staub zu ihren Füßen und brachte Annika damit total in Rage. Trotzdem zog sie es vor, sich zurückzuziehen. Im Weggehen hörte sie, wie Sabine säuselte: „Wenn du nicht brav bist, dann ziehe ich meinen Mantel aus. Ich finde, dass sich mein Körper durchaus noch sehen lassen kann.“ Sie sah, dass Konrad sich umschaute und bemerkte, dass die Gäste am Nachbartisch die Szene sehr wohl mitbekommen hatten. Wütend herrschte er seine Frau an: „Du wirst nichts dergleichen tun." Sein Ton duldete keinen Widerspruch. „Du gehst jetzt hoch in mein Zimmer und wartest dort auf mich."

Seine Frau lachte heiser. Was sie dann sagte, bekam Annika nicht mehr mit, weil sie sich mittlerweile außer Hörweite befand. Aber sie vermutete mal, dass es ein Dominanzspiel zwischen den beiden war. *Wie, verdammt nochmal, komme ich jetzt nur von hier weg?* Diese Situation war mehr als peinlich, fand Annika, für sie und auf jeden Fall für Konrad. Annika würde auf keinen Fall mit den beiden nach Hause fahren. No way. Lieber würde sie den Zug nehmen. Kurz flackerte die Idee auf, Felix anzufunken und zu bitten, sie abzuholen. Er könnte sie morgen Nachmittag, gemeinsam mit Basti, in Bern abholen kommen. Sie könnten sich vielleicht noch das Münster anschauen und dann, gegen Abend, gemütlich nach Hause fahren. Wie eine richtige Familie eben. Dumm nur, dass Felix arbeiten musste. Allerdings, sagte er nicht immer, er könne sich seine Zeit und die Termine frei einteilen? Mist. Mit knurrendem Magen öffnete Annika ihre Zimmertür und beschloss, sich noch etwas zu bestellen. Keinesfalls würde sie hungrig ins Bett gehen. Sie streifte sich gerade die Schuhe ab, als es an der Tür klopfte.

„Ja bitte?"

„Annika. Ich bin's Konrad. Mach bitte die Tür auf. Lass uns kurz darüber reden."

„Sorry, Konrad. Ich bin müde. Lass uns morgen darüber reden", gab Annika zurück und dachte gar nicht daran, die Tür zu öffnen. „Außerdem bin ich bereits ausgezogen", log sie.

„Es tut mir leid, wirklich. Ich hätte mit allem gerechnet, aber damit? Niemals. Ich mach es wieder gut, versprochen."

„Es gibt nichts, das du wieder gutmachen müsstest. Sie ist deine Frau, Konrad", erinnerte Annika ihren Chef an seine Prioritäten.

Konrad seufzte tief. „Okay, du hast recht. Also dann bis morgen. Schlaf gut."

Als Konrad endlich gegangen war, atmete Annika erleichtert aus. Vielleicht hatte Sabine Dettinger ihr Problem mit Konrad ein für alle Mal geklärt, doch irgendwie glaubte Annika nicht so recht daran. Erschöpft ließ sie sich aufs Bett sinken und begann, sich langsam auszuziehen. Die Idee, Felix zu schreiben, gefiel ihr immer besser und schließlich, nach einem kurzen Blick auf die Uhr, hielt sie es nicht mehr aus. Sie öffnete sein WhatsApp-Profil und tippte: *Noch wach?*

Machst du Witze? Es ist gerade mal 21 Uhr. Schon fertig für heute?

Ja. Im wahrsten Sinne des Wortes. Konrads Frau ist aufgetaucht und hat ihm im Lokal beinahe eine Szene gemacht. Sie denkt, ich hätte was mit ihrem Mann.

Und? Hast du was mit ihm? Sorry. Dummer Scherz. Aber das kannst du ihr nicht verdenken. Er hat sicher nicht erzählt, dass er dich mit nach Bern genommen hat. Was soll sie sonst denken?

Du hast ja recht, aber es fühlt sich trotzdem scheiße an. Ich bestell mir jetzt was zu essen und hüpf dann ins Bett.

Hoffentlich alleine…

Frecher Kerl… <3

Immer zu Diensten.

Kennst du schon das Berner Münster? Das soll wunderschön sein…

Wann soll ich kommen?

Annika lachte gelöst und setzte sich im Schneidersitz aufs Bett. Dann antwortete sie: *Wann willst du kommen?*

Was ist das für eine Frage? Jetzt gleich, am besten tief in dir. Aber morgen Nachmittag geht auch – zwinker… <3

Du bist mein rettender Engel.

Soll ich Basti mitbringen? Oder willst du mich alleine? Dann bring ich ihn zu Theo und Sonja. Sie lieben ihn.

Annika überlegte kurz. *Komm alleine…* <3

Ich meld mich, wenn ich losfahre. Guten Appetit und schlaf gut, mein Engel. Love you… <3

Me to… <3, schrieb Annika zurück und drückte einen lauten Schmatz auf ihr Display.

22
Bern – am nächsten Morgen

„Es tut mir wirklich leid, Annika“, versuchte es Konrad erneut, der immer noch nicht zu begreifen schien, wie froh Annika über das Auftauchen seiner Frau war. „Ich wusste nicht, dass sie hier auftaucht. Dabei dachte ich, wir könnten uns noch einen schönen Nachmittag machen, gemeinsam zu Abend essen und dann … morgen Vormittag gemütlich nach Hause fahren.“ Annika sah ihn ungläubig an. Er glaubte doch nicht ernsthaft, dass sie tatsächlich mit ihm… Seine Miene sprach Bände. Genau das hatte er geglaubt. Kein Wunder, dass seine Enttäuschung riesig war.

„Herr Melcher denkt, wir werden noch ungefähr eine Stunde zu tun haben. Ich habe bereits gepackt, weil ich nachher abgeholt werde“, antwortete Annika freundlich, aber bestimmt. „Ich spare der Firma die Kosten für eine weitere Übernachtung und wenn nichts Neues mehr dazukommt, sind wir dann ja auch durch.“ Durch die Aktion von Dettingers Frau war Annika sogar die Lust an ihrem geplanten Spaziergang vergangen.

Konrad starrte Annika sprachlos an. Er schien mit ihrer Reaktion nicht gerechnet zu haben, was sie sehr erstaunte. Schließlich hatte sie keinen Hehl daraus gemacht, dass sie seine ganze Aktion alles andere als gutgeheißen hatte, und nun waren ihm die Hände gebunden, so viel war klar. Seine Frau war vor Ort und er hatte keine Chance, das Blatt zu seinen Gunsten zu wenden – nicht einmal im Ansatz…

„Gut, wenn Sie meinen, Frau Thiel“, sagte er mit so eiskalter Stimme, dass es ihr einen eiskalten Schauer über den Rücken jagte. „Wir sehen uns in einer halben Stunde oben im Besprechungsraum. Seien Sie pünktlich, wir werden nicht auf Sie warten.“ Wie erstarrt schaute Annika zu, wie Konrad Dettinger, ihr Noch-Chef, sich mit energischen Schritten entfernte. SIE. Sie waren wieder beim Sie angelangt, was alles andere als gut war…

„Du glaubst nicht, wie froh ich bin, dich zu sehen“, empfing Annika Felix, als er am späten Nachmittag endlich im Hotel angekommen war, nachdem das Wetter für extrem schlechte Verkehrsverhältnisse gesorgt hatte. „Ich auch“, antwortete Felix und atmete auf. „Ich bin froh, dass ich überhaupt angekommen bin. Die Autobahn war völlig dicht, weil die Räumfahrzeuge nicht nachkommen. Es ist einfach viel zu viel Schnee."

„Oh, daran habe ich überhaupt nicht gedacht", antwortete Annika besorgt. „Tut mir leid."

„Nein, schon in Ordnung. Es ist … ich finde es sehr schön, dass du MICH angerufen hast." Felix' Augen strahlten sie an und Annika lächelte zurück. „Gut." Kaum hatte sie ausgesprochen, befand sie sich auch schon in seinen Armen. „Ich hab dich vermisst. Wenn du nicht da bist, fehlst du mir sofort", raunte er dicht bei ihrem Haar und sandte ihr einen wohlig warmen Schauer durch den Körper. Dann schob er sie ein Stückchen von sich weg und schaute ihr tief in die Augen. „Egal", wisperte er und senkte seine Lippen auf ihre. *Wahnsinn*, dachte Annika. *Wie kann sich etwas so Profanes wie ein Kuss so wundervoll, so fantastisch anfühlen?* Ihr Bauch zog sich zusammen, nur um sich gleich darauf mit einem weichen Gefühl zu lockern. Sie wurde feucht. Von nur einem harmlosen… Kaum hatte sie den Gedanken gefasst, intensivierte Felix seinen Kuss und verwandelte das zärtliche Prickeln in eine Flut sehnsüchtigen, drängenden Begehrens. Annika schmiegte sich mit ihrem ganzen Körper an seinen, spürte seinen harten Penis an ihrem Bauch, fühlte seine harten, austrainierten Muskeln, die sich wundervoll stark und männlich anfühlten. Er ließ seine Zunge durch ihren Mund gleiten, stieß an den empfindlichen Gaumen und brachte sie zum Stöhnen, als ein lautes Räuspern den Zauber des Moments zerbröseln ließ wie ein staubtrockenes Blatt.

„Tschuldigung, Frau Thiel. Sie stehen hier mitten im Foyer eines Vier-Sterne-Hotels. DAS sollten sie wohl besser in eines der Zimmer verlagern." Zutiefst verlegen zuckte Annika zurück, wurde jedoch von Felix' Armen daran gehindert, sich völlig von ihm zu lösen. Die schneidende Kälte in der Stimme ihres Chefs war zwar erschreckend, doch gleichzeitig war sie auch erleichtert darüber, weil er sie zusammen mit Felix gesehen hatte. Sicherlich würde sich sein Interesse an ihr jetzt merklich abkühlen. Konrad starrte Felix an, als hoffte er, der würde tot umfallen. Felix hingegen richtete sich auf und drehte sich langsam zu Dettinger herum, dessen Frau, die neben ihm stand, sich köstlich zu amüsieren schien. Sie grinste zunächst süffisant, runzelte dann aber die Stirn und blickte Felix einen Augenblick intensiv an. Dann breitete sich ein noch breiteres Grinsen auf ihrem Gesicht aus, als sie in seinen Augen Erkennen aufblitzen sah.

„Na, das nenn ich doch mal einen Zufall", sagte sie mit einem so hämischen Unterton, dass Annika sich erschrocken umdrehte. „Was machst du denn hier, Loverboy? Du bist es doch, oder?" Sabine Dettinger lachte gehässig. „Damals fand ich deinen Vollbart total sexy, aber glattrasiert siehst du auch nicht übel aus."

Felix gefror das Blut in den Adern. Verdammte Scheiße. Er kannte diese höhnische Frauenstimme. Sie gehörte zu Sabine, einer seiner damaligen Spezialkundinnen. War ja klar. Gerade, als es so gut lief mit Annika…

„Ihr kennt euch?", fragte Dettinger konsterniert. „Das ist ja interessant. LOVERBOY?" Misstrauisch beäugte er zuerst seine Frau und dann schließlich Felix.

„Ja, man kann wohl sagen, dass wir uns kennen", antwortete Sabine Dettinger ironisch. „Diesem Mann habe ich verdammt viel Geld für ganz bestimmte Leistungen bezahlt. Und ich meine nicht Wohnung streichen oder Reifen wechseln. Oh nein. Ich rede von gaaaaanz speziellen Dienstleistungen, bei denen Ausdauer und Zungenfertigkeit gefordert sind."

Annika verstand nur Bahnhof, während ihr Chef seine Frau fassungslos anstarrte. Dienstleistungen? Zungenfertigkeit? Fragend blickte sie zu Felix, der in der Bewegung erstarrt war.

„Hallo Sabine." Frostig begrüßte Felix die arrogante schlanke Frau. „Entschuldige bitte, aber wir waren gerade im Begriff zu gehen." Er wandte sich an Annika und lächelte sie beruhigend an, doch er hatte die Rechnung ohne Sabine gemacht.

„Finden Sie nicht auch, Frau Thiel, dass unser Felix äußerst begabt mit Zunge und Fingern umgehen kann. Und mit anderen Körperteilen natürlich auch." Sie lächelte wie eine bösartige Schlange, als sie fortfuhr. „Natürlich ist das für den Preis auch absolut angemessen gewesen, nicht wahr, Chérie? Du warst der Beste." Sabine Dettinger wandte sich an Sabine und schaute die jüngere Frau mitleidig an. Dann wurden ihre Augen groß. „Oh weh. Sie wussten nichts davon, wie ihr Freund sein Geld verdient hat? Oder noch verdient, wer weiß das schon. Er besorgt es gut situierten Ladys, und zwar richtig gut. Das machst du doch noch, oder Felix?“

Dettinger stieß einen undefinierbaren Laut aus und begann dann, schallend zu lachen. „Ein Callboy? Respekt, Frau Thiel. Sie beweisen wahre Größe, uns diesen Mann als Ihren Freund vorzustellen.“

Felix kochte vor Wut und war gleichzeitig zutiefst bestürzt. Wer gab diesen überheblichen, furchtbaren Menschen das Recht, anderer Leute Gefühle dermaßen mit Füßen zu treten? Am liebsten hätte er Annikas Chef am Kragen gepackt und geschüttelt, doch er beherrschte sich mühsam. Viel wichtiger war es, sich um Annika zu kümmern. Sie stand völlig regungslos neben ihm und war zur Salzsäule erstarrt. Plötzlich ging ein Ruck durch Annikas Körper und sie straffte die Schultern. Sie lächelte Sabine Dettinger offen an.

„Sie haben recht. Er ist der Beste. Schließlich hatte er genug Zeit, seine Fertigkeiten zu perfektionieren, und genau davon profitiere ich jetzt. Ah – wunderbar. Ich bekomme alles, was ich will, und das völlig kostenlos. Entschuldigen Sie uns bitte, es wird Zeit, nach Hause zu fahren.“ Annika drehte sich auf dem Absatz um und ging mit großen Schritten davon. Als Felix, der völlig perplex war, ihr nicht folgte, drehte sie sich herum. „Kommst du? Ach, ich Dummerchen. Natürlich tust du das. Du kommst doch immer“, sagte sie lächelnd und steuerte die Fahrstühle an.

Felix blinzelte, bis sich seine Starre plötzlich löste. Ein leichtes Kopfnicken in Sabines Richtung, schon folgte er Annika, die sich nicht mit dem Fahrstuhl aufgehalten hatte, sondern im Treppenhaus verschwunden war. In der zweiten Etage hatte er sie eingeholt und hielt sie am Arm auf. „Lass los“, knurrte sie, ohne ihn anzusehen. Er antwortete nicht, ließ sie jedoch sofort los. Wortlos stiegen sie die Stufen zum dritten Stock hinauf, wo sich Annikas Zimmer befand. Kaum hatte sie ihr Zimmer betreten, verschwand sie direkt im Bad, was sich für Felix wie ein Schlag in die Magengrube anfühlte. Er wusste – er hatte es vermasselt, und zwar gewaltig. Sie mussten reden. Doch wie sollte er das tun, wenn sie sich im Bad verbarrikadierte? Plötzlich hatte er ein Déjà-vu: Etwas an dieser Situation erinnerte ihn an den Morgen nach ihrem ersten Mal. Seine Brust zog sich schmerzhaft zusammen, als er ihre Schluchzer hörte.

Annika zitterte so heftig, dass sie sich am Waschbecken abstützen musste. Er hatte es nicht geleugnet. Hatte nicht gesagt, dass Sabine Dettingers Behauptung falsch war. Sie schluchzte leise. Ein Callboy. EIN CALLBOY? Sie hatte ihm keine Chance gegeben, sich zu erklären, aber sein Schweigen war doch schließlich Eingeständnis genug, oder? Nein. Das war nicht fair. Er sollte die Chance bekommen, sich ihr zu erklären, so viel war sie ihm schuldig. Annika schluckte die bittere Galle, die sie im Mund schmeckte, herunter und spülte sich den Mund mit kaltem Wasser aus. Anschließend kühlte sie sich Gesicht und Hals, straffte die Schultern und ging ins Zimmer zurück…

Felix stand am Fenster und blickte hinaus, als Annika das Zimmer betrat, doch er drehte sich nicht herum. Er hatte blanke Angst davor, ihr gegenüberzutreten, sie überhaupt nur anzusehen.

„Erzähl“, forderte sie ihn mit bebender Stimme auf.

„Sabine hat teilweise recht“, brachte er mit trockener Kehle hervor. Sein Mund war staubtrocken, doch da musste er jetzt durch. „Ich habe bis vor sechs Jahren bei einer Begleitagentur gearbeitet…“ Felix schluckte und versuchte, die richtigen Worte zu finden, doch wie sagte man der Frau, die man liebte, schonend, dass man für Geld mit Frauen ins Bett gestiegen war? „Es war damals einfach … notwendig und ging nicht anders. Dachte ich zumindest.“ Als Annika nichts sagte und stumm blieb, drehte er sich um, um sie endlich anzusehen.

Sie stand kerzengerade mitten im Zimmer und starrte in den Spiegel, schien auf weitere Ausführungen von ihm zu warten, doch er blieb stumm und schaute sie nur an. Schließlich hob sie den Kopf, konnte das soeben Gehörte aber noch immer nicht richtig verarbeiten. Die Gedanken rasten, überschlugen und verselbstständigten sich. Sie hatte Fragen über Fragen. Wann und wie lange er wohl als bezahlter Loverboy gearbeitet hatte? Bis vor sechs Jahren hatte er gesagt. Dann könnte es sogar sein...? Nein. Wieso sollte er… Außer, jemand hätte… Sie versuchte, sich zu erinnern, wie genau sie sich kennengelernt hatten. Felix war plötzlich da gewesen. Wie aus dem Nichts. Was, wenn er doch…? Aber wenn ja, wer hatte ihn BEZAHLT? Ihre Gedanken flogen in die Gegenwart. Ob er immer noch gegen Bezahlung…? So ab und zu? NEIN. Das will ich nicht glauben, dachte Annika und schluckte schwer. Felix hatte ihr erzählt, dass er vor sechs Jahren mitten im Studium gesteckt hatte. Sicher hatte er sich so einen Teil seines Studiums finanziert. Andere Männer gingen zur Samenbank und wieder andere jobbten in Bars, Cafés oder Lieferservices. Trotzdem. Seinen Körper zu verkaufen war eine ganz andere Hausnummer, als Cola zu servieren oder Pizza zu liefern, aber sicher wesentlich besser bezahlt. Und es gehörte sicherlich eine gehörige Portion Selbstvertrauen dazu und Hemmungslosigkeit, vermutete Annika. Sie räusperte sich.

„Du sagtest, bis vor sechs Jahren. Das war mitten in deinem Studium. Hast du dafür den Job gemacht? Bist mit Frauen gegen Geld in die Kiste gestiegen, um dein Studium zu finanzieren?“

„Ja, ich hab das Geld fürs Studium gebraucht. Aber so, wie du das sagst, hört sich das schrecklich an“, gab Felix ruhig zurück. „Die meiste Zeit habe ich die Damen nur begleitet. Theater, Kino, ein Essen mit Geschäftspartnern, solche Sachen. Das Plus-Paket gab es nur … ab und zu on top.“

Sie hatte Angst, weiterzufragen, doch mittlerweile war ihr die Antwort fast egal. Annika war eiskalt geworden, es so aus seinem Mund zu hören. „Als du … als wir miteinander … war das beruflich?“

„Um Himmels willen, Annika“, stieß Felix gequält hervor und fuhr sich verzweifelt durchs Haar. „Das hört sich so… gefühllos und kalt an.“ Er verstummte kurz. „Ja, ich war engagiert worden, um dir eine unvergessliche Nacht zu bereiten. Allerdings sollte es dir in wundervoller, schöner Erinnerung bleiben und dich einfach nur zufrieden machen. Daran ist nichts Schlechtes“, schloss er seine Erklärung, die selbst in seinen Ohren mehr als lahm klang.

Annika schloss die Augen und versuchte, die aufsteigenden Tränen zurückzuhalten. „Wer?“, krächzte sie, obwohl sie es bereits ahnte. Wer sonst, wenn nicht ihre Freundinnen, käme auf eine solche Idee. Verflucht noch eins, sie hatten sogar schon gemeinsam darüber gealbert, sich einmal den Luxus eines Begleiters zu gönnen. Als Felix nichts sagte, sprach sie es selbst aus. „Es waren Kathi, Anna und Tanja, oder? Es können nur die drei Verrückten sein.“ Sie riss die Augen wieder auf und beobachtete gespannt Felix’ Reaktion. Als er ergeben nickte, entfuhr ihr ein bitteres Lachen. „Wunderbar. Nicht nur, dass mein

Sohn entstanden ist, als ich total betrunken war, und du ein Bezahlter bist, ihr habt mich die ganze Zeit über darüber belogen. Habt mich im Dunkeln tappen lassen." Sie stockte. „Habt ihr euch wenigstens über mich amüsiert? Über die dumme, naive Annika, die dachte, ein Mann wie du würde auf sie abfahren."

„Sag sowas nicht. Ich kann verstehen, dass du getroffen und enttäuscht bist, aber das ist viele Jahre her. Keiner wollte dich verletzen – im Gegenteil. Okay. Vielleicht war das im Nachhinein betrachtet eine dumme Idee, aber keine deiner Freundinnen wollte dir was Böses. Sie haben sich nicht getraut, es dir zu sagen, wollten dich schützen, weil sie genau wussten, dass du genauso reagieren würdest, wie du es jetzt tust. Dich selbst kleinmachen würdest – das waren exakt Kathis Worte. Und meine Motive, es dir zu verschweigen, liegen auf der Hand." Er räusperte sich. „Lass uns nach Hause fahren. Schlaf eine Nacht darüber, oder auch zwei. Vielleicht kannst du es mit etwas Abstand anders betrachten. Aber tu mir einen riesigen Gefallen – rede mit Kathi. Sie liebt dich und du wirst keine bessere Freundin finden, egal, wie es momentan aussieht." Felix stockte und fügte dann leise hinzu: „Ich weiß, du wirst es mir nicht glauben, aber danach gab es keine mehr – nach dir."

Annika blickte ihn kalt an. „In einem hast du recht – ich will jetzt nur noch nach Hause. Aber nicht mit dir. Ganz bestimmt nicht mit dir." Sie blickte auf ihr Gepäck, das sich zum Glück auf ihre Laptoptasche, einen kleinen Trolley und ihre Handtasche beschränkte. Dann ging sie zum Telefon und wählte die Rezeption an. „Ich brauche die nächste Zugverbindung nach München und ein Taxi, bitte. Vielen Dank."

„Annika", versuchte Felix es erneut. „Sei doch vernünftig. Lass uns gemeinsam fahren. Wenn du willst, musst du dich auch nicht mit mir unterhalten. Ich lass dich in Ruhe – versprochen."

Doch Annika schüttelte vehement den Kopf und schaute zur Seite. „Geh. Ich kann das jetzt nicht…" Damit drehte sie ihm den Rücken zu.

„Es tut mir leid. Ich wollte nicht, dass du es so erfährst. Ich hatte gehofft … gedacht … irgendwann ergibt sich eine Gelegenheit, es dir zu erzählen – vielleicht. Ich gehe, weil du es willst, und ich gebe dir Zeit, es zu verarbeiten, aber wir müssen uns aussprechen.

Ich kann dich jetzt nicht einfach wieder in Ruhe lassen. Ich liebe dich, auch wenn du das jetzt nicht glauben kannst.“ Keine Reaktion. Annika stand, den Blick auf den Spiegel gerichtet, völlig bewegungslos da. Scheiße. Genau das hatte er vermeiden wollen, sie keinesfalls verletzen wollen – niemals. „Pass auf dich auf, hörst du? Denk an Basti.“ Damit drehte er sich herum und ging. Noch nie war es ihm so schwer gefallen, ein Hotelzimmer zu verlassen, denn sein Herz blieb bei Annika, genau wie seine Gedanken. Das schlechte Gewissen verursachte ihm Magenschmerzen. Felix spürte, wie der Magensaft in ihm hochstieg, und schluckte heftig, als ihm schlecht wurde. Sabine! Ausgerechnet Sabine… Diese Frau war egoistisch und falsch. Schon damals hatte Felix die Stunden mit ihr als unangenehm empfunden. Dass er ihr ausgerechnet hier über den Weg laufen musste, war mehr als ein dummer Zufall. Ob ihr Mann von ihren Eskapaden gewusst hatte? Soweit Felix sich noch erinnern konnte, war Sabine vor sechs oder sieben Jahren selbständig und solo gewesen. Vermutlich hatte sie Konrad erst nach ihren Callboy-Miet-Zeiten kennengelernt. Doch auch das konnte ihm egal sein. Diese Frau hatte es geschafft, Annika mit wenigen Worten immensen Schaden zuzufügen, und alleine dafür hätte er sie erwürgen können. Allerdings musste er sich selbst gegenüber ehrlich sein und sich eingestehen, dass er nicht unerheblich dazu beigetragen hatte, Annika zu verletzen. Betrübt trat er die Heimreise an und hoffte, Annika würde sich wieder beruhigen, damit sie sich in Ruhe aussprechen konnten…

Die ganze Rückreise über schwankte Annika zwischen totaler Ungläubigkeit und tiefer Enttäuschung. Wie hatten ihre Freundinnen, vor allen Dingen Kathi, sie so hinters Licht führen können? All die Jahre hatten sie den Grund für ihren One-Night-Stand verschwiegen, hatten verschwiegen, dass ihre Schwangerschaft, der Bruch mit Lars und die Entfremdung von ihren Eltern in einer bezahlten Nacht begründet lagen. Am meisten verletzte Annika der Vertrauensbruch, den Kathi begangen hatte. Zu ihr hatte sie all die Jahre die engste und offenste Freundschaft gepflegt. Sie hatten alles miteinander geteilt und sich mehr anvertraut als jedem anderen. Kurzentschlossen löschte Annika die WhatsApp-Profile der drei

Freundinnen und schaltete ihr Handy aus. Sollten sie ruhig mal schmoren und sich Gedanken darüber machen, was sie angerichtet hatten. Wieder kamen ihr die Tränen. Dann kam ihr ein weiterer unangenehmer Gedanke. Wie in drei Teufels Namen sollte sie Konrad wieder vor die Augen treten? Für ihn würde diese Wendung in Annikas Leben ein gefundenes Fressen sein. Darüber nachzudenken, brachte Annikas Tränendrüsen erst so richtig in Schwung. Schniefend riss sie ihre letzte Papiertaschentuchpackung auf. Hoffentlich würden die ausreichen, bis sie in München war. Ursprünglich war ihr Plan gewesen, einen Abstecher zu ihren Eltern zu machen. Allerdings würde ihre Mutter sofort spitzkriegen, dass etwas mit ihr nicht stimmte, besonders wenn sie so verheult bei ihnen aufkreuzte. Also hatte sie die Idee bereits wieder verworfen. Sie würde von München nach Starnberg mit dem Regiozug fahren und dann direkt zu Theo und Sonja düsen, um Basti abzuholen. Sebastian. Annikas Herz wurde schwer, wenn sie daran dachte, wie sehr sie ihren Sohn liebte. Sebastian würde hoffentlich niemals erfahren, wie er wirklich gezeugt worden war. NIEMALS. Felix. Dieser verdammte … Wieso hatte er ihr auch so den Kopf verdrehen müssen? *Ich könnte ihn ... ja, was eigentlich?*, überlegte Annika und schniefte undamenhaft, was ihr einen pikierten Seitenblick einbrachte. Sie war kurz davor zu fragen, ob ihrer Sitznachbarin etwas missfiel, als diese sich erhob und das Abteil verließ. „Glück gehabt“, murmelte Annika und zog eine Grimasse.

Nachdem Annika in München ihren Anschlusszug verpasst hatte, musste sie einsehen, dass sie Basti heute nicht mehr würde abholen können. Völlig entnervt und entkräftet setzte sie sich in eines der Bahnhofskaffees und wählte Theos und Sonjas Nummer. Sie schilderte kurz ihr fahrtechnisches Problem. „Kein Problem“, erwiderte Theo beruhigend. „Komm erst einmal an. Morgen früh bringen wir ihn in die Schule, dann kannst ihn gemütlich abholen – ganz ohne Stress.“ Merkwürdig. Theo wunderte sich gar nicht, dass Annika mit dem Zug gefahren war. Natürlich. Sicherlich hatte Felix seine Freunde bereits informiert. „Felix hat dich angerufen“, stellte sie leise fest.

„Ja, er hat mir alles erzählt. Es tut mir leid, Annika. Es ist nicht in Ordnung, wie das Ganze abgelaufen ist.“

„Ihr könnt ja nichts dafür“, antwortete Annika ruhig. „Sag Sonja liebe Grüße. Bis morgen.“ Als sie am späten Abend zu Hause ankam, war das Haus dunkel und still und Annika fühlte sich seltsam leer und alleine. Furchtbar alleine…

Felix hatte sich dazu entschlossen, Kathi anzurufen und ihr zu berichten, dass und vor allen Dingen wie Annika die wahren Umstände ihrer Nacht in Garmisch erfahren hatte.

„Scheiße“, fluchte Kathi und seufzte laut. „Jetzt wundere ich mich nicht, dass sie unsere Profile gelöscht hat und sich nicht meldet. Ich habe versucht, sie telefonisch zu erreichen, aber sie nimmt nicht ab.“

„Sie hat zwar fantastisch reagiert, als sie es erfahren hat, aber ich glaube, der Schock darüber sitzt tief. Vor allen Dingen ist es für Annika ein gigantischer Vertrauensbruch der allerschlimmsten Sorte. Ich bin sicher, dass sie sich momentan von uns allen betrogen fühlt. Deswegen können wir nur hoffen, sie erkennt, dass wir ihr niemals etwas Böses wollten. Im Gegenteil.“ Felix’ Pause dehnte sich aus. „Du musst ihr etwas Zeit geben, Kathi. Das Ganze ist noch zu frisch, das muss sie erst verdauen.“

„Gut. Ich gebe ihr ein paar Tage, auch wenn es mir mehr als schwerfällt. Ich will Annika auf gar keinen Fall als Freundin verlieren.“ Kathi stöhnte. „So einc verfahrene Kiste. Danke, Felix, dass du angerufen hast. Ich werde Anna und Tanja informieren.“

„Keine Ursache. Ich hoffe wirklich, dass sie sich bei dir meldet. Mach’s gut“, antwortete Felix und legte auf. Er hoffte von ganzem Herzen, dass sich alles wieder einrenken würde…

23
Starnberg – am nächsten Tag

„Sorry, Sonja, aber ich will jetzt nicht darüber reden." Sonja hatte darauf bestanden, mit Annika eine Tasse Kaffee zu trinken, bevor sie und Sebastian nach Hause fuhren. Der Junge hatte seine Mutter zwar kurz begrüßt, war jedoch bereits wieder mit der Modellauto-Rennbahn beschäftigt, die Theo mitten im Wohnzimmer aufgebaut hatte. Die Frauen betrachteten Basti und nippten stumm an ihrem Kaffee, bis Sonja erneut das Wort ergriff. „Annika", begann sie. „Ich kenne deine Freundinnen nicht. Aber du musst bedenken, wie jung ihr damals gewesen seid. Keine von euch hatte wissen können, wie sich das Ganze entwickelt, und vor allen Dingen wollten sie dich mit Sicherheit nicht verletzen. Theo hat mir die Geschichte erzählt und ich muss sagen – Respekt, das ist ja mal was ganz anderes als die übliche Kennenlerngeschichte." Sonja grinste Annika offen an und zwinkerte ihr zu. „Ich finde das überhaupt nicht schlimm. Im Gegenteil. Du hattest sicherlich Spaß mit Felix, und wenn ich das richtig verstanden habe, hast du ihn sogar bekehrt. Und seien wir mal ehrlich, es hätte schlimmer sein können." Sonja lachte leise und zog eine Grimasse. „Weißt du eigentlich, was Felix für die Nacht genommen hatte? Das würde mich jetzt doch mal interessieren. Bevor ich Theo kennengelernt hatte, hätte ich mich über ein solches Geschenk meiner Freundinnen sehr gefreut."

„Mag sein", gab Annika zu. „Aber dann bleibt immer noch die Tatsache, dass sie es mir verschwiegen haben. Ich wüsste heute noch nichts davon, wenn die Frau meines Chefs nicht zufällig eine seiner Kundinnen gewesen wäre. Und mal ehrlich – wie peinlich ist das denn?"

„Ja, aber doch nicht für dich, sondern wohl eher für sie und auch für deinen Chef. Was hat er zu der ganzen Geschichte eigentlich gesagt?"

„Keine Ahnung. Ich bin vorher abgereist und werde ihn wohl erst wieder kommende Woche sehen. Ganz ehrlich – davor graut es mir auch." Annika nahm einen Schluck ihres Kaffees und seufzte. „Er wird es wohl nicht gerade selbst an die große Glocke hängen, schließlich geht es um seine Frau."

„Eben. Jetzt lass deine Freundinnen noch ein wenig zappeln und fordere eine Entschuldigung ein, aber dann ist auch gut. Schau dir an, was letztendlich Gutes daraus entstanden ist, und sei dankbar dafür. Es hat so sein müssen, finde ich.“

War ja klar. Irgendwie verstand Sonja nicht, wie tief Annikas Vertrauen erschüttert war, aber wie sollte sie auch? Sie hatte sicherlich noch niemand über einen solch langen Zeitraum belogen. Das zu kitten, würde schon erheblich länger dauern als einige Tage. Heute Morgen war Annika wieder eingefallen, was ihre Freundinnen auf ihre Geburtstagskarte zum 25. Geburtstag geschrieben hatten: *Wir wünschen dir von ganzem Herzen einen ausgefallenen Abend mit Happy End.* Endlich verstand Annika den tieferen Sinn dieser Worte und musste sogar darüber lachen. Sie war ja so naiv gewesen.

Felix’ Schweigen hingegen war nochmal eine ganz andere Hausnummer. Natürlich hatte er sich ihr erklärt und sie musste sich eingestehen, dass er recht gehabt hatte. Sie hatte genauso reagiert, wie er es vermutet hatte. Aber das durfte kein Grund sein, so etwas Wichtiges zu verschweigen. Oder? Ach verdammt. Wie konnte es sein, dass sie so wenig Rückgrat bewies und bereits wieder Verständnis aufbrachte? Sie dachte an das bedröppelte Gesicht ihres Chefs, als der erfahren hatte, was seine Frau so getrieben hatte, bevor sie zusammengekommen waren. Felix sollte ruhig ein wenig schmoren, beschloss sie und lächelte vor sich hin.

„Du weißt, dass Felix in dich verliebt ist? Er redet von nichts anderem als von dir und Basti. Er ist verrückt nach dir und dem Jungen“, sagte Sonja leise. „Quäl ihn nicht zu lange, hörst du? Der Arme ist schon so völlig durch den Wind.“

„Sonja. Ich weiß, dass Felix euer Freund ist, doch um ehrlich zu sein, ist es mir momentan herzlich egal, wie es IHM geht. Er hat es sich selbst zuzuschreiben, falls ihm die Situation wirklich zu schaffen macht.“ Annika hielt inne und schüttelte langsam den Kopf. „Ich weiß überhaupt nicht mehr, was ich glauben soll. Ich glaube gerne, dass er den Kontakt zu Basti halten möchte, und das rechne ich ihm auch hoch an. Aber seine Gefühle für mich? Da bin ich mir überhaupt nicht sicher und ich werde mir darüber auch keine Gedanken machen – zumindest jetzt nicht.“ Sie blickte Sonja aufmerksam an, die ihre schlafende Tochter im Arm hielt.

„Du bist auch Mutter. Welche Mutter würde es nicht toll finden, wenn der Mann sich um sein Kind kümmert! Ich kenne keine." Seufzend erhob sie sich. „Ich werd jetzt auch wieder fahren. Vielen Dank für alles. Ich hätte nicht gewusst, was ich ohne euch hätte machen sollen." Sie wandte sich an Basti. „Zeit zu gehen, mein Schatz", forderte Annika ihren Sohn auf, der so tat, als höre er sie nicht. Als nach einigen Sekunden noch immer keine Reaktion kam, ging Annika zu ihm und wiederholte ihre Worte, dieses Mal mit mehr Nachdruck.

Murrend erhob er sich. „Wann darf ich denn wiederkommen? Theo hat mir versprochen, mit mir ein Rennen zu fahren", fragte er Annika, die ihm bereits seine Jacke entgegenstreckte.

„Natürlich könnt ihr jederzeit vorbeikommen, ihr seid herzlich eingeladen", sagte Sonja und lächelte Basti an. Dann blickte sie zu Annika, die sehr angespannt wirkte. „Wirklich jederzeit, Annika. Wenn du jemanden zum Reden brauchst – ich bin da."

„Danke", brachte Annika gerade noch hervor, bis ihr vor lauter unterdrückter Emotionen die Tränen kamen. „Komm, mein Schatz. Timmi und Marie warten auf dich."

„Nein", sagte Basti und schüttelte den Kopf. „Timmi und Marie sind bei Felix. Er wollte sie nicht alleine lassen, aber wir konnten sie auch nicht mit hierhernehmen, weil Sofie noch zu klein ist", erklärte er seiner Mutter ernst. Annika stöhnte innerlich. Zum einen war ihr noch gar nicht aufgefallen, dass die beiden Meerschweinchen nicht zu Hause gewesen waren. Zum anderen bedeutete dies, dass sie Sebastians Haustiere demnächst bei Felix abholen musste, beziehungsweise er musste sie ihnen bringen. Verdammt. Dabei benötigte sie den Abstand dringend, um sich über einige Dinge klarer zu werden…

„Mama, holen wir Timmi und Marie gleich nach Hause?", fragte Basti in genau dem Moment, in dem Annika beschloss, die kleinen Nager noch ein paar Tage bei Felix zu lassen. Allerdings war ihr Sohn damit nicht wirklich einverstanden und so schrieb Annika zähneknirschend eine WhatsApp an Felix: *Bist du zu Hause?*

Ja. Du kannst gerne vorbeikommen, wenn du willst. Ich freu mich…

Basti und ich kommen die Meerschweinchen holen, aber wir

fahren gleich wieder. Sind gegen 17 Uhr da, schrieb Annika.

Felix' Antwort war lediglich ein trauriger Smiley, doch Annika reagierte darauf nicht. Stattdessen verabschiedete sie sich von Sonja und schnappte sich Sebastians Rucksack. Auf dem Weg zu Felix war keine Zeit zum Nachdenken, denn Annika brauchte ihre ganze Konzentration zum Fahren. Die Witterungsverhältnisse hatten sich zwar ein wenig verbessert, aber es herrschte sehr viel Verkehr. Erst als sie vor Felix' Wohnung einparkte, begann Annikas Magen zu flattern. Das flaue Gefühl hielt auch an, als Basti fröhlich vor sich hin singend ausstieg und zur Haustüre lief...

Endlich. Nachdem Annika sich vorhin gemeldet hatte, war Felix zunächst ein Stein vom Herzen gefallen, denn immerhin sprach sie noch mit ihm. Allerdings hatte sich ihre Ansage verdammt hart angehört und klang gar nicht gut. Selten war er in seinem Leben so aufgeregt gewesen wie in diesen Minuten bangen Wartens. Als es endlich klingelte, ging er zu Tür und hoffte, eine Chance für eine paar Worte zu bekommen. Doch er sollte sich täuschen. Statt Annika kam sein Sohn die Treppen hochgehüpft. „Hallo Großer. Wo hast du denn deine Mama gelassen?"

„Die sitzt unten im Auto. Wir sollen Timmi und Marie runterbringen. Dann fahren wir gleich weiter", antwortete der Junge enttäuscht. „Sag mal, hast du Mama geärgert? Sie will nicht mit dir reden. Das liegt sicher immer noch daran, dass meine Geschenke viel schöner waren als ihre Pakete. Du hättest ihr doch was anderes schenken sollen."

Felix schluckte bei der klaren Einschätzung seines Sohnes. JA. Er hätte Annika sehr wohl etwas anderes geben sollen – nämlich die Wahrheit. Sie hatte es verdient, reinen Wein eingeschenkt zu bekommen, doch stattdessen wieder nur Enttäuschung auf ganzer Linie. „Du hast recht", antwortete er ergriffen. „Ich werde versuchen, es wieder gutzumachen. Da wird mir sicher etwas einfallen. So und jetzt komm. Wir wollen deine Mama nicht warten lassen, schließlich ist es da unten kalt. Sonst wird sie uns noch krank."

Er nahm den kleinen Käfig, den er extra für den Transport der beiden Meerschweinchen besorgt hatte, und griff im Vorbeigehen nach seinen Wohnungsschlüsseln. Unten angekommen kämpfte er mit aller Macht dagegen an, Annika an sich zu reißen und an sich zu drücken. Sie wirkte hilflos und verloren, wie sie da so am Wagen lehnte, in ihrer langen Strickjacke, dickem Schal und Wollmütze. Ihr Gesichtsausdruck war ausdruckslos. Wortlos öffnete sie die Wagentür, nahm Felix den Käfig ab und stellte ihn vorsichtig auf den Beifahrersitz. Dort schnallte sie ihn an. „Danke, dass du dich um alles gekümmert hast", sagte sie tonlos und ohne ihn anzusehen.

„Du weißt genau, das würde ich jederzeit wieder tun. Immer." Felix stockte und wollte noch etwas sagen, doch er verkniff es sich. Sicherlich wollte sie seine erneute Entschuldigung jetzt nicht hören – vor allen Dingen nicht vor dem Kleinen. Stattdessen sagte er leise: „Fahr bitte vorsichtig zurück und meld dich kurz, wenn ihr zu Hause seid, damit ich mir keine Sorgen machen muss." Er streckte die Hand aus und wollte ihr über die Wange streicheln, doch ihr Blick ließ ihn in der Bewegung innehalten. Zu früh. Für solch zärtliche Berührungen waren ihre Seelenwunden noch zu frisch.

„Um uns musst du dir keine Sorgen mehr machen", antwortete Annika trocken. „Also, mach's gut."

Felix durchfuhr ein eisiger Schreck. Dieser Abschiedsgruß hatte fast etwas Endgültiges und klang überhaupt nicht gut. Im Gegenteil. Er klang völlig falsch.

24
Starnberg – Nachmittag, einige Tage später

Annika rieb sich den verspannten Nacken und rollte die Schultern. Sie hatte zwei Tage Heimarbeit hinter sich und war froh, als sie endlich den Laptop zuklappen konnte. Immer wieder fiel ihr Blick auf den kleinen Mülleimer, der unter ihrem Schreibtisch stand und in dem die Karten lagen, die sie letzten Freitag hatte verfallen lassen. Zwar hatte Felix sie kontaktiert und mehrfach nachgefragt, ob sie den Termin nicht doch einhalten wollte, doch Annika war noch nicht so weit. Mittlerweile konnte sie wenigstens an ihre Freundinnen und Felix denken, ohne dass es ihr vor Schmerz und Enttäuschung das Herz zusammenzog. Kathi und Anna hatten die Versuche, sie telefonisch zu erreichen, eingestellt und auch Tanja hatte einsehen müssen – so leicht war Annika nicht davon zu überzeugen, dass es doch nur zu ihrem Besten gewesen war, dass die Freundinnen ihr nicht alles erzählt hatten.

Seit der desaströsen Bernreise war Annika erst zweimal im Münchner Büro gewesen. Ihr Chef schien das sehr zu begrüßen, denn an den Tagen, die Annika mit der Umsetzung der Printmedien vor Ort verbracht hatte, hatte er sich völlig aus dem Tagesgeschäft herausgenommen und sich rar gemacht. Die HOTELS-MIT-HERZ-KAMPAGNE war ein voller Erfolg und wunderbar angelaufen. Mittlerweile brütete Annika bereits über der nächsten großen Werbeaktion. Dieses Mal sollten die exquisiten Hotelküchen beworben werden. Dazu hatte sie sich überlegt, Themen-Gourmet-Abende unter dem Motto HEARTBEAT, EAT AND SLEEP anzubieten. Dabei konnte sich der Gast, je nach Wunsch, ein Rundum-Paket zusammenstellen lassen, das das gewünschte Ambiente, Musik und natürlich auch die Speisen beinhaltete. Dies gab es zusammen mit einer Zimmerreservierung als On-Top-Leistung zu buchen. Sie schloss die Augen und überlegte gerade, den Laptop auszuschalten, als es an der Tür klingelte. Da sie keinen Besuch erwartete, schwante ihr nichts Gutes. Trotzdem ging sie zur Wohnungstür, als Sebastian aus dem Kinderzimmer geschossen kam, um zu sehen, wer an der Tür war.

„Tante Kathi, Tante Kathi.“ Er stürmte zu Kathi und ließ sich von ihr fest umarmen. „Du musst dir unbedingt Timmis und Maries Käfig anschauen. Wir haben ein neues Häuschen und einen neuen Wasserspender.“ Kathi wuschelte lächelnd das Haar des Jungen und grinste ihn an. „Na, das will ich aber unbedingt sehen. Ich komme gleich zu dir, okay? Lässt du Mama und mir einen Augenblick? Wir haben etwas Wichtiges zu besprechen.“

„Na klar“, antwortete Basti gönnerhaft und verschwand in seinem Zimmer, nicht ohne noch einmal „Aber beeil dich“ zu rufen.

Die beiden Frauen standen sich gegenüber, bis Kathi sich räusperte und das Wort ergriff. „Tut mir leid. Eigentlich gehört es sich nicht, jemanden so zu überfallen, aber ich hatte keine andere Wahl“, wurde Annika von Kathi begrüßt, deren Wangen durch die Kälte bereits gerötet waren. Scheinbar stand sie schon eine ganze Weile vor ihrer Haustür. „Du hättest zwischendurch doch mal ans Telefon gehen sollen.“ Kathi grinste verlegen. „Wäre nett, wenn du mich hereinbitten würdest, sonst erstarre ich hier noch zu Eis und du hast es noch schwerer, mir die Hölle heißzumachen.“

Jetzt musste sogar Annika schmunzeln. Sie nickte wortlos und machte einen Schritt zur Seite, damit Kathi eintreten konnte. Wortlos gingen die beiden Frauen ins Wohnzimmer, wo Kathi stehen blieb und laut seufzte. „Ich weiß, wir sind in deinen Augen Kameradenschweine, aber darf ich dich umarmen? Du fehlst mir so.“

Annika schluckte und nickte und schon fiel ihr Kathi um den Hals. Annika quiekte, als Kathis kalter Mantel sie frösteln ließ, doch Kathi dachte gar nicht daran, sie so schnell wieder loszulassen. „Schön, dich zu halten.“ Fast hätte Annika die leise Stimme ihrer Freundin nicht erkannt. Als Kathi sie wieder losließ, glänzten Tränen in ihren Augen und sie schniefte hörbar. „Ich hab uns Glühwein mitgebracht. Wenn du mir einen Topf gibst, kümmere ich mich darum“, sagte sie und zauberte aus ihrem mitgebrachten Beutel zwei Orangen und eine große Flasche mit dunkelrotem Inhalt hervor.

„Du weißt ja, wo alles steht“, antwortete Annika mit belegter

Stimme. Auch sie hatte das Wiedersehen mit Kathi nicht unberührt gelassen und ihre innige Umarmung schon gar nicht. Bewegt nahm sie Kathis Mantel entgegen und legte ihn über einen der Stühle am Esszimmertisch. Sie war froh über die kurze Verschnaufpause, damit sie sich sammeln konnte.

Wenige Minuten später saßen sie sich am Esstisch gegenüber und leckerer Glühweinduft mit einer leichten Zimt-Orangen-Note lag in der Luft. Annika hatte noch ein paar Lebkuchen auf den Tisch gestellt. Nichts ließ erkennen, wie schwerwiegend das Thema war, das sie zu besprechen hatten. Freundschaft und Vertrauen. Wieder war es Kathi, die das Wort zuerst ergriff.

„Also, leg los. Was auch immer du sagst, ich hab's verdient. Anna und Tanja wissen übrigens, dass ich hier bin, und lassen dich lieb grüßen. Tanja wollte eigentlich mitkommen, doch ihr ist was dazwischengekommen. Na und unsere Anna hat wohl gedacht, sie überlässt das Krisengebiet lieber mir. Du kennst sie ja."

Annika lachte. „Ja, das passt zu Anna." Sie sah Kathi nachdenklich an. „Ganz ehrlich, ich weiß nicht, wo ich anfangen soll. Es war einfach … zu viel für mich. Als ich erfahren hatte, dass ihr Felix für mich gemietet hattet, war da nur bodenlose … Enttäuschung. Es ist schwer für mich, das alles zu verstehen." Sie nahm einen großen Schluck ihres Glühweins und nickte leicht. „Es tut schon weniger weh, aber es sitzt noch immer hier", sagte sie leise und legte die Hand auf ihre linke Brust.

Kathi nickte ernst. „Ich gebe zu, es war nicht in Ordnung, dich darüber im Unklaren zu lassen. Aber sei ehrlich zu dir selbst. Wie hättest du es damals aufgenommen, wenn wir es dir erzählt hätten? Du hättest dich schlecht gefühlt und genau das solltest du nicht. Wir wollten, dass es dir gut geht. Wollten, dass du eine wundervolle Nacht erlebst. Was danach geschah, war natürlich nicht geplant und hat uns selbst total überrascht. Und als du uns erzählt hast, dass du mit Basti schwanger bist, konnten wir es dir erst recht nicht mehr sagen. Wir haben es einfach nicht über uns gebracht. NO WAY. Ich bin fast umgefallen, als wir erfahren haben, dass du Felix wiedergetroffen hast. Schließlich habe ich mit Felix selbst gesprochen und wir beide sind übereingekommen, dass er es dir sagen muss. Doch dann ist uns die Frau deines Chefs zuvorgekommen." Kathi holte tief Luft und nippte an ihrem Glühwein. Schließlich sagte sie so leise, dass Annika sie fast nicht verstehen konnte: „Es tut mir leid, Annika. Von ganzem Herzen. Ich kann nur hoffen, dass du uns vergeben kannst."

Annika waren bei Kathis Erklärung die Tränen gekommen. Sie musste sich eingestehen, dass sie es bereits vermutet hatte. Natürlich hatte sie im Eifer ihrer ersten Enttäuschung alles Mögliche angenommen, doch dann war ihr nach und nach klar geworden, sie hatten es niemals böse gemeint. Mit tränenverhangenen Augen sah sie Kathi an und schniefte. „Scheiße. Wieso muss nur alles immer so kompliziert sein." Auch Kathi hatte zu weinen begonnen. „Es war idiotisch gewesen. Ja. Aber nicht eine Sekunde lang boshaft oder gemein. Wir … Es war einfach zu spät, es dir zu erzählen." Kathi stand auf und umarmte ihre geliebte Freundin, die sich jetzt ebenfalls an sie klammerte. Sie weinten eine Weile gemeinsam, bis Basti ins Zimmer gestürmt kam. „Tante Kathi, du hast es versprochen. NICHT SO LANGE."

Annika löste sich von Kathi und zog die Nase hoch. „Ja, Kathi, das hast du wohl." Ihre Augen blitzten schalkhaft. „Na, dann beeil dich mal. Ich hol mir 'nen kleinen Vorsprung, den hab ich mir verdient", sagte sie grinsend und trank ihren Glühwein leer, um sich sofort wieder nachzuschenken.

„Hey, lass mir auch noch was übrig", protestierte Kathi. „Bin gleich zurück."

Annika lächelte erleichtert. Soeben war ihr eine riesige Last von der Seele gefallen und sie war heilfroh, dass Kathi sich an keine der gängigen Regeln zu halten schien. Hätte sie den Weg nicht zu ihr gefunden, hätten sie die Angelegenheit nicht so leicht klären können. Jetzt blieb nur noch zu klären, wie es zwischen Felix und ihr weitergehen würde. Dies zu beantworten, war nicht weniger problematisch. Wieder nahm sie einen großzügigen Schluck des warmen Getränkes und spürte, wie sich ein wohliges Gefühl in ihrem Bauch ausbreitete. *Idiotin*, sagte sie zu sich selbst. *Du wirst nie erfahren, wie es ist, geliebt zu werden, wenn du es nicht zulässt. Aber ein wenig leiden muss er schon*, sagte das Teufelchen in ihr. *Schließlich hat er es mir auch nicht gerade einfach gemacht.*

„Nettes Meerschweinpaar." Kathi platzte mitten in Annikas Gedankengänge. „Ihr werdet Babys kriegen, so viel steht fest."

Ganz plötzlich hatte Annika eine Idee. Ja, sie würde Felix ein wenig schwitzen lassen, bevor … ja, bevor was eigentlich? Sie schaute Kathi an und grinste. „Weißt du eigentlich, wie froh ich bin, dass du den Arsch in der Hose hattest vorbeizukommen? Scheiße. Lass mich schnell die WhatsApp-Profile erneuern, dann funken wir Anna und Tanja an. Vielleicht interessiert es sie auch, dass ich sie noch lieb habe."

Kathi lachte. „Das ist doch mal eine gute Idee. Wenn du sie nicht anfunkst, hätte ich es tun müssen. Hab ich nämlich versprochen." Dann wurde sie wieder ernst. „Was machst du jetzt mit Felix? Ich meine, der Arme leidet wie ein Hund und verdient es wenigstens, von dir gehört zu werden."

„Ja", antwortete Annika verschmitzt. „Das habe ich mir auch schon gedacht. Aber ein klein wenig länger wird er schon noch zappeln müssen. Ich habe da so eine Idee…"

25

Müde fuhr sich Felix über die Augen. Seit Tagen hatte er nichts mehr von Annika gehört. Seitdem sie die ersten Konzertkarten hatte verfallen lassen, hatte sie sich nicht mehr bei ihm gemeldet und er war es leid, sie anzurufen. Klar war sie verletzt, doch so langsam ärgerte er sich über ihr kindisch anmutendes Verhalten. Das Verbrechen, das er begangen hatte, war einzig und alleine das, sich nicht sofort als Begleiter geoutet zu haben. Natürlich war das nicht damit zu vergleichen, mal eben den Müll nicht rausgebracht zu haben, jedoch auch kein Weltuntergang, befand er. Außerdem hatte sie ihm im Gegenzug ihren Sohn verheimlicht. *Mit ein wenig gutem Willen hätte sie sicherlich über das Hotel an deine Adresse kommen können,* dachte er störrisch und seufzte tief, während er zum zehnten Mal die gleiche Akte studierte, ohne sie wirklich aufzunehmen. Scheiße. So konnte es einfach nicht weitergehen. Er musste mit ihr reden, beziehungsweise sie mit ihm. Er hatte verdammt nochmal ein Recht darauf. Sein Kollege betrachtete ihn grimmig. „Du siehst aus, als hättest du seit Tagen nicht geschlafen“, sagte er brummig und Felix war erstaunt darüber, wie sehr man ihm dies ansehen konnte.

„Kümm're dich um deinen Kram“, gab er genervt zurück. „Ich fahr zu Grubers raus, da wollte ich eigentlich schon vorgestern hin.“ Er fuhr seinen Rechner herunter, schnappte sich seine Jacke und verließ grußlos sein Büro. Wieso rief sie ihn nicht an? Felix hoffte, dass Annika ihrerseits nicht zu sehr unter dem vermeintlichen Betrug zu leiden hatte und sich wenigstens mit Kathi und den anderen Freundinnen aussprechen würde. Gleichzeitig vermisste er Sebastian so sehr, dass es sich beinahe wie ein körperlicher Schmerz anfühlte. Shit. Sie waren seine Familie und er hatte es – wieder einmal – total vermasselt. Dummerweise lag es nicht mehr in seiner Hand, diesen Fehler auszugleichen. Dieses Mal war er auf Annikas Reaktion angewiesen. Er stieg in sein Auto und erschrak, als sich mit einem Pling eine WhatsApp ankündigte. Voller Erwartung zog er sein Handy aus der Tasche und ließ es vor Aufregung fast fallen – denn die Nachricht war von ihr. *Wir müssen reden. Wir haben ein*

Problem.

Sofort verkrampfte er sich und schrieb mit fliegenden Fingern: *Was ist passiert?* Nach einer gefühlten Ewigkeit kam ihre Antwort. Völlig erschüttert las er den Satz, den aufzunehmen er sich schwertat. *Wir sind wahrscheinlich schwanger…*

Schwanger? Schwanger! Felix starrte auf die Nachricht und verarbeitete ganz langsam, was er las. Annika und er würden noch ein gemeinsames Kind bekommen, nur mit dem Unterschied, dass er dieses Mal von Anfang an dabei sein würde. Keinesfalls würde Annika dieses Baby alleine bekommen, so viel war klar. *Ich will dich sehen*, tippte er ein und wartete atemlos auf ihre Antwort. Plötzlich wurde ihm bewusst, dass er immer noch in der offenen Fahrzeugtüre stand, und er stieg ein.

Gute Idee. Morgen Abend? Bei dir?

Gerne, schrieb Felix, *bin ab 18 Uhr zu Hause. Freu mich auf dich… <3 Du fehlst mir.* Beflügelt und voller Vorfreude stieg er ins Auto. In Gedanken überlegte er bereits, was er zum Abendessen kochen würde. Endlich würde er seine Chance bekommen.

Am Tag darauf stand Annika unschlüssig vor ihrem Kleiderschrank und überlegte, was sie wohl anziehen sollte. Die zarte Spitzenunterwäsche, die Felix ihr geschenkt hatte, fiel ihr wieder ein und sie lächelte. JA, genau die sollte es sein. Darüber zog sie einen warmen, weichen Baumwollpullover und ihre Lieblingsjeans. Ihre Winterstiefel dazu – fertig. Nicht dass Felix noch glaubte, sie würde sich wegen ihm herausputzen. „Bist du endlich fertig? Du kommst zu spät“, rief Kathi ihr zu, die bei Annika übernachtet hatte und heute auf Basti aufpassen würde.

„Komme.“ Annika fuhr sich ein letztes Mal durch die Haare. Als Kathi ihre Freundin ansah, verfinsterte sich ihre Miene.

„Dafür hast du jetzt so lange gebraucht? Wieso hast du dich nicht in Schale geworfen?“, fragte sie vorwurfsvoll, doch Annika schüttelte nur den Kopf. „Nö. Entweder er mag mich so oder gar nicht“, antwortete sie so energisch, dass Kathi nur seufzend die Schultern zuckte.

„Ist ja schon gut und auch nicht weiter wichtig. Er wird dich auch in Sack und Lumpen mit Kusshand nehmen, da bin ich sicher“, meinte sie kichernd. „Und jetzt schieb ab, es ist schon fast

unmöglich für dich, pünktlich zu sein."
„Es wird ihm nicht schaden, noch ein wenig länger zu zappeln." Ungerührt behielt Annika ihr Tempo bei. Sie dachte gar nicht daran, sich über die Maßen zu beeilen. Sollte er ruhig noch schmoren.

Ungeduldig tippte Kathi auf ihre Uhr. „Na los. Oder willst du kneifen?" Das saß. Entnervt zog Annika ihren Mantel über. „Ich bin gegen 22 Uhr zurück", versprach sie Kathi, die nur mit den Augen rollte.

„Und ich liebe rosa Elefanten", antwortete sie belustigt. „Die gestreiften. Du bleibst über Nacht, lässt dir das Hirn rausvögeln und frühstückst mit ihm. Ich will dich vor 10 Uhr morgen früh hier nicht sehen, damit das klar ist." Kathis strenge Stimme brachte Annika zum Kichern. „Wir werden sehen. Also, bis dann." Annika schnappte ihre Wagenschlüssel und rief: „Tschüss Basti. Sei lieb zu Tante Kathi und macht nicht so lange", woraufhin Basti angestürmt kam. Er umarmte seine Mama ungestüm und drückte sich fest an sie und klang sehr erwachsen, als er antwortete: „Na klar, was denkst du denn?"

Vor Felix' Haus brauchte Annika einen Augenblick, um sich zu sammeln. Schließlich straffte sie die Schultern und stieg aus. Zeit, endlich Klarheit zu schaffen und nach vorne zu blicken. Sie liebte diesen unwiderstehlichen Kerl, und genau daran gab es nichts zu rütteln. Das hatte sie zu akzeptieren, so einfach war das...

„Komm rein." Felix gab die Tür frei und lächelte Annika an. „Ich bin froh, dass du gekommen bist. Irgendwie dachte ich schon, du würdest wieder wegfahren, weil du nicht gleich ausgestiegen bist." Sein Blick war ernst und aufmerksam, so als würde er nach Anzeichen für ihre Schwangerschaft suchen, die es natürlich nicht gab. „Wie geht es dir?", fragte er da schon besorgt und Annika überlegte, wie lange sie es wohl durchhalten würde, ihn hinzuhalten, wo sie ihm doch längst verziehen hatte. Er traute sich tatsächlich nicht, sie zu drücken, geschweige denn in den Arm zu nehmen oder zu küssen, nur um sie nicht zu verschrecken. „Mir geht's blendend, danke. Was ist mir dir?" Sie schälte sich aus ihrem Mantel und hängte ihn an seine Garderobe.

Felix war den ganzen Tag über dermaßen angespannt gewesen, dass er jetzt starke Kopfschmerzen hatte. Allerdings hatte er nicht vor, ihr davon zu erzählen. Hier und jetzt ging es nicht um seine Befindlichkeit, sondern alleine um Annikas. „Mir geht es gut", log er. „Komm mit in die Küche. Es gibt Zucchini-Auflauf mit viel Käse und Salat." Er ging voran und überlegte ganz genau seine nächsten Schritte.

„Ach verdammt. Ich kann das nicht", hörte er Annika sagen, drehte sich um und kam gerade noch rechtzeitig dazu, die Arme auszubreiten, da hatte sie schon ihre Arme um ihn geschlungen. „Küss mich endlich", murmelte sie und hob ihm ihr Gesicht entgegen.

Himmel, dachte er verzückt und beeilte sich, ihrer Aufforderung nachzukommen. Als sich seine Lippen auf ihre senkten, fühlte sich sein Herz so leicht an wie seit Tagen nicht mehr. Sie war die Eine, das hatte er schon damals gefühlt, es nur nicht ernst genug genommen. Heute war sie darüber hinaus noch die Mutter seines Sohnes und sie würden noch ein Kind bekommen. Seine Zunge schlüpfte zwischen ihre Lippen. Zärtlich vertiefte er den Kuss, bis sich die Schwingung zwischen ihnen änderte. Annikas Atmung wurde schneller. Er presste seinen Unterleib gegen ihren und ließ sie spüren, wie es um ihn stand. Seine Hoden schmerzten vor Anspannung und gieriger Erregung, doch keinesfalls würde er den Fehler begehen und sie überfordern. Außerdem gab es tatsächlich etwas Dringenderes, als seinen Trieben nachzugehen – sie hatten zu reden. Langsam zog er sich zurück und beendete den Kuss.

Annika murrte leise. „Nicht aufhören", doch Felix schob sie leise lachend von sich. „Wir müssen uns unterhalten, Liebling. Wenn wir so weitermachen, landen wir wieder im Bett."

„Wie schön. Genau da würde ich jetzt gerne hin – in dein Bett." Annika sah an sich herab und lächelte lasziv. „Lass uns etwas vereinbaren, okay?"

Irritiert nickte Felix, ohne zu wissen, wie diese geheimnisvolle Vereinbarung lauten sollte. „Klingt gut. Wie sind die neuen Regeln?"

Annika schluckte. Jetzt wurde sie doch nervös. Bevor sie der Mut verlassen konnte, begann sie: „Also. Zuerst einmal – ich bin nicht schwanger. Aber ich habe nicht gelogen. Wir kriegen Nachwuchs." Felix verstand zunächst nur Bahnhof, doch dann verstand er und konnte sich ein Lachen nicht verkneifen. „Ja, das passt.

Wann ist es denn so weit?“

„Weiß ich nicht genau. Theo meint, nur noch wenige Tage“, grinste Annika ihn an. Sie war froh darüber, dass er nicht nachtragend war, denn es war nicht nett von ihr gewesen, ihn im Glauben zu lassen, erneut Vater zu werden. Doch dann fuhr sie ernst fort: „Zu unserer Vereinbarung sollte gehören, ab sofort nur noch in die Zukunft zu schauen und nicht zurück. Obwohl, der Sex mit dir war – sagen wir mal – nicht schlecht.“ Sie kicherte und blinzelte ihm zu, als er sie entrüstet anschaute. „Okay – es war – sehr einprägend.“

„Einprägend also? Ganz okay? Gut, wenn das so ist, will ich gerne in die Zukunft schauen, um es besser zu machen.“ Felix strahlte Annika an, doch plötzlich wurde er nervös. „Oh shit, der Auflauf.“ Sein Sprint an den Herd war filmreif und reizte Annikas Lachmuskeln aufs Äußerste. Gerade noch rechtzeitig konnte er ihr Abendessen vor dem Verbrennungstod retten. Ihr Held.

„Ich liebe dich“, platzte sie heraus und hielt erschrocken inne. „Verdammt, das wollte ich eigentlich noch gar nicht verraten“, schob sie zerknirscht hinterher. „Kann ich zurückspulen?“

„Sorry, Süße. Die Rückspultaste ist defekt. Aber die Wiederholungstaste braucht einen Check. Kannst du das nochmal sagen?“ Mit leuchtenden Augen strahlte Felix sie an.

„KANN ICH ZURÜCKSPULEN?“, wiederholte sie unschuldig und wich zurück, als er spielerisch grollend näherkam.

„Ich helf dir aus“, sagte er, während er sie wieder fest an sich zog. „Ich liebe dich“, murmelte er in ihr Haar. Er schob sie wenige Zentimeter von sich, um ihr in die Augen zu sehen, und wiederholte seine Worte: „DICH, Annika, ICH LIEBE DICH. Nicht die Tatsache, dass du die Mutter meines Sohnes bist. Das ist nur eine wunderbare Fügung. Das Sahnehäubchen sozusagen. Ich liebe deine wunderbare Art, die Dinge anzugehen, dein zauberhaftes Lachen, deine sexy Grübchen, deine Stimme, deinen Witz, deine Haut, deine Kurven, dein ganzes Wesen. EINFACH DICH.“

Atemlos hatte Annika ihm zugehört und staunend erkannt: Ja, sie glaubte es ihm. Glaubte, was er ihr inbrünstig klarzumachen versuchte. Wen interessierte schon, wie sie sich kennengelernt hatten? Sie hatten eben die Dinge andersherum angefangen. UND? Felix hatte diesen Beruf gewählt, weil es damals nicht anders ging. Das Einzige, was zählte, war, dass er ihn heute nicht mehr ausübte. Darüber hinaus liebte er Sebastian. Das konnte man sehen, wann immer man die beiden zusammen sah. Es gab keinen Grund, ihm nicht zu glauben – keinen einzigen. Glücklich darüber, dies endlich erkannt zu haben, grub sie ihre Hände in seine kurzen Nackenhaare und zog ihn zu sich herunter. „Verdammt. Ich hab's endlich auch kapiert. Komm schon, genug gequasselt. ICH. WILL. SEX."

„Wiederholungstaste", forderte Felix und schob seine Finger unter Annikas Oberteil…

Viel später streichelte Felix zärtlich Annikas Ohr. Er fuhr die Konturen ihres Gesichts nach und küsste sie dann auf die Schläfe. Feierlich erklärte er: „Ich kann dir keine Garantie dafür geben, dass es die nächsten zwanzig Jahre klappen wird, aber ich kann dir eines garantieren – ich werde alles dafür tun, weil ich dich liebe."

„Wiederholungstaste", neckte Annika ergriffen und schloss genussvoll die Augen, als er das mit der Wiederholungstaste nicht auf seine Worte, sondern auf seine Taten bezog…

Epilog
München – Dezember 2014

„Den Baum können wir nicht nehmen." Beinahe hätte Felix über den strengen Gesichtsausdruck seines Sohnes gelacht. „Der ist doch viel zu groß."

„Mhm. Wir dachten daran, Weihnachten dieses Jahr bei mir zu feiern, und in mein Wohnzimmer würde er passen", wandte Felix vorsichtig ein, um Bastis Reaktion zu testen. Zwar war Felix ein fester Bestandteil in Bastis und Annikas Leben geworden, doch der Junge hatte keine Ahnung, dass Felix tatsächlich sein Vater war, was vorerst auch so bleiben sollte, auch wenn Sebastian in Felix ganz klar eine Vaterfigur sah.

„Au ja. Das ist ja spitze", freute er sich. „Darf ich dann wieder zelten? Und kommen Timmi, Marie und Petzi auch mit?" Petzi war das einzige der acht Meerschweinbabys gewesen, das keine neue Familie gefunden hatte. Selbst Annika hatte es nicht übers Herz gebracht, es ins Tierheim zu geben, und so war es bei ihnen geblieben.

„Natürlich darfst du zelten. Wie fändest du es, wenn ich mein Arbeitszimmer räume und du dir dort ein eigenes Zimmer einrichten könntest?", fragte Felix vorsichtig weiter. Völlig unbegründet, denn Basti brach sofort in Begeisterungsstürme aus. Wildes Indianergeheul schallte über den weihnachtlich anmutenden Platz.

„Auf was warten wir noch", rief Basti aufgeregt. „Wir nehmen den Baum da, den großen."

Gut. Felix entspannte sich und atmete auf. Das war ja leichter als gedacht. Sie wollten bis Heiligabend damit warten und Sebastian dann schonend beibringen, dass sie bald zusammen wohnen würden. Annika und Basti sollten zunächst zu Felix ziehen, um sich dann in aller Ruhe ein geeignetes Haus zu suchen. Die letzten Monate waren wie im Flug vergangen und Felix wie eine einzige wohlig-warme Hülle aus Lachen und Liebe vorgekommen. Sogar Annikas berufliche Situation hatte sich merklich entspannt, da ihr Chef plante, gemeinsam mit seiner Frau, nach Florida auszuwandern. Was ihre Eltern anging, hatten sie einen Weg gefunden, der für alle Parteien eine Möglichkeit bot, über ihren Schatten zu springen. Annika hatte Felix' und ihre Eltern gemeinsam eingeladen und ein Grillfest veranstaltet. Das Ergebnis war überwältigend gewesen. Felix' Eltern waren völlig aus dem Häuschen gewesen, als sie Sebastian zum ersten Mal gesehen hatten, und Felix hatte alle Hände voll zu tun gehabt, ihnen klar zu machen, dass er für Basti momentan nur der Freund seiner Mutter war. Annikas Mutter legte ein deutlich verändertes Verhalten Sebastian gegenüber an den Tag, nachdem sie sich mit Felix' Mutter unterhalten hatte. Scheinbar hatte sie ihr gründlich den Kopf gewaschen. Das einzige Wort, das den momentanen Beziehungsstatus beschrieb, in dem sie sich befanden, war – PERFEKT. Felix' Herz schlug schneller, als er daran dachte, dass Annika zu Hause auf Basti und ihn wartete. Sie wollten gemeinsam Plätzchen backen und es sich dann auf der Couch gemütlich machen, um einen Film zu schauen. Wer weiß – vielleicht käme er ja heute sogar noch in den Genuss, Annika aus dem sexy fliederfarbenen Teilchen zu schälen… Das wäre der denkbar perfekteste Abschluss für einen absolut perfekten Tag.

Danksagung

Ein paar Worte *danach*…
Wie sagt man Dankeschön mit Worten, die nicht bereits tausendfach gesagt oder geschrieben wurden? Gar nicht, doch ich werde es trotzdem versuchen. Dieses Taschenbuch zu verwirklichen – damit hat sich einer meiner Herzenswünsche erfüllt.

Mein ganz spezielles Dankeschön gilt meiner langjährigen Freundin Judith. Was wäre ich ohne deine direkten und offenen Einwände, Verbesserungsvorschläge und Änderungsideen? Du zeigst mir meine Marotten und Fehlerchen auf, bist konsequent und ehrlich, einfach wunderbar. Dir möchte ich mein erstes Verlags-Taschenbuch widmen, was für mich eine besondere Bedeutung hat.

Herzlichen Dank an meine Freundinnen Kathi, Tanja, Anna und Sonja – Mädels, ihr werdet immer einen Platz in meinem Herzen haben. Ihr alle habt mir gerade in den letzten Monaten sehr viel Energie und Kraft gegeben.

Auf keinen Fall will ich DICH vergessen! Genau DICH. Gerade hast du das letzte Kapitel dieses Romans gelesen und bist dabei unweigerlich auf diese Danksagung gestoßen. Was wäre ich ohne dich? Um ehrlich zu sein, ziemlich arm dran. Deswegen möchte ich mich bei dir bedanken. Dafür, dass du einen Teil deiner Zeit mit meinen Protagonisten verbracht hast. Ein besonderer Dank allen meinen Leserinnen und Lesern.

Mein Schatz, dich hab ich natürlich auch nicht vergessen – wie könnte ich auch? Du bist mein Leben, meine große Liebe, mein Dreh- und Angelpunkt, seit mehr als 30 Jahren. Doch anstatt Danke zu sagen, schreibe ich dir lieber: ICH LIEBE DICH.

Nicht unerwähnt bleiben soll auch das tolle Team des KLARANT Verlages, das mir allzeit mit Rat und Tat zur Seite stand und ohne welches dieses Taschenbuch nicht verwirklicht worden wäre. Danke!

Buchempfehlung des Klarant Verlages

eBook Serie „Runde Tatsachen“
Leocardia Sommer: *Sarah in Love* zu schreiben, war eine Herzensangelegenheit – sie ist quasi meine kleine Schwester. In den meisten anderen Geschichten, vor allem im Erotik Genre sind die Protagonisten supersexy, durchtrainiert und vor allem eines: SCHLANK. Ich selbst war noch nie schlank und werde es in diesem Leben wohl auch nicht mehr werden – lach. Irgendwann jedenfalls ging es mir gegen den Strich, ständig nur von perfekt geformten, langbeinigen, langhaarigen Topmodels zu lesen und beschloss, mit diesem Klischee zu brechen.

Sarah in love. Runde Tatsachen, Band 1.
ISBN: 978-3-95573-098-7
„Okay, es ist erwiesen. Die schlichte Wahrheit! ICH BIN NICHT SCHLANK! Na und?“ Sarah, Mitte 30, ist nicht gerade das, was man ein Topmodel nennt. Trotzdem hat sie beschlossen, so zu bleiben, wie sie ist, und hat endlich dem ewigen Kampf gegen die Pfunde abgeschworen. Einzig an die Liebe glaubt sie nicht mehr, denn sie kann sich nicht vorstellen, dass ein Mann sie sexy und begehrenswert finden kann, so, wie sie eben ist – rund. Als sie Erik trifft, könnte ihr persönliches Märchen wahr werden, wäre da nicht das Teufelchen Zweifel: Spielt Erik nur mit ihr, liebt er sie wirklich und kann sie ihm vertrauen? Welche Ziele verfolgt Sarahs Freundin Nelly? Und, als wäre das nicht genug, ist da auch noch Ben, Eriks bester Freund, der mit ihr flirtet. Wird Sarah in diesem Gefühlschaos den Überblick behalten? Chaos und Angst, Leidenschaft und Sex, Liebe und Hoffnung. Vernunft gegen Gefühl – was wird gewinnen?

Evi startet durch. Runde Tatsachen, Band 2.
ISBN: 978-3-95573-102-1
Womit hat sie das verdient? Zuerst wird Evi von Harald nach Strich und Faden betrogen - und dann macht er sich auch noch mit ihrem gesamten Ersparten aus dem Staub. Aber zum Glück kann sie sich bei Tabea als XXL-Model etwas dazuverdienen. Als

ihr dann noch deren Bruder Josh über den Weg läuft, beginnt Evi ihre weiblichen Reize zu entdecken und begibt sich von einem erotischen Abenteuer ins nächste…

Ben meets love. Runde Tatsachen, Band 3.
ISBN: 978-3-95573-146-5
Ben steht auf Sarah. Doch Sarah ist die Frau seines Freundes Erik. Er weiß, diese Frau muss er sich aus dem Kopf schlagen. Wenn das doch nur so einfach wäre… Seine neue Nachbarin Melanie bringt ihn schnell auf andere Gedanken… und auf Touren. Ben verliebt sich Hals über Kopf in sie, aber dann passiert ihm in ihrer ersten Liebesnacht ein schlimmer Fehler, den Melanie an ihm zweifeln lässt. Und dann ist da noch Patrizia, Melanies eineiige Zwillingsschwester. Ben wird ordentlich eingeheizt, bis er Melanie davon überzeugt, dass er der Richtige für sie ist. Aber ist sie überhaupt die Richtige für ihn?

Klarant Verlag

Lernen Sie die Titel des Klarant Verlages kennen und besuchen Sie uns im Internet unter:

www.klarant.de

Sie können dort Näheres über unsere Autoren erfahren, viele weitere interessante Bücher und eBooks finden und Leseproben herunterladen. Mit dem kostenlosen Newsletter erhalten Sie aktuelle Informationen rund um das Verlagsprogramm, wie beispielsweise spannende Neuerscheinungen und Gewinnspiele.